ホシノカケラ

稲葉なおと

講談社

contents

たった一両だけの列車に乗る。
わずかひと駅の移動。
それなのに、
奥の深い森の道を駆けているかのような気分に浸る。

prologue
夢のまた夢

1

線路沿いを埋め尽くす樹木の小枝が、窓ガラスに音を立てて弾ける。

このまま見知らぬ世界へと運ばれていくのでは。そんな昂ぶりがいつしか胸に生まれていた。映像では表現できない、ライブならではの臨場感。

運転席の後ろに立ち、車両の左右に迫る緑の壁を眺める。

この感覚——。十三年ぶりだな、と思い出す。

緑に覆われた車内が不意に白くなった。左右に大きく広がる視界の前方にホームが見える。つい探してしまうほど存在感の薄い駅舎をようやく眼に捕らえたところで、電車はゆっくりと止まった。

数人いた他の乗客も全員、ホームに降り立つ。

やはり皆、目的地は同じなのだ。ファンにとって聖地ともいわれる場所——。

改札口に人影はない。東京からの乗車券を指先に挟んだまま、この先の手順について昔の記憶をたどっていると、列車の運転手が歩み寄ってきた。そうだった。切符は無人の駅舎に置き捨てるのではなく、運転手兼車掌にわたすのだ。

痩せた小柄な運転手はひとりずつ切符を受け取り、最後にこちらに顔を向けた。

「ようこそ、東津山へ」

微かな笑みを浮かべ、再び車両へと戻っていく。

移動にかかった時間を思い返す。東京から乗り換えも含め約五時間の道のりだった。

銀色にオレンジと赤の二本線が印象的な車両が遠ざかるのを見送ってから、瓦葺《かわらぶ》きの無人の駅舎を抜ける。白く強い陽射しに覆われた周囲の空気は、アスファルトからの照り返しで景色がゆがんで見えるほどの熱を帯びていた。

汗がにじむ首をひねり振り返る。駅舎入り口の両端に立つ、のぼり旗が眼に留まった。風にゆらめく縦長二メートルほどの布には、くっきりとした文字がある。

《デラノ・祝凱旋・7／22　津山文化センター・香田起伸さん》

一緒に降りた乗客たちが、駅と旗を背景に交互にスマホで記念写真を撮り合う様子をちらりと見やってから、歩き始めた。

駅のすぐ前には時おり車が高速で通り過ぎる幹線道路。わたると駅を背にして真っ直ぐに幅の広い道が延びる。道路沿いには空いた駐車スペースの間に、古い住宅や一階に店舗の入る雑居マンションがぽつり、ぽつりと建つ。歩いていくと、美容室の折畳み式のサインと、《おいしい食肉直売所》の大型看板が向かい合う。窓ガラスを埋め尽くすように家電のチラシが貼られた電器店も眼に入る。サインや看板は賑やかなのに、午後のこの時間、ひとの姿がまったく見当たらない。

つい足を止め、振り向いた。駅舎の前にはまだ、写真を撮り合うひとたちがいることにホッとする。

突き当たりのT字路を右へ折れると、街は不意に息を吹き返した。うどん・そば。クリーニング。年季を感じさせる看板がところどころに掲げられた木肌色の木造家屋が並ぶ。昔ながらの街道の趣《おもむき》を残すその通りに、不似合いな華やかさを添えているものがある。

道沿いにいくつも見える《香田起伸》と《おかえり》の文字。行き交うひとびと。岡山県内だけでなく関西や九州ナンバーの車。横浜や品川ナンバーも目に入る。空き地には、手描き文字でメニューが貼られた、いかにも臨時店舗といった風情の焼きそば屋やかき氷屋も出ていた。まるでお祭りだ。

2

ヴォーカル、ベーシスト、ドラマー、そしてバンドのリーダーでもあるギタリスト。ファンはもちろん音楽評論家からも、メンバーの出会いは「日本音楽史上における奇跡」といわれるロックバンド、デラノ。

メジャーバンドの一員として既に注目を浴びていたギタリスト・楠木友也《くすのきともや》が新たなバンドをつくろうと、新しい才能を探し始めたのが伝説の起点になる。国立大学の建築学科を卒業後、プロ・ヴォーカリストへの道を探していた香田起伸《こうだきしん》のデモテープが楠木の耳に留まり、その声とパフォーマンスの秀逸さに惚れ込んだ。香田が、コーラスで参加したレコーディングで知り合ったドラマーを楠木に紹介。さらに、セッションを通じて楠木が知り合ったベーシストが加わった。

『たった一曲で、このバンドは偉大になるとわかった』

四人が一堂に会した最初のセッションで、メンバー全員がそう確信したというエピソードは伝説化している。

そのデラノのデビュー三十周年を記念する大型ライブツアーの前年に、ファンサービスも兼ねて、メンバーの出身地も含めたミニライブツアーが企画された。ヴォーカル・香田起伸の故郷でも、デビュー以来初めての本格的なライブが開催されることになった。

本番は明日。この小さな街を挙げての盛り上がり様はネットニュースでも報じられていたのでイメージはあった。だがこうして実際の街並みに身を置くと、想像していた以上の熱気が伝わってくる。会場の最寄り駅、津山駅前で眼にしたのも、〝街を挙げての盛り上がり〟という言葉通りの情景だった。凱旋ライブの会場となる建物は、社寺建築に見られる構造を鉄筋コンクリート造に応用しつつ、半世紀以上前に建てられた昭和の名建築だ。威容を誇る建物まで約一・五キロメートルの道をひとり歩いてみたところ、道には数メートル置きにのぼり旗が立ち、ポスターや特製のイルミネーションが飾られていた。通りに面したアーケードの入り口には《祝凱旋》の横断幕が下がり、凱旋特別セールや特別メニューをうたう衣料品店や靴屋、饅頭屋が並ぶ。歩道にアイスクリームや焼きそばの屋台や臨時店舗がいくつも出ているその通りを、どの都道府県から訪れたのだろうとつい想像したくなるようなファンが大勢、記念写真を撮っていた。

津山にある香田の母親が経営する洋菓子店は、デラノのファンであれば誰もが知る人気の観光スポットになっている。コンビニほどの広さの店に、連日大勢のファンが訪れると初めて耳にしたのは、まだ高校生のときのことだ。そう聞いても、香田起伸のデビュー以来の人気を思えば、さもありなんと納得するだけで、まったく驚かなかった。だがこうして東京から五時間かけて訪れ、店に到るまでの田舎道を歩いてみると、その小さな店に北海道から沖縄まで国内はもとより台湾や香港からも香田ファンが連日訪れつづけているということに、あらためて驚きを感じてしまう。地方の小さな街出身のミュージシャンはたくさんいるが、実家の店が観光名所となり、そのお陰で街の観光客増にも大いに貢献しているような事例は、他に聞いたことがなかった。

やがて前方に、香田起伸の似顔絵が描かれた《コウダ洋菓子店・臨時駐車場》の立て看板とともに、目的の店が見えてきた。店の手前、細い路地の向こうには、ざっと三十台分ほどのスペースがある。途切れることなく訪れる車が誘導員の指示にしたがっている。

店の入り口には駅と同じ《祝凱旋》ののぼり旗が立つ。数年前に本格的に改装したと聞いていたが、それでも驚いてしまったのは、その外観が、以前に訪れたときに眼にしている片田舎のひなびた洋菓子店というイメージはどこにもなく、パリの街並みに建つような大人びたものに様変わりしていたからだ。石張りの壁に開いた大きな窓はブラウンのサッシに同色のテントがつく。窓越しに見える白い壁には、デラノのメンバーが写るポスターと、新作スイーツのポスターがそれぞれシルバーとゴールドの額入りで飾られている。

店内に入ると、ショーケースの前は客でぎっしりと埋め尽くされていた。手に取れる棚には凱旋ライブを記念した特製箱入りのフルーツケーキや、マドレーヌの詰め合わせセットがあり、客は商品に添えられた香田起伸の似顔絵付きPOPひとつひとつに眼を寄せている。カウンターで客に応対する薄いピンクのコックシャツを着た若い店員はあかぬけた感じの女性で、それこそ海外に本店がある有名洋菓子店を訪れたような気がした。

店の奥に、商品棚以上にきらびやかな一角がある。コウダ洋菓子店だけのデラノ特別ギャラリーだ。香田本人のプライベート写真。サイン色紙に、ポスター、Tシャツや著名な音楽賞受賞トロフィー。加えてこれまでの主なツアーグッズといった品々が、香田起伸が生まれてから現在に至るまで、壁沿いのショーケースと、壁と壁の間に置かれたガラスのショーケースの中に、年代順に展示されている。

まるで洋菓子店とコラボした特設ギャラリーだな——。ファンの行列と商品に交互に眼をやりながら、ついそんなことを思う。ファンの中には、香田起伸一色に染まったこのギャラリーで、時間を気にせず過ごすのを楽しみにこの街まで訪れるひとも多いという。

ギャラリーコーナーで来店客に次から次へと囲まれ、抱き合い、近況を語り合い、記念写真に気さくに応じる年配の女性が見える。少しずつ前に進むひとの波に身の置き場を任せていると、やがてその女性と眼が合った。

「あ、どうも」小さく口に出しながら会釈をする。

相手も瞬時に昔の記憶が呼び戻されたかのように、眼鏡の奥の大きな眼をさらに広げた。

「あら、えーっと……」

両手を祈るように合わせる姿に、こちらから名乗る。

「香田さんのステージの設営をやっていました――」

「あぁ、そうそう。いつもうちの起伸がお世話になって」

「いえ、とんでもない。こちらこそ大変お世話になっています」

「よう来られたなぁ、東京から？」

「はい、私は。他のスタッフは、九州から来たり、いろいろなんですけど」

「そーなん。皆さんお忙しいからなぁ。でもそんな中、お父さん宛に何度もお手紙をくれたりして、あの方、スタッフの、えっと……」

母親の口から、ぽろりとこぼれ出た名前に驚かされる。

「え？　本当ですか？」

香田起伸の父親宛に、あの人が何度も手紙を——。初めて耳にする意外な話に思わず訊き返してしまう。

「そうなんよ。お父さんと手紙をやり取りして。何度も何度も。それよりいつだったかなぁ、あなたが前に来てくださったのは」

「香田さんの初のソロツアーがあった年ですから、もう十三年前になりますね」

笑顔で返しながら胸にあの日の緊張がふと蘇った。だがもちろん口には出さない。

「もうそねぇなるかなぁ」

「以前伺ったときと、お母さんがまったくお変わりないのにびっくりしました」

「またぁ、東京のひとは口が巧いけん」

「ほんとですって」世辞ではなく本音だった。

「あなたは相変わらずええ男で」

「そんなことないですよ」手を頭の後ろにやる。「明日もまた、お世話になります」

「もう、ついこの間、四月に帰ってきたときも、あの子はなんもいわんけん」

「香田さんが？　今回の凱旋ライブのことですか？」

母親は忙しく首を縦に振った。

「そうなんよ。なんも、これっぽっちも、いわんから」

　母親がちょっとすねたような笑顔になる。

「ケンちゃんもマサシくんも、そのときに起伸と一緒に文化センターの近くを三人で散歩しとるんで」

　ケンちゃんとマサシくんというのは親戚だろうか、それとも幼なじみだろうかと想像しつつ思わず確認してしまう。

「香田さんが、ですか？」

　香田起伸が渋谷や六本木を人目を気にせずに歩いているとは聞いていたが、さすがに故郷の街を歩くその姿は想像できなかった。

「そうじゃ。元はといえばあの子が、桜が見たいといい出して。四月じゃけん奇麗なんで、あの辺は桜が」

　桜の名所として県外にも知られる公園の名前がふと思い浮かぶ。

「大丈夫だったんですか？」

「なにが？」

「香田さんが地元の観光名所の公園を歩いたりして。大騒ぎになったりしませんでしたか？」

「それが、だーれも気づかんのよ」

母親はぱたぱたと忙しく手を振りながら、いたずらっぽく笑う。

「あの子は帰ってくると、普通に買い物に出かけたりしとるんよ。この間も、白のワイシャツが急に必要になって、それ買いに近くのショッピングセンターの――」

母親はそこで、世界展開しているカジュアル衣料品メーカーの名前を口にする。

「えー、そこに」口からつい驚きの声が出てしまう。「ひとりでですか？　マネージャーも連れずに」

「マネージャーさん連れて行ったら、それこそ目立つけん」

それはそうかもしれないが……、カゴを下げてレジの列に並ぶ香田起伸の買い物姿は、観光名所を散歩する姿以上に想像がつかない。

「それがなぁ」母親がさらに楽しそうに表情を崩した。「四月にお花見しながら三人で歩いてたら、ケンちゃんもマサシくんも地元では顔が広いから、何人か知り合いに会《お》うたんじゃって。でね、向こうから話しかけられて、挨拶を交わしたりもしたらしいんじゃけど、だーれも起伸には気づかんかったらしくて。マサシくんが、起伸、おまえもまだまだわしの足もとにも及ばんのぉ、っていったもんだから三人で大笑いしたいう話を、わたしもあとから聞いて笑ってしもうて」

きっと地元のひとからすれば、そこに著名なミュージシャンが立っているはずがないという先入観が大きく働いたのかもしれない。それにしても想像しただけで愉快な気分になる話だ。

「それは、笑っちゃいますね」

「あの子に向かって、おまえもまだまだじゃなぁ、って」

母親につられてつい眼を細めてしまう。

「それでな、それが四月じゃろう、明日のコンサートは、たった三ヵ月後のことなのに、そんでもなんもその話は起伸の口から出んかったって、みんな笑っとったわ。だって当然、そのときにはもう決まっとったんじゃろう」

まぁ、そうですね、と当たり障りのない相づちを打つ。

「じゃけんわたしは津山であるいうの、ファンのひとから教えてもろうたんよ」

たとえ自分の母親にも、公表されていない活動予定はいっさい告げないというのはいかにも香田起伸らしい。

「ま、わたしに話したら、ファンの子らに筒抜けじゃけんなぁ」

手のひらで口もとをおさえて楽しそうに母親が笑う。

「今日はなに？　わざわざ来てくれたん？」

「はい。お礼をいいたくて」さすがに今更ライブ開催の報告にとはいえない。

「お礼？　なにもしとらんけど」

「そんなことないですよ。いつも応援してくださって」

「それはわたしが、あなたらにいう言葉でしょう」

「いえ、そんな。それにしてもすごい賑わいですね」

「七月に入ってから、ずーっとこんな感じなんよ。明日はもう、どんなになっとるか、わたしにもわからんけん。今日もお客さん、二百人をとうに超えとるし。お店の閉店時間とコンサートの開演時間が同じじゃけん、明日は会場に行けるかどうかもまだわからんのよ」

そんなぁ、と眉を寄せたところで会話が中断した。

わー、おかあさーん、という掛け声とともに歩み寄る若い女性ファンが母親をぎゅっと抱きしめ、矢継ぎ早に話し始めたからだ。

しばらく周囲の展示品を眺めながら、ファンとの会話が途切れるのを待って、あの、と再び母親に話しかけた。自然と声が低くなる。

「ぜひ、お父さんにもご挨拶を……」

久しぶりに口にした「お父さん」という言葉に、胃の辺りが熱くなるのを感じる。

母親の顔にふっと愁《うれ》いの色が浮かんだ。

「前に来てくれたときはうちのお父さんと、ようけい話しこんどったもんなぁ」

そうなんです。今日はそのときの約束があったので……。言葉にはせず、胸の中で返す。

母親はカウンターの奥に向けて、モトちゃん、と呼んだ。

はい、と答えて、眼鏡をかけた女性が店の奥から出てきた。

「お父さんのところに御案内してさしあげて」

母親はそういってから、眼鏡の女性に耳打ちした。

女性の誘導でいったん店を出た。お父さんのところにといわれたのに外に案内され、初めて訪れたときは内心首をひねったことを思い出す。道から店舗脇の広い駐車スペースへ入ると、その奥に玄関が見えた。お店の改装はされても、建物の構成は変わっていないのだ。懐かしさが込み上げる。

どうぞ、と案内され中へ。店の賑わいを忘れてしまうほど、ごく普通の住宅の玄関だ。階段と、トイレの入り口らしき扉が見える。スニーカーを脱ぎ、ソファと食卓のあるリビング・ダイニングへ、さらにその奥の和室へと案内された。敷居の前で立ち止まる。

ご無沙汰しています——。

頭を下げた途端、この部屋に初めて足を踏み入れた日のことを思い出していた。香田起伸・初のソロツアーが終了したすぐあと。二〇〇四年九月のことだ。そう、あのとき、初めてこの街に訪れたときも、父親に挨拶をとお願いしてこの部屋に通されたのだ。

香田起伸の父親との出会いは、香田のソロツアーの半ば、大阪でのことだった。二階席の最前列で、ふたりはごく普通のお客さんのように座りながら、周りのひとたちからはすでに香田起伸の両親と気づかれていて、ファンに向けて気さくに手を振っていた。

ツアー中のユニフォームとして配布されるスタッフ用Tシャツを、観覧の記念にと届けたのだが、丁寧な御礼の言葉をいただき、最後に、今度ぜひうちのほうに遊びにいらっしゃい、と声をかけられた。香田が生まれ育った街・津山には以前から一度は訪れたいと思っていたので、ぜひ、と即答していた。

このツアーが終わりましたら一度ぜひお邪魔させてください。そう約束したのだ。二日前に終了したばかりのソロツアーについて、自分なりの感想を母親と父親に伝えに訪れたファンで店内はごった返していた。

来店するお客さんの年齢層が幅広く、女性だけでなく男性も多いというのも、ライブ会場の客層と似ていた。店の中で数人のお客さんに囲まれ、ぜひ一緒に記念撮影をというリクエストへの応対と話し相手に忙しい母親にまず挨拶をする。それから案内されるままに、いったん店の外へ出て、住まい専用の玄関から再び屋内へと歩を進め、和室で寛ぐ父親の前で膝を折った。大阪で初めて顔を合わせ、会うのはこれが二度目だった。

白いものの混ざった太い八の字眉の下に、金縁の度の強い眼鏡。レンズの奥の眼差しにはいつも微笑んでいるような優しさがある。大阪で会ったのはわずか一ヵ月前のことなのに、はだけたシャツの襟もとに見える父親の首が、前にも増してほっそりしたように感じられた。身体全体の印象も、ひとまわり小柄になったように見えたが、それは椅子ではなく、和室で背を丸めて座っているせいかもしれない。

楽にしてください、という言葉に甘えて膝を崩した。しばらくはデラノのライブについての思い出話に会話が弾んだ。終わったばかりのソロツアーについての感想も伝え合った。

「お父さんは——」「お父さんの——」「お父さんにとって——」

会話の中でその単語を何度も声に出しながら、鳩尾《みぞおち》の奥が熱くなった。

案内してくれた女性が、珈琲から日本茶に差し替えてくれたところで、ふと思いついた質問を口にした。

「お父さんから香田さんのライブについて、何か特別な感想とかご希望はありますか？」

主役にもっとも近いファンの眼で観ているひとの言葉を聞いてみたいと思った。

「そりゃあ、やっぱり……」

父親は迷いなく切り出したのに、言い淀んでいる。先を促すように小さく頷いた。

「息子には、内緒で」

「え？　あ、はい、承知しました」

父親は宙に眼を泳がせてから、ふともらした。

「やっぱり、凱旋公演ですねぇ」

凱旋——。

つまりそれはこの街で、香田起伸がライブを初めて開催するということだ。

香田の両親は関西での公演には必ず、東京でのライブにもまめに顔を見せている。だが地元での公演は、父親にとってはやはり格別な重みをもつものなのだ。

「まぁ、夢のまた夢ですから」

父親の寂しさを滲ませた微笑みに、そうですね、と相づちを打ちそうになるのを危うく踏みとどまる。

デラノの集客力は今や一地方の街の許容量を遥かに超えていた。一度に十万人を超える観客を集めることも可能なミュージシャンにとって、確認するまでもなく、この街にその規模に見合う会場があるとは思えなかった。本音を隠すように別の言葉で会話をつなぐ。

「凱旋って、いい言葉ですね」

「若いひとたちにはわからんでしょうけど、わしらの世代の男にとっては大事な重たい言葉ですから、つい出てしまいましたけど」父親はいいながら太い眉を上げる。

「あの子が大学出て、就職もせんでアルバイトを始めたときは、周りからはそれはもう、いろいろいわれました。大学の建築学科に現役で合格して、香田さんとこはほんまに幸せじゃのう、なんて親孝行なんじゃ、っていってくれたひとたちが、それこそ手のひらを返したように、息子のことを、親不孝者みたいにいうて」

聞きながら、胸が締めつけられそうになる。

やはり、そうなのだ。名の通った大学を出ながら、世間で名前が知られるような企業に就職しないというのは、それだけで周囲の大人からは親不孝と思われてしまうような行為なのだ……。

「まぁ、いいたいひとたちにはいわせとけばえぇ思おて、反論もしませんでしたけど、息子の耳にもいろいろ入ってたと思うんです。あの子はそういうこと、親にいったりしない子でしたけど。いつもひとりで戦ってる子でしたから。だからね、その戦いに勝ったいうコンサートをここで開いてくれたら、私にとってもこれ以上嬉しいことはない、いうか」

熾烈《しれつ》で孤独な戦いの末に勝って故郷に帰ってくる。二文字に込められた思いは、そんなイメージなのだろう。凱旋。その言葉が、より一層深く胸に沁みた。

「でもね、もしも、もしもですよ」

父親の一途な眼差しに背筋を伸ばす。

「そんなことが実現できるようなことがあったら、ぜひ早めに教えてほしいんです」

香田は、仕事の予定についてはたとえ家族にでさえいっさい洩らさないのだろう。

情報公開は事務所から一律に。ＣＤの発売予定や今後のライブ開催日と場所については、まずは公式ホームページにて最新ニュースが配信される。いち早く告知を眼にしたファンは、両親とその話題で盛り上がりたいという気持ちもあって全国からこの街に訪れる。

「一日でも早く知ることができれば、わしもその日を目標に頑張れますから」

その日を目標に頑張れます――。父親の言葉に、こころが激しく揺さぶられた。

「わかりました。こちらでの凱旋公演が決まりましたら、そのときには必ず私から、一日も早くお父さんにお知らせするようにします」

「ありがとう」

「当日は会場でお待ちしています」

口に出しながら不思議なことに、来年にでもそれが実現できそうな気持ちになっていた。

「ありがとう。前の日にこっちに来てくれたら、一緒に名物の美味しい鉄板焼きでも食べに行きましょう、案内しますよ」

気がつくと、皺深い両手で包まれるように優しく手を握られていた。

父親とは、こういうものなのか――。

脳裏には不意に自分自身のことが思い浮かび、胸から溢れ出た熱いものが眼の奥をじんと焦がした。

電話ではなく、もちろんメールでもなく、できればまたこうして津山を訪れつつ、実際に会って伝えたい。胸のうちでそう決めたのだった。

6

父親と約束を交わした、あの日から十三年が過ぎた今でもふと、もしかしたら、と思うことがある。

香田起伸、初のソロライブツアー。

旅の始まりは長野からだった。当初の予想を遥かに超えて、胸に重たいものを抱く日となったのが、その初日だった。月曜日に現地入りしてから、その初日の金曜日にいたる五日間の出来事が、まざまざと蘇る。いや、五日間だけではない。スタッフの戦いは、そのさらに半年前から始まっていた。搬入前にどうしても自分の眼で確認しておきたい機材があり、ロサンゼルスにも出張した。

どのようなライブになるのか。見えていないのは、スタッフだけではなかった。ライブの主役、香田起伸自身も同じように、何ができるのか、できあがったものに対して観客がどう反応するのか、まったく読めないまま、試行錯誤を繰り返していた。

もしかしたら、初日の観客の反応によっては、香田起伸はあの日を境に急な坂道を転がり落ちるように、多くのファンを失っていたかもしれない——。

蘇る緊張感に、肩の筋肉が引き締まるのを感じていた。

chapter 1

最大のポイントですから

デラノとは色々な意味で
明らかに違ってくるでしょうね。

1

サービスの缶コーラをコップに注がずに一気に飲み干した。

ロサンゼルスへと向かう機内。大澤《おおさわ》宏一郎《こういちろう》は隣に座る千葉《ちば》和哉《かずや》に、ロスで過ごす間の大まかな予定について話し始めた。ステージや照明タワーを組み上げる舞台専門の鳶職《とびしょく》、リギング。そのチーフに指名された千葉和哉は、図面作製と直しに追われ、極度の睡眠不足が眼の下の青黒さとなって浮き出ていた。無事に搭乗できたことで気持ちが落ち着いたのか、瞼が尚いっそう重たくなったようだ。だが熟睡の前に、現地で念入りにチェックすべきポイントについては再度洩れがないように伝えておかなければならない。

デラノのヴォーカリスト・香田起伸の初ライブツアーが約一ヵ月後の七月十六日、金曜からスタートする。二泊五日のハードな出張の目的は、そのツアーで映像的な演出として使用する機材、可動式LEDパネルのチェックだ。

日本のミュージシャンとしては初めて使用するため、図面ではなかなか把握できないことがあった。とりわけモーターを中心とした機動部分の大きさや、取り付けに関しての詳細については、現地とのファックスとメールによるやり取りでは限界を感じ、ツアー初日までいよいよ一ヵ月を切ったところで海外出張に踏み切ったのだ。ロサンゼルスにあるその製造工場におもむき、自分たちの眼で製品をチェックし、気になることを質問し解決する予定だ。ツアーの舞台監督を務める大澤は、実際の作業責任者となる千葉和哉も同行させることにした。

離陸後の打ち合わせを終え、大澤が〝解放〟を意図するように機内誌に手を伸ばしたところで、千葉和哉がぼそりといった。

「なんか国際線って、思ってた以上に狭いですね」

「悪かったな、がたいのでかい奴が隣で」

「あ、いえ、そういう意味じゃないんですが」

千葉和哉が軽く手のひらを振る。

「海外、初めてなんだよな」

この出張のために慌ててパスポートを作ったと聞いていた。

「はい」

「いよいよ俺も海外出張できるくらい出世したなって顔だな」

「そんなことないですよ」

「その後、親父さんとはどうなんだ？」

「いや、ま、相変わらずですね」

「海外出張ができるくらい出世しましたって報告したら、親父さんの風向きも変わるんじゃねぇか？」

相手が不意に口もとをゆるませる。

「なんだ？　おかしいか？」

「あ、すみません、お袋と似たようなこと、おっしゃるので」

大澤は軽く鼻息で返す。

「それより自分は、初海外が仕事でアメリカへというのが、嬉しくてですね」

「そういうもんか？」相手の発言に、大澤にはまったく実感がもてない。

「香田さんと一緒なので」

「そうなのか？」

英語にも不自由せず海外慣れしている香田起伸のイメージから、てっきり大学時代から海外旅行を楽しんでいたのだろうと思っていた。

「香田さんの初めての海外旅行は、二十六歳のときのニューヨークですよね」千葉和哉の顔にどことなく誇らしさが浮かぶ。「一九九〇年ですね」

一九九〇年──。ふと引っかかるものを感じる。その年は──。

「どうしたんですか？」

向けられた顔が大澤の思考を中断した。

「あ、いや。それよかおまえ、香田さんのことはほんと詳しいな」

素直に褒め言葉が出てしまう。

「そうですか？　デラノファンなら当然ですよ」

言葉通りの冷めた顔で返すその眼には、いつしか輝きが宿っている。

「ニューヨークに飛んで、香田さんが当時憧れていた建築家が設計したホテルに泊まって、それから南のフロリダへと移動して、そのあとアトランタとかダラスとかヒューストンとかを回って、中西部の国立公園をいくつか見てからロスにたどり着く、みたいな」

「そうなのか」

「今の自分も同じ歳なので」

「ひとり旅じゃねぇだろ。邪魔か？　俺が」

「いえ、そういう意味じゃなくて」

再び手のひらを持ち上げる。

改めて思う。デラノのライブは、そして今回の香田起伸ソロツアーもまた、千葉和哉のような熱烈なファンによって支えられているのだ。

「そういえば、大澤さんは香田さんと同じ歳ですよね？　一九六四年生まれの今年三十九歳」

他意はまったく感じられない。なのに、ちくりと胸を刺されたような気がした。

黙っていると、相手は特に気にする様子もなく続けた。

「大澤さんも海外によく出かけてますよね」

「まぁな」短く答える。

「仕事だけじゃなくて、プライベートでもよく出かけてますよね」

「俺の場合はプライベートの旅も仕事みたいなもんだからな」

「そうなんですか？」

「海外ミュージシャンのツアーを観に」

「あぁ、そういえば、前に教えてくれましたよね、アメリカのどこかの街で観たライブがすごかったって……」

「アメリカのどこか？」

「えっと、あの、南のほうの街で、英語よりスペイン語のほうが通じる、みたいな」

「マイアミだな。マイアミのサウスビーチだな」

あのときは、そう、世界的なミュージシャンのツアーを観ておきたくて、ニューヨーク経由でマイアミまで飛んだのだ。イギリス人の建築家がデザインしたステージがよくできていて、その話を以前に呑みながら披露した覚えがある。

「あ、そうでしたね。サウスビーチといったらアール・デコ様式の名建築が並ぶ街ですよね」

「そうなのか？　ライブも良かったけどな、そのときたまたま取れたホテルがまたとんでもなくカッコよくてな」大澤の頭には数年前の体験が先月のことのように蘇る。

「インテリアをスタルクとかいうフランス人の建築家がデザインしたんだが」

「フィリップ・スタルクが？」

「知ってるのか？」

「一応世界的に知られた建築家っていうか、デザイナーですから。いくつかありますよね、日本にも、彼の作品。白金台とか浅草とか……」

千葉和哉自身は特別な知識をひけらかしている意識など毛頭ないだろう。香田起伸の情報に通じているのと同様に、学生時代に自然と身についた知識を話しているだけだ。けれども大澤は、十歳以上も年下のこの男の中に、自分にはない素養を感じてしまう。大澤も含め、高卒や高校中退、専門学校卒が主流の業界にあって、千葉和哉の経歴は異色だった。

「その、サウスビーチのホテルだけどな」

「あ、すみません、話の腰を折って」

「ロビーの高い天井から何枚も白いレースのカーテンが下がってて、それがロビーに抜ける海風でゆらゆら揺れるっていうか、こう柔らかくそよぐ感じで」

「まさにビーチのホテルって感じですね」

「ま、そうだな」

大澤は千葉和哉から視線をはずし、手にした機内誌を開いた。雑談はこのくらいにして、機内プログラムをチェックしていると、隣からまた声がかかった。

「あの、今回のツアー、大澤さんはどんな風に感じられてますか？」

「どんな風？」

「いえ、その、デラノのライブとあまりにも違うっていうか」

「まったく違うな。というか、違うものを創りあげることがテーマだな」

言葉にしながら大澤自身が改めて思う。そう、それこそがテーマなのだ。

「それって香田さん御本人から、聞いたんですか？」

　大澤は視線をいったん話し相手に戻す。しばらく見つめてから手にした機内誌を閉じた。

「去年の十月にオフの日があったんだよ。それで、俺はフェニックスまで飛行機で飛んで」

「フェニックスって……、アメリカの？　アリゾナ州でしたよね」

　大澤は小さく顎を引く。

「空港で車を借りて、ニューメキシコのアルバカーキまで向かったんだよ」

「あ、そこ！」

　相手の口から力のこもった声が出た。騒音が耳障りな機内でなかったら周囲から注目を浴びていたところだ。

「そこも香田さんが海外で初めてひとり旅した、思い出の街のひとつです」

「そうなのか？」

「そうですよ」相変わらず香田起伸の情報に関する受け答えには迷いがない。

「その街にだな、無事に着いて、街の入り口で信号で止まってたんだよ。それで、なんの気なしにひょいって感じで横を見たんだよ。そしたらそこに、居たんだよ」

「居た？」

「なんか、えらいカッコいいバイクに乗った男がさ」

「カッコいいバイク？」

「バイクが赤信号で横にすーって止まって、乗ってる男を見たら、まさかのご対面だ」

「居たって、ご対面って、え？」

「だから、居たんだよ」

「まさか……、香田さんが、ですか？　え？　ちょっと待ってくださいよ。アルバカーキって、アメリカでもマイナーな街ですよね？」

「だな」

「そこに大澤さんがひとり、レンタカーでドライブして、信号でつかまって、横を見たら香田さんがバイクで？」

「そういっただろ」

「はい、たしかにそう聞きましたけど。だって東京で香田さんとばったりだって驚く話なのに、それがアメリカの小さな街で、香田さんとばったりなんて……」千葉が一気にまくしたてた。

「あれ……？」千葉が口もとを丸めたまま瞬きを繰り返す。「去年の十月っていいました？」

「だから、そういってるだろ」

「十月って……、デラノのワールドツアーの真っ最中ですよね」

「だな」

「オフって、もしかしてそのワールドツアー中のことですか？」

「だから、そういってるだろ」

大澤がいうオフの日というのは、ワールドツアー中のオフの話だ。ところが相手はどうやら、大澤が成田からフェニックスに飛んだと思い込んでいたようだ。

「でな、そこでちょっと直接本人と、話す機会があって」

ついさっきまで、その眼もとに浮かんでいた見るからに重みを感じさせる眠気は、いつしか機外へと吹き飛んでしまったようだ。大澤の語る話をひと言も洩らすまいとするかのように、千葉和哉は力のある眼差しを向けていた。

2

隣に座る千葉和哉に話しながら、大澤宏一郎の脳裏には、いつしか灼熱の大地が広がっていた。

三百六十度、地平線まで広がる砂漠の景色。そこに引かれたひと筋の灰色の線をなぞるようにして車を走らせる。フロントガラスにも、バックミラーにも、道は遠く大地の向こうに消えるまで延びていた。他の車はまったく見えなかった。もちろん人影などどこにもない。お気に入りのハードロックを大音量で聴きながらひとり車を高速で走らせていると、誰も見たことのない世界へと吸い込まれていくような感覚があった。この道の先には何か予想外の出会いがありそうな、そんな予感めいたものを感じつつドライブを続けていたら、やがてたどり着いた小さな街で、驚きの遭遇を本当に体験してしまったのだ。

信号で止まっていたときのことだ。右後方から16ビートで刻むドラムスを思わせる小気味よいバイクのエンジン音が聞こえてきた。その音に引き寄せられるように眼を向けた。

黒革の上下スーツに黒のヘルメット。サングラスのライダーもちらりと運転席の大澤へと顔を向けた。ライダーの動きが一瞬フリーズしたように感じた。

ライダーが黒いサングラスを外す。

すると今度は大澤の身体が固まった。そこに香田起伸の笑みが現れたからだ。自分は幻を見ているのではないか――。

まさかアメリカのど真ん中で、バイクに乗る香田起伸に巡り合うとは思いもしなかった。

大澤は上半身を助手席のドアに伸ばしサイドガラスを下ろした。

「びっくりですよ」

「こんなことってあるんですね」香田も驚きを隠さない。

「いや、ほんとびっくりですよ」同じ台詞しか出てこない。

知っているメキシカンカフェがあるからそこで冷たいものでもどうですか、と香田のほうから誘ってきた。もちろん異論はない。大澤はバイクの誘導にしたがった。

鮮やかな黄色にオレンジ、そしてサボテングリーンで装飾された店だった。香田は吹抜けに暖炉が印象的な屋内の席ではなく、通りに面し、紫のパラソルが開いたテーブル席へと大澤を誘った。テーブルの合間を歩きつつ、すれ違うスタッフと気軽に英語で挨拶を交わしている。案内されたのはサボテンと赤い煉瓦の塀で囲まれた、いかにもメキシコという感じのテラスだ。

注文を終えると、自然と旅の話になっていた。アメリカの各都市をはじめ、モロッコのマラケシュやフェズ、エジプトのカイロやアブ・シンベル、イタリアのフィレンツェやフランスのリヨンなど、香田起伸も大澤自身も以前に訪れたことのある異国の街の想い出を語り合った。レンタカーやレンタルバイクでアメリカのフリーウェイを駆け抜けるのがいかに気持ちがよいかという話になり、海外の旅の話の合間を縫うように、ワールドツアーのライブで気がついた点についての意見を交わし合ううちに、いつしか話題は来年、七月十六日から始まるソロツアーに移っていた。

決まっているのは日程だけ。演出はもちろん、ツアー全体のコンセプトもまだ何も見えていなかった。その演出、ステージデザインと設営には、いつものチームが全面的に係わることは香田からの指名で決まっていたが、具体的な打ち合わせは、このワールドツアーが終わってからということになっていた。

「これはもう、初めてですからね、どうなるんだろうなぁ……」

主役としてのイメージはどんな感じですかという、大澤からの漠然とした問いかけに、香田は答えた。

「ソロは初めてといっても、デラノのツアーで以前、香田さんはソロのシングルを歌ったりしましたよね」

大澤は過去のライブツアーの一場面を思い出していた。

「あぁ、そういうこと、ありましたね」

「あのライブのステージで香田さんが、たったひとりになったときの映像は、今でも俺たちスタッフでは語り草になっていて。CDとアレンジも変えて、まったくちがう雰囲気を演出してましたから余計に」

「たしかにあのとき、ステージ上でソロの曲を歌いましたねぇ。でもあれはあくまでもデラノのライブの演出の一部でしたからね。今回やろうとして色々考えてるものとは、まったく違いますね、とにかく初めてなんだから」

「香田さんなりの、イメージは？」

「考えてるんだけど、どうなるんだろうなぁ。うーん、まだなんとも……」

香田の言葉からは、普段はあまり見せることのない内なる熱が感じられたが、大澤の質問には答えづらそうだった。

注文したレモネードとブリトーが運ばれてきた。香田がウェイトレスと英語で親しげに会話を交わす。顔見知りのようだ。彼女が立ち去るのを待って、ふたりとも添えられたストローを使わずにレモネードを飲む。ファーストフード店のLサイズくらいはある大きなグラスだ。ふた口、三口飲んで、思わず溜め息が出てしまう。

「ここのブリトーが最高に美味いんですよ」

大澤は香田の説明に頷きつつナイフとフォークを手にとる。大皿に載った料理は、オフホワイトのおしぼりというよりタオルを巻いたように見えるほど大きい。ナイフで切って口に入れると、柔らかなアメリカンビーフにシャキシャキのレタスとキュウリとニンジン、そこにとろけるようなアボカドとスパイシーなソースがからむ。

たしかに美味い。大澤が眼で伝える。

「生き返るなぁ」香田も両眼を細める。

陶酔したような表情は、男の眼から見ても惹かれてしまう。

「そうですね」

同感だった。俺はこのひとときを一生忘れないだろうと思ってしまう。

しばらくは無言で食べた。大澤は時おり香田に眼をやる。食事を楽しみながらも背筋はすっと伸びている。ついマイクスタンドの向こうに立つ姿を重ねてしまう。

「さっきの話だけど」

香田はストローをグラスに入れ、中の氷を静かにかき混ぜている。

「まぁ実際には、一回一回、積み上げていくしかないかなぁ、と思ってます」

「たしかにそうですね」

大澤が同意すると、香田はゆっくりとした瞬きで返す。

「一回演《や》ってまた、それでデータができるっていうか。やっぱりお客さんの前で演るのが一番勉強になりますからね。それでこう、自分ならではのスタイルというか、ソロならではのスタイルが、だんだん見えてくるっていうか」

「でも、ひとりだとその、積み上げの感覚も違ってくるかもしれませんよね」

「それはあるだろうなぁ。ステージってやっぱり、孤独な世界ですからね。下手すると、お客さんに呑まれちゃいますからね」

香田起伸が客の気迫に呑まれる。ステージの上では常にファンのこころを優しく包み込むような笑顔を絶やさなかった男のイメージからは想像もできないコメントだが、その危惧は常にこころの片隅にまとわりついているのかもしれない。

それでもデラノのライブでは、もう十年以上一緒に活動をしているバンドのメンバーが同じ舞台に立っていたのだ。それが今回は、ツアーのためにだけ集められた、顔合わせ間もないメンバーしか居ない。

香田が言葉を継いだ。

「長い間やって来てるといっても、デラノのステージしか経験してないわけですからね。でも今回のツアーは曲もまったく違うわけだし、雰囲気も違う。デラノとは明らかに違う、初めてのことだから」

大澤は相づちを打ちながら思う。

そうなのだ。香田起伸が言葉の端々に何度も、初めて、と繰り返し、デラノとは明らかに違う、と強調しているように、香田にとって、ソロとしては今回が初めてのツアーになるのだ。なのに大澤は頭の隅で、既にそのツアーを体験したことがあるような錯覚を抱いていた。もう何度か舞台監督として係わったかのような錯覚。まだ一度も実現していない。それなのに、体験したような気になってしまう。その理由は、十五年間かけて創りあげてきたデラノのライブツアーの情景が、香田起伸の歌い方やほんのちょっとした仕草まで、完成されたひとつのスタイルとして、大澤の中に深く刻みこまれていたからだ。ソロとしては初めてでも、デラノとは別の印象を残すようなライブなどももはや想像すらできないほど、それはあまりにも力強いものだった。

香田起伸がソロミュージシャンとして作詞作曲したCDは、既に計四枚発売されていた。シングル二枚にアルバムが二枚。ソロの新譜が発表され耳にするたびに、大澤はいつも同じ感想を抱いたものだ。

デラノの音楽とは随分違うな──。

にもかかわらず大澤の中では、まだ体験してもいない、まだできあがってもいない、香田の初めてのソロツアーに、ごく自然にデラノのツアーで見た映像を重ね合わせていた。

デラノと同じような大仕掛けな演出をいくつも繰り出し、デラノと同様に観客は全員、開演から終演までずっと立ちっ放しで、デラノに似た派手な火花で観客を驚かせて終演を迎える。もしかしたら数曲、ファンサービスとしてデラノのヒット曲もアレンジを大幅に変えて歌うかもしれない……。

香田起伸ソロ・ライブツアーを敢行する。プロジェクトが極秘のうちに進められ、舞台監督として指名を受けて以来、大澤が頭の中に描いていた映像だ。それは何ひとつ根拠のない、自分勝手な思いこみでしかなかったと、アメリカの砂漠の街であらためて気づかされたのだ。

舞台監督としての認識の甘さを内心反省しつつ、大澤は顔には出さず静かに声を出した。

「そうなると曲の構成もどうするか、ですよね」

「大事ですよねぇ、曲の流れは。ショーの起承転結を組み立てるのが大変だし、それが最大のポイントですから」

「そう、ショーは起承転結が最大のポイントになりますよね」大澤は繰り返した。

ショーは起承転結が最大のポイント——。

それは毎年、デラノのショーを創りあげる上で、プランを提案する側とミュージシャンとの間でたびたび交わされてきた、いわば合言葉のひとつでもあった。

大澤はテーブルのグラスに手を伸ばす。

「この曲の次にこの曲を持ってくるのと、また別の曲を持ってくるのでは会場の空気感が違ってきますよね」

大澤がレモネードをひと口飲むと、香田が軽く二度頷いた。

「そうですね。やっぱり順番でまた、その聴こえ方も変わっちゃいますしねぇ……。お客さんのテンションっていうか、そのノリみたいなものもこう、その順番とか、曲が始まるタイミングとかによってだいぶ、もっとテンション上げられるかどうかっていうものが変わってきちゃいますから。ノッてたお客さんも、タイミングを外すとね、雰囲気が変わってしまったりして。まぁ、それは毎回会場によっても違うんですけどね。やっぱりそこがライブだから。同じ曲を演っていても、会場によって雰囲気が違うので」

「そうすると、今イメージしてるのは、デラノのライブにある流れとは？」

「デラノとは色々な意味で明らかに違ってくるでしょうね。起承転結にしても、かなり変わってくるんじゃないかな。だから今までの流れや雰囲気を求めるひとにはちょっと、期待外れになっちゃうかもしれないんですけどね」

まだ何も見えていないといいつつ、香田の頭には、ぼんやりとしたひとつのイメージが浮かびつつあるのが伝わってきた。

デラノとは明らかに違うもの。起承転結も変わってくるもの。そしてそれは、デラノファン、香田ファンにとっては期待外れになるかもしれないようなもの。そのようなステージを香田はあえて実現させようとしている。長い年月をかけて創りあげてきたデラノのライブツアーとは明らかに違うものを。

大澤は香田の眼もとをちらりと見やり、すぐにグラスへと視線を落とす。

同じ歳――。二十代半ばにデラノの音楽を耳にしたときからずっと思い続けていることだ。

ソロライブツアーは、香田起伸にとって三十代最後の年に開かれる。だからこそ香田は、大いなる飛躍を胸に秘めているのではないか。それは、同じ歳の大澤とて同じことだ。自分にとっても、三十代最後の節目のツアーにしなくてはいけない。そのためにはこの砂漠の街で起きた奇跡のような出会いを、なんとしても活かしたい――。

大澤は胸に膨らむ思いに急き立てられるように問いかける。

「それってイメージとしては、どんな感じになるんでしょう？」

「イメージかぁ、どうだろう……、まだ実際には見えていないからなぁ」

香田は眼差しをゆっくりとテラス席から通りに向けた。

「例えば、そうだなぁ……」

少しの間を置いてから、香田は頬《ほお》を撫でながら言葉をもらした。

「もしかしたらソロの場合は、座って聴くひとがいるかもしれないですね」

大澤は一瞬、覗いた気がした。デラノとは明らかに違う。その言葉が意味するものの奥深さを見せられたような気がしたのだ。

観客が座って香田起伸の歌を聴く……？　例えば、という但し書きのもとに語られた言葉であった。けれども、開演と同時に数万人の観客が総立ちになり、終演まで座ることのないデラノのライブを見つづけてきた大澤にとって、例えば、という但し書きがついたとしても、それは思いもつかない光景だった。

「今いわれたのは、曲によってお客さんが立って聴いたり座って聴いたりするということですか？」香田の頭にある映像を探るように大澤は訊ねた。

「うーん、ぼくからお客さんに対して、この曲はこうして聴いてほしいっていうような具体的な希望を持つということではないんですけどね。曲調とかその場の雰囲気で、自然とそういう風にお客さん自身が反応することもあるかなぁ……」

大澤は祈るような気持ちを眼差しに込める。ぜひとも、この話題をさらに奥深く、香田起伸の胸の底に沈んでいるものを探らせてほしい。

「まぁでも、ぼくに限らず、ミュージシャンに限らず、何かを創造する職業のひとはみんな同じじゃないですか？　観客だったりリスナーだったり読者だったり、相手は変わっても、まったく何もないところから新しいものを創り出すっていうのは、お客さんの見えないところで苦しんで、もがいてるわけで」

見えないところで——。同じだな。ふとそう思う。それは大澤が師と仰ぐひとの本の中にある台詞と重なるものだった。

香田がグラスを手にとり、一気に飲み干したので自然と会話が途切れた。

空のグラスを置くと、香田が柔らかく微笑んだ。

「さてと、汗も引いたし、そろそろ出発しますか」

香田からの唐突な終演のコメントだった。まるで大澤の逸《はや》る気持ちを察していながら、わざとはぐらかしたように感じられた。まだ自分の中で固まっていないことを、誘導されるままに思いつきで口には出したくないとでもいうように。

「そうですね」

大澤も氷が上唇につくほどグラスを傾けた。

香田が担当のウェイトレスを呼んだ。大澤がポケットから急いで紙幣を出そうとするのを柔らかく断り、慣れた感じで支払いを済ませた。

香田起伸がいうように、ライブの中身はまだ、本人にも具体的なイメージさえ見えていないのだろう。だが新たなものを模索し、かたちにしようとしているその思いの深さは十分に伝わってきた。

『デラノとは色々な意味で明らかに違ってくるでしょうね』

その言葉に大澤は、香田の内面にある、爪先立つような苦悩を感じたのだ。

3

大澤は機内誌を膝に置き、前の席の背もたれポケットに入ったヘッドイヤホンを引っ張り出す。

「それで？」

千葉和哉が先を促す。いいところで中断されたという顔だ。アルバカーキのカフェで香田に気勢をそがれた自分も、きっとこんな顔をしていたんだろうと大澤は思う。

「それでって、それだけだ」

「それだけって、それから一緒にどこかに行ったとか」

大澤は口の片端を持ち上げた。

「一緒に？　行くわけないだろ」

「ですけど、そろそろ出発しますかって、ことですよね。日本のどこかでばったり会ったたって感動ものなのに、アルバカーキでしょう、大いに盛り上がって一緒に旅しようって」

大澤は鼻で笑った。

「一緒に旅なんてするわけないだろ。香田さんだって貴重なオフの日に、ひとりになりたくてバイクに股がってあてもない旅に出てんのに」

「でも——」

大澤は、相手の機先を制するように手のひらを向けた。

「俺も自分の旅を邪魔されたくなかったし、香田さんも同じ気持ちだっただろう」

「これからどうする、みたいな会話はなかったんですか？」

「あったよ。香田さんは、フェニックスにある、なんとかいう、世界的に有名な建築家が関係しているカッコいいホテルに行くとかいってたな」

「あ、それ」

「知ってるのか？」

「世界的に有名な建築家が関係しているフェニックスのホテルっていったら、一軒しかないので。だったら、そこに一緒に行こうなんて話は？」

「ないよ。香田さんのひとり旅に、なんで俺がお邪魔虫しなくちゃいけねぇんだよ」

「それはそうかもしれませんけど……」

千葉和哉は相変わらずお預けをくったような顔をしている。

「ブリトー食べて、レモネードだけ飲んで、それでさよならだったんすか？」

「冷えたレモネードで、バイバイだ」

眼の前の顔がほころぶ。

「なんだ、おかしいか？」大澤は相手の笑いの意味がわからず眉間に皺を刻む。

「なんか、クールな言葉ですね」

「そうか。普通だろ」

「いえ、カッコいいです」

「それよか今、思い出したんだが、ＬＥＤパネルのモーターでもうひとつ気になってたことがあって――」

機内での会話は再び仕事の話題に移っていた。灼熱の乾いた大地の街で起こった奇跡のようなエピソードへと再び戻ることはなかった。

相手の質問には冷めた答えを返しつつ、大澤は砂漠の街で感じたものを思い出していた。後ろ足で地面を掻くような、逸る気持ちを。

香田起伸の初のソロツアー。その主役から、本音を聞く機会を得たのだ。それは大澤がこころの中で師と仰ぐステージの演出家も、香田が所属する事務所の社長も、おそらくまだ耳にしていない、声にしづらい思いというものだった。思いがけないチャンスを与えられたからには、なんとしても活かさなくては。今回のツアーは、香田にとってだけでなく、自分にとっても転機にしなければいけないのだ。今度こそ、大きく踏み出す転機に――。

香田のソロツアーは大澤にとって、三十代で係われる最後のライブツアーになる。四十歳になる前に、自分が納得できる足跡を残したい。似た志は、同じ歳の香田の胸にもあるはずだ。香田はその志にも突き動かされたからこそ、大きな危険をはらんだ賭けに踏み出そうとしているのではないか。

ふと浮かぶものがあった。数分前の会話に大澤の思考は遡る。

「さっきの話だけどな――」

大澤の問いかけに千葉和哉が首をかしげる。

「香田さんが、最初に海外に行ったのって」

「あぁ、はい」

「何年っていってた？」

「一九九〇年ですね」

そうか……。会話の途中で微かに感じた引っかかりの正体がようやく現れた。

あれはその一年前のことだったのか……。

こころは十五年前へと一気に遡る。

大澤の脳裏には、その日の記憶がまざまざと蘇っていた。

4

一九八九年も暮れを迎えようとしていた。

世の中のどこか浮ついた盛り上がりとは対照的に、バンドは売れるどころか、プロへの道筋すら見つけられないままの状態が続いていた。

高校時代に組んだ四人編成のロックバンド。ヴォーカルの大澤がリーダー。他にギター、ベースにドラムス。

大学進学など端から考えていなかった。高卒後はバイトしながらデビューを夢見て練習とライブ活動を続けてきた。

ライブ活動といえば聞こえはいいが、実際は中学・高校時代の友人の伝手《つて》に集客を頼ったものに過ぎなかった。同級生のよしみでライブのチケットを買ってもらう。他のバンドと遜色がないようにフロアを少しでも埋めてもらう。そうすることでどうにか小さなライブハウスで他のアマチュアバンドに混ざって名を連ねることができた。ファンと呼べる層の広がりなど実感できないまま、ただ日を重ねていた。

それでも地道に活動していれば、いつかは音楽関係者の眼に留まるはずだ。素直にそう信じていられたのは、高校を出てから四年目までだった。かつての同級生たちが大学を卒業し、名の知られた会社へ就職したという話が聞こえてくると、眼に見えない縄がじわじわと大澤のこころを縛り始めていた。

焦燥を感じたのにはもうひとつ理由がある。大澤たちを追い越すようにして次々とメジャーデビューを果たす男たちのサウンドが、明らかに大澤が志向するものとは異なっていたからだ。それは考えるまでもなく、大澤自身の目指す音楽と、時代が求める音楽とのズレを意味した。

音楽シーンの主流は電子楽器中心のダンスミュージック、いわゆるユーロビートといわれるデジタルサウンドへと移っていた。大澤たちのバンドの曲調は、大澤自身が心酔するレッド・ツェッペリンやディープ・パープルといった一九七〇年代を代表するロックバンドが実現させたハードロックサウンドの延長線上にあった。時代とのズレは明白だ。どの音楽事務所にテープを持ち込んでも返されるのは、助言という衣をまとった断りの台詞だ。

今の時代には重過ぎるよね。ちょっとハード過ぎると思うな。ベースの奴にキーボードを弾かせて電子音をもっと前面に出したらよくなると思うけど。

デビューするためには時代ウケは無視できない。とはいえ自分のこだわりは捨てたくない。土はいずれ必ず肥えてくる。そう思いつつも、芽吹く前に種のほうが先に腐りそうになっていた。

バンド活動と並行して、他のメンバー三人と一緒に、ライブ会場で「楽器係」のバイトも始めた。プロのバンドと接点を持つことで、そこで得た人脈がやがて自分たちのデビューへとつなげられればと思ったのだ。

自分たちのデビューの道筋のために始めたバイトだったが、プロバンドのステージの設営をサポートする仕事には大澤自身、思いのほかのめり込めた。サウンドを創る作業と、ステージを創る作業。まったく何もないところにコンセプトやイメージから構築していくという点が、とても似ていると感じられた。他のメンバーは、楽器係の仕事が一段落するとさっさと帰り支度を始めるが、大澤はひとり現場に残り、リギングや大道具といった他のチームの雑用を自ら買って出たりした。専用のヘルメットも手に入れた。ナグリの扱いも手慣れてくる。指図をされる前に動き、たまに褒められたりすると、それがまた大澤のこころを現場へと引き寄せた。

もちろん本来の目的も忘れてはいなかった。設営現場で出会ったひとたちに自分たちのデモテープを聴いてもらうこと。スタッフルームで雑談に花を咲かせる各チームのチーフにテープを渡し、後日感想を聞く。こころを動かされるひとがいれば、そのひとから音楽事務所の関係者を紹介してもらおうと考えたのだが、返ってくる感想はどれも思わしくはなかった。

そんなときだった、そのサウンドを耳にしたのは。

他のメンバーが着替えを終え、今月の練習スケジュールを確認し終えたところでひとりの男の姿が眼に入った。

舞台監督がスタッフルームの窓際の席で煙草を口にくわえつつ、競馬新聞をめくっていた。いつも大道具や照明といった各チームのチーフを周囲に集めて怒声をあげているか、雑談に一番大きな声で笑っているひとだ。大澤がバイト先で出会った舞台監督の中でもひと一倍声が大きく、直属の舞台監督チームやリギングチームにはひと際厳しく、怒鳴る姿が誰にも増して迫力のある男だった。周囲のスタッフからは親しみ半分、怖れ半分を込めて、苗字をもじって「ヤーさん」と呼ばれていた。そんな豪放《ごうほう》磊落《らいらく》な男が珍しくひとりで静かに座っていた。自分より二十歳近く年上に見えたが、大澤たちバイトの分も合わせてスタッフ全員に鯛焼きを差し入れてくれたこともあり、大澤は勝手に親近感を覚えていた。

尻込みする他のメンバーに目配せして、広げられた新聞紙の前に四人で立った。

「あの、もしよかったら、このテープ、聴いてもらってもいいですか？」

両手で差し出す。

なんだこれ。眼で訊ねられた。

「俺たちのデモテープなんですけど」

舞台監督は煙草を口の端にくわえたまま新聞を乱暴に折り畳むと、机の上にある紫色のバッグを引き寄せた。中からウォークマンを取り出し、大澤が手渡したテープと中のテープを入れ替える。

心臓が急に縮まる思いがする。まさかこの場で聴かれるとは思ってもみなかった。

イヤホンを耳に捻じ込み、再生ボタンを押す。周囲で雑談するスタッフが音洩れで聴けるほどの大音量だ。大澤の鼓動がさらに速まる。

しばらくの間、眼を閉じたまま無表情で聴いていたが、一曲目が終わり、二曲目の途中で耳もとに手をやった。

「熱くなれねぇなぁ」

ぼそりと洩れたコメントにどう返したものか。頰の筋肉がうまく動かない。いたたまれず、自分をおとしめる言葉がつい出てしまう。

「やっぱなかなか、むずかしいですよね？」

舞台監督は大澤の台詞には答えずに、さっき取り出した自分のテープともう一度入れ替えた。

イヤホンを突き出される。大澤はおずおずと耳にやる。

いきなりの英語。洋楽？　思ったところで聴こえてきたのはギター、ドラムス、ベースが一気に畳みかけるようなサウンド。そして……。

ヴォーカルが加わった途端に背筋がぞくりとした。

今風のデジタルサウンド。ビートはデジタルだが、そこに有り余るパワーを抑えたギターとヴォーカルが加わることで、流行りの音とは異なる、聴くひとのこころにぐいぐい食い込んでくる迫力がある。

どこか一九七〇年代を感じさせる重厚さ。だがメロディーは今風のJロック。懐かしさと新しさ。その両面を合わせ持つサウンドだった。

聴き終え、イヤホンを外す。噛みしめた歯の隙間からゆっくりと息を吸う。他のメンバーにイヤホンを回した。

順に全員が聴き終えたところで、大澤は訊ねた。

「どういうバンド、なんですか」

「熱くなれるだろ」

舞台監督の問いかけに素直に頷く。背筋の悪寒はそのままだ。

「やっぱ知らねぇか」

相手はそこで初めて、口もとを緩めた。

「こいつらは絶対来るだろうな」

舞台監督がバッグの中を探り、カセットテープのケースを出す。ジャケットにはワインレッドを背景に若い男たちが顔を向けている。

同じ時代を生きているのに、大澤たちのバンドと、表現されている音はまったく異なる。

斬新なオリジナルのサウンドを既に創りあげている男たちに対して、自分たちはただの懐古的なバンド……。そんな対比がつい思い浮かんでしまう。

「でもこいつら、ルックスがいいだけっしょ」

大澤からケースを奪い取るようにしてドラマーがいった。

「軽いっちゅうか、いまいち迫力ねぇよな」ベーシストが同調する。

大澤は思わず口にしたメンバーの顔を凝視してしまう。

「なんだよ、怖い顔して」ベーシストが煙たそうな顔をする。

おまえら、この凄さがわからないのか……。口にしようとした台詞は喉もとに貼り付いた。わからない奴に浴びせても伝わらない台詞だと気づいたからだ。

「ま、そういうこった」

ウォークマンとケースをバッグにしまおうとする舞台監督に大澤は声をかける。

「それ、もう一度いいっすか？」

大澤は再びケースのジャケットを見た。

すべて英語表記。そこにも新しさを感じた。

バンド名がある。

《DELANO》

そう印刷されていた。

眼の前にひょいと差し出された顔がにやりと笑った。途端にヤニ臭さが鼻をつく。

5

夜も更けていた。雑用も一段落したのでそろそろ引き上げようか。そう思いつつもすぐには帰る気になれず、大澤はスタッフルームで缶珈琲をすすりながら物思いにふけっていた。

「あ、お疲れさまです」

つい四時間ほど前に、デモテープを聴いてもらった舞台監督だった。

「なんか、僕は迷ってますぅ、って顔だな」

「いえ……」

「当ててやろうか？　新しいバンドを組み直すか、それともこのままダラダラ今のメンバーで続けるか」

投げ掛けられた台詞に、頬を張られた気がした。

「当たりか？」

どう答えようか迷う。胸にもやもやと霧のように立ちこめる思いを的確にいい当てられていた。

高校時代に二年間、そして卒業して五年半。計七年半もの間、活動を共にしてきたメンバーだった。だがこの二年ほどは明らかにその意気込みは消沈の一途をたどっていた。

時代はいずれ俺たちに追いつくよな――。何度も交わし合ったその台詞は、いつしか愚痴にすり替わっていた。時代がアホなんだよ、と。

自分も含め、高校時代に比較してどこまで巧くなったのだろうかという不安と戦いながら、好きな音楽が一緒で気が合うという理由だけで組んだこのメンバーで本当に良いのだろうかという疑問を大澤は抱き始めていた。メンバーの中には、楽器係以外にも居酒屋でのバイトが忙しくなり、事前に決めた練習日に欠席するような奴も出てきた。プロデビューについてどこまで本気なのかという不信感が少しずつ頭をもたげていたところに、ついさっきのメンバーからのコメントが大澤の胸をえぐった。

初めて耳にしたサウンド。大澤自身は打ちのめされた音と歌声に、メンバーは見下すだけで認めようともしなかった。音楽センスへの不信感。驕《おご》った態度にもまた、内心いいようのない落胆があった。

大澤が何も答えられないままでいると、舞台監督が言葉をかぶせた。

「デラノの凄さがわからねぇような奴らと組むのは、ちと厳しいもんだよな」

しゃべらずともどうやら顔色で、こちらのこころは透けて見えるようだ。

「あれは、デラノって読むんですね」

大澤は戸惑いを誤魔化すように話題を逸《そ》らした。

落胆は既に何年か前から大澤の胸にはあったのだ。その存在に気づきつつ、自らフタをして見ないようにしていたのだ。だがデラノのサウンドが、ヴォーカルの歌声が、フタをこじ開け、有無をいわさず向き合わされてしまった。

「おまえとしたら一番気になるのは、ヴォーカルのコウダキシンだよな」

「コウダキシンって、どんな字書くんですか？」

舞台監督は机の上に人さし指で四つの漢字を描く。

《香田 起 伸》

「いくつなんですか？」

「歳か？　香田起伸はたしか、二十五かそこらじゃねぇか？」

「同じ……なんだ」

「あ？」

「そのヴォーカルと自分の歳が同じなんで」

「そうか、そいつはちと辛いな」

奇遇、ではない。面白い、でもない。辛い。大澤の胸を一瞬かすめた心情。そう、辛いのだ。

「やっぱりアマチュアバンドから?」

「いや、香田は国立大を出てるって聞いてんぞ。たしか帝工大の……」

帝国工業大学。略して帝工大。舞台監督が口にしたのは大澤も聞いたことのある大学だ。

「建築学科を出てるって話だ」

聞けば聞くほどこころが打ちのめされた。大学進学など一切考えずに地道に音楽活動を進めることがメジャーデビューへの近道になる。そう信じた七年半だった。大学に行くことなど時間の無駄であり、デビューの妨げになるとさえ考えていた。それなのに……。

デラノのヴォーカリスト・香田起伸は名のある国立大学に進学し、建築家の卵という特別な入場パスも手に入れつつ、その切符を捨てて、メジャーデビューという特等のチケットまで獲得した男だった。

いや、大澤のこころをギリギリと締めつけているのは、そのことよりもむしろギターの音色であり、あの歌声だった。電子音の背後で奏でられるギターのフレーズは、テクニックも音量も控えめだった。だがその音色は、かつて大澤が夢中でコピーしたハードロックのリフのように、聴いた者の耳にしっかりと刻み込まれていた。

さらに香田起伸の歌声。歌を生涯の職業にしようとしている者だからこそ、わかる。ここ数年、大澤が耳にしたどのヴォーカルよりも力強く、そして類まれなセンスを感じさせた。同じ土俵に立とうとしている者のひとりとして、自分の実力との格差に打ちのめされた。

「どうだ、三つ目の選択肢、考えてみねぇか」

掛けられた言葉の意味が咄嗟に理解できず、数秒考える。

ようやく思考が追いついた。新しいバンドを組み直すか、このまま活動を継続するか、それとももうひとつ、三つ目の選択肢……？

「これだよ」

眼の前に置かれたのはA４の紙。表題の文字が眼に入る。

《中途採用募集》

「おまえ、才能あるよ。こっち側で働いてみねぇか」

舞台監督が所属する会社が人材を募集している。大澤がその気になるなら推薦するからどうだ、という話だった。

いきなりの誘い。

「いや、俺は……」

反射的に拒絶しつつ、だがこころの揺れを感じてしまう。

「俺たちの仕事はよ、ファンを喜ばせるっていう点ではミュージシャンと一緒なのよ。ライブの流れと演出をミュージシャンの気持ちになって考え、その流れに沿ったステージを創りあげる。ファンを喜ばせるっていうより、日常では得られないような興奮と感動を与えるって感じだな」

舞台監督は饒舌だった。熱が伝わってくる。

「おまえの音楽的なセンスとデザイン的なセンス、それにその体力と気働きだな、そういう才能はこっちのほうに向いてると思うんだよな」

持っていると信じ続けた才能を何度も否定され、胸にあった自信がぐらつき始めていた矢先でもあった。それだけに、それがたとえ自分がしがみつくようにして培《つちか》ってきた才能ではなくても、認められたという実感が素直にこころに沁みた。しかも認めてくれたのが、魅力を感じ始めていた道のプロであるから、その温もりは胸一杯に広がった。

「ありがとうございます」

「そんじゃな、お疲れ」

いったんは背中を向けた舞台監督が、振り向いた。拳銃を突きつけるように二本の太い指を大澤の胸に向ける。

「こう考えてみたらどうだ。バンドでプロデビューをっていう果てない想いを捨てるんじゃなくてよ、バンドの経験を活かしてステージを創るという新しい旅に出る」

たどり着く当てなどない対岸を夢見つつ、必死にオールを漕いだ七年半だった。諦めたわけではない。だが目指していた方角とは別の向きに、新たな岸が、横付けできるほど近くに見えていた。

見えない岸を目指してオールを漕ぎつづけるのか。それとも、オールを捨て、不意に眼の前に広がった新たな大地へと足を踏み出すのか……。

一ヵ月後。

大澤は舞台監督が所属する会社、東京リギングを訪ねていた。社員数二十名にも満たないイベント設営の業界でも小さな会社だった。

久しぶりに顔を出した実家で、大澤は就職内定の通知を母親に見せた。母親は潤んだ眼を隠そうともせずに、和箪笥の上に唯一飾られた親子三人の写真に報告した。

6

同期入社はふたりだった。もうひとりの男、小金井文夫《こがねいふみお》は二流の建設会社から転職した大卒の男だ。配付された薄い会社案内にある社長と苗字が同じと思ったら案の定、社長の甥っ子だという。中途採用の者に入社式はもちろん歓迎会もなく、小金井は本社が拠点となる営業開発部、大澤は現場が仕事場となる美術制作部に配属されたので顔を合わせる機会はほとんどなかった。たまに社内や現場ですれ違うと、大福を思わせる体型をスーツで無理矢理縛りつけた小金井は、ジーンズにTシャツという大澤に、侮蔑の眼を遠慮なく向けてきたが、大澤とすれば、まったく気にならなかった。社内の人間関係など気にしている余裕などないほど現場での対応に追われる日が続いていたからだ。

コンサート会場、テレビ局、展示会場。現場も設営の分野も様々だったが、眼の前にある、与えられた仕事を必死にこなすだけで、瞬く間に二年が過ぎた。

大澤をこの道に誘った舞監《ブカン》は、社の内外でこの頃から「バンさん」と呼ばれるようになっていた。苗字にも名前にも「バン」という名はなく、そう読み替えられる漢字もない。ではなぜ「バンさん」なのか。大澤は舞監と親しい馬面の照明担当に聞いたことがある。

「ディープ・パープルって知ってんだろう?」答えではなく質問が返ってきた。

「はい、もちろん」それこそ大澤自身が心酔した七〇年代ハードロックバンドのひとつだ。

「パープルの代表作で、『バーン』ってのがあるだろ。その『バーン』のバンさんなんだよ」

唇を丸めて応えつつ、わかったようで実はまったくわからない。なぜあの舞監がディープ・パープルの『バーン』なのか。

納得できていない気持ちが顔に出たらしい。

「『バーン』の邦題、知ってるよな?」重ねて質問された。

「邦題は『紫の炎』ですよね」答えてから思い当たる。舞監の印象と瞬く間に結びついた。

「凝ったあだ名ですね」

「バンさんと最近仕事で付き合いの始まったステージプランナーがいて、そのひとが目茶苦茶凝ったことが好きなひとらしくて、そのステージプランナーが名付け親って話だ」

だが正直、色については明確に結びついても「炎」は単なる付け足しと思っていた。ところが実はそこにも意味があることを大澤が身をもって知るのは、入社三年目に入ってからのことだ。

一九九二年。

春先から大澤に対する舞監の態度が豹変した。言葉よりも先に蹴りが飛んでくるようになったのだ。

こんな手摺りじゃ落っこちるだろうと蹴られ、こんな階段、蹴躓《けつまづ》くだろうといって蹴られる。まさに炎。烈火のごとき怒りとともに飛んでくる蹴りだった。かつてバイトとして参加した現場と設営作業の当事者として臨む現場はまったく異なることを大澤は痛感した。舞監の部下には人権などなかったのだ。プロのミュージシャンを目指す道を逸れ、選び直した道は、想像を超えて険しいものだった。

そんなある日の明け方、大澤は現場のトイレの個室にいた。立ち上がろうとしたところで、ふたつの声と足音が聞こえてきた。

「バンさん相変わらず、厳しいっすねぇ」

「なに持ち上げてんだよ」

膝から力が抜けるようにして便座に座り直した。照明チーフと舞監だ。

「別に持ち上げてないっすよ。見てるこっちまで痛くなるんで」

チーフの言葉が尻に沁みる。ついさっき舞監に蹴られた記憶が冷たい便座と接した部分に生々しい。

「この世界に入って二年間は何もわかりゃしねぇし言葉だって通じねぇんだよ。何もわかってねぇ奴に怒ったって、怒ったほうが疲れるだけだろ」

「三年目が関所ってことっすね」

「俺は、こいつは伸びるって見込んだ奴しか蹴らねぇんだよ」

扉越しに聞こえた言葉に、温かなものが胸にどっと流れこむ。

「出たぁ、バンさんの決め台詞」

「茶化すな」

「でもそんなことといって。大澤くんの前の新人、バンさんが蹴ったら翌朝、消えちゃいましたよね」

膨らみかけたものが一気にしぼんだ。なんだよそれ。

「ま、たまには見込み違いもあらぁな」

豪快な笑い声がトイレ中に響いた。

「手、洗わないんすか？」追いかけるような照明チーフの声。

笑い声はそのまま遠ざかった。

やがてわかってきた。作業の出来の悪さで怒鳴られるのはしょっちゅうだが、蹴られるのは、安全面にかかわる施工を大澤がうっかり見逃したときだった。ナイロンの糸で編まれたベルト、スリング一個の巻き方にしても、危険ではない巻き方かどうかという判断から、巻き方の善し悪しがある。それを間違えようものなら、蹴りどころかナグリが飛んできて、危うくよけながら背中が冷たくなった。

設営にかかわる図面の修正作業も大澤の仕事の一部になっていた。昼間は舞監のサブで現場を走り回り、深夜になってようやく現場作業が一段落すると、社内のデザイン部が描いた図面の修正作業に没頭する。修正も本来はデザイン部の仕事なのだが、舞監はなぜか大澤にその仕事をことあるごとに振ってきた。

当初は面食らい、どこをどう扱ったらよいのかさえわからなかったが、怒鳴られ、作業し、また怒鳴られを繰り返すうちに、少しずつ図面の読み方がわかってきた。

わかってくると図面に向かう時間は、貴重な睡眠時間を削られると知りながら、苦痛ではなくなった。徹夜が続く中、図面を読み、頭に入れた上で現場に向かう。現場で感じた疑問を図面で解決する。やがて図面を直しながら、新たな問題点を他のスタッフに先駆けて見つけ、現場で前もって舞監に伝えるようなこともできるようになってきた。

二徹と三徹。この業界に入って初めて耳にしたふたつの単語は、すっかり大澤の日常生活に馴染んでいた。肉体的には辛かったが、それでもこころは折れることなく前向きだったのは、新たに踏み出した道を一歩一歩確実に歩んでいるという自覚があったからだ。夢を追うのは同じでも、自らの進歩を確認できることが、ミュージシャンを目指していた頃との一番の大きな違いだった。展示会やテレビ番組の大道具の設営にも追われつつ、たまにコンサートステージの仕事が入ると自然と力が漲《みなぎ》った。

いずれ自分がプランニングしたステージを実現させたい——。胸に生まれた夢はいつしか、かつて七年半追いつづけた願いを忘れさせるほど大きく膨らんでいた。肉体的な苦痛を耐え、耐え忍べばその先にはいずれ、自分も舞台監督という終着駅へ、会場を仕切る男へとたどり着けると信じていた。

そんな暮れも押し迫った日のことだ。

新たな現場へと向かう途中、立ち寄った大型書店で、なんの気なしに手に取った書籍を開いた。大判でハードカバーの写真集だった。自然と手が伸びたのは、タイトルに気になる文字があったからだ。

《DELANO》

大澤のもっとも気になるロックバンドは、三年前に舞監が予想した通り、輝ける道を駆けのぼっていた。発売されたシングル、アルバムはともに1位獲得を継続中だ。

デラノの眩《まばゆ》い実績の積み重ねを知るたびに、大澤はひとにはいえない焦燥を感じた。自分と同じ歳の男の、かつて自分が目指した道での大いなる成功。同じ土俵に上がれなかったからこそ、自分は自分の目指す道の実績で同じ歳の男にいつか追いつきたいという願いが熱を帯びる。なのに、実態はどうだ。日々怒鳴られ、蹴られ。成功を収めるどころか、上がった土俵で自分はまだ一人前にすらなれていない。

だからといって、浮き沈みの激しい音楽業界で、デラノの転落を願ったりはしなかった。むしろ逆だ。自分が一人前となり、音楽業界において別の道から追いついたと実感できるまで、デラノには、香田起伸には、トップで走りつづけていてもらいたい。そんな思いを抱きつつ、徹夜徹夜で眼の前の作業に追われていた矢先に書店でその名を眼にしたのだ。

デラノもついにアイドル宜しく写真集まで出したのか。羨望。嫉妬。幻滅。様々な思いが胸に絡み合うのを感じつつページを開いたところ、すぐに安易な誤解と気づかされた。

手にしたのはデラノの写真集ではなかった。デラノのステージをデザインする男の仕事を追った記録写真集だった。

ステージプランナー。それがその男の職業だった。

「これか……」

小さく声に出てしまったのは、観たいと思いつづけていたものを写真で初めて眼にすることができたからだ。

それは日本のミュージシャンとしては初となる、画期的な設営用資材を使用した、デラノのアリーナツアーを記録した一冊だった。

デラノはヒットメーカーであると同時に、そのライブもまたチケットが入手困難なほど人気を呼んでいた。ヒット曲は出せても生演奏と生歌の実力が伴わないためにライブは開けないバンドやアイドル歌手も珍しくない中、業界でのデラノの評価は、むしろライブを地盤にファン層を確実に、そして急速に拡大させる新しいスタイルのバンドとしても注目されていた。だが眼の前の現場に追われるばかりの大澤は、まだ一度もそのステージを実際には観ていなかった。

写真に写し出されたステージは、アメリカやイギリスの大物ミュージシャンのステージを彷彿させる大掛かりなものだった。一方でド派手なだけの欧米のステージとは異なり、日本的な繊細さも感じさせた。

大澤は迷わず購入し、仕事の合間を見つけてはその本を読みふけった。写真を眺めるだけでなく、写真についての細かな説明と文章が載ったページを何度も熟読した。

とりわけ惹きつけられたのは《DOCUMENT》というページだった。ライブ初日に至るまでの、約十ヵ月間にわたるステージプランナーの仕事の記録が文章で綴《つづ》られていた。

ステージプランナーはツアー前年の秋に、アメリカのネバダ州にある、ラスヴェガス同様にカジノで知られる街・リノで開催された展示会で、ムービング・トラスという設営用資材のデモンストレーションを眼にする。アルミのパイプを柱状に組み合わせたトラスに、照明機材を取り付けモーターで可動させる特殊な資材だ。照明が柱ごと上下左右に動くことで大きな演出効果が得られる画期的なものでありながら、日本のステージではまだ本格的に使われていなかった。インスピレーションを得た男は、すぐさまステージプランのスケッチを起こし、アメリカとの交渉を開始。国際電話とファックスのやり取りに膨大な時間を費やし、やがて自分のイメージの実現にその資材が必須であるとの実感を得る――。

ページを開くたびに、大澤の胸はざわついた。教えられたのだ。舞台監督は、自分が目指すゴールではなかった。そこはひとつの通過駅でしかなかった。先にはまだ、ステージプランナーという名の終着駅へとつながるレールがさらに長く延びていることを、手にした本で初めて教えられたのだ。

観客を熱狂させるようなステージをいずれ自分も創ってみたい。そう願う大澤にとって、バイブルとなったその本の表紙には、ひとりの男の名があった。

《監修・外川由介《とがわゆうすけ》》

7

その晩も、図面の直しに追われていた。

作業がようやく一段落したところで、珈琲でも飲んでひと休止入れるかという思いとともに手が止まる。二十三時過ぎ。今夜もスタッフルーム泊まりはとうに覚悟していた。

両腕を天井に向けて伸ばしコンピューターの画面を見ながら、いつもの感慨と苛立ちが胸を覆う。元ミュージシャンくずれの男がこうして深夜ひとり残ってステージの図面の修正に手を入れている。人生とは不思議なものだ。だが一方で思わざるを得ない。自分はまだ、ステージプランナーどころか舞台監督にもなれていないのだ。

不意に感じたひとの気配に腕をゆっくりと下ろす。赤ら顔の仏頂面。今夜は新幹線で二時間ほどの現場でバラシに立ち合っていたはずの舞監が、のそりと入ってきた。どうやら解体の管理はサブ監に任せて戻ってきたようだ。顔色が、車中でしっかり飲んできたことを物語る。大澤の座る机の向かい側。椅子の背を抱くようにして馬乗りに腰を落とす。トレードマークのバッグをがさごそやっている。

「おまえ、これ図面にしてみろ」

酒臭い息とともに投げ掛けられた言葉は、大澤の脳裏で空転した。意味がわからないまま差し出されたA３の紙の束を受け取る。

「図面なんて、描けないっすよ」ようやくそれだけ口にする。

「描いてんだろうが」

舞監が大澤の手もとに眼をやる。

「いや、だって、これは直しですから」

「馬鹿かおめぇは」

唸るような低い声。有無をいわさず平手で張られたような感覚。返す言葉がない。

「なんも考えないで、図面に手を入れてんのか」

「いや、なんにも考えてないわけじゃ……」

「だったらこいつも同じだろう」

あらためて紙面を見る。ステージデザインのラフスケッチ集。上から、正面から、横から。ひとつのデザインを説明するようにいくつものスケッチがある。どれもダイナミックな絵だった。静止画なのに今にもそこから音が聴こえてきそうな気がした。海外ミュージシャンのライブツアーだろうか。ふとそんな想像が思い浮かんで身体が震えそうになる。

「これ……は？」

「今度、うちが施工をとったステージのラフだ」

「デザインは別で？」

つい確認してしまったのは、設営用の設計図は通常、社内のデザイン部で描くからだ。音楽事務所の承諾を得た上で、舞監や大澤が所属する美術制作部に下りてくる。

「今回は外だ」

デザインだけ外注。

「珍しいっすね」

「それでもこの施工はうちが取りたいって、上が判断したってわけだ」

つまりそれだけ大事なミュージシャンということだ。

「イギリスですか？　アメリカですか？」

「あ？」

「あ、いえ、ミュージシャンはどっちかな、と」

ロックミュージシャンのためのステージであることは、そのハードなデザインから明白に伝わってきた。誰なのだろう。

「日の丸だ」

「え？　……日本の？」

「おまえとは因縁の、だな」

脳をカタカナ三文字が突き上げた。

「もしかして、デラノ？」

舞監が、にやりと口もとを緩ませた。

また、デラノか……。因縁。まさにその通りだ。ミュージシャンであった大澤の前に立ちはだかり、大きな転機へと背中を押した男たち。

このステージであの、香田起伸が歌うのか……。身体中の細胞がざわざわと騒ぎ始めた。

「あ……」観たことのないライブの映像とともに浮かぶものがあった。「もしかしてこのスケッチって、外川由介さんですか？」

舞監が珍しく眼を広げた。

「よく知ってんな」

「あ、いえ、この間、外川さんの本を買って」

「だったら話が早いな。外川さんのこだわりの肝は、頭に入ってるっつぅわけだ」

まぁ、と呟《つぶや》きつつ自然と頷いていた。各ページに載った写真と、そこに至るまでのコンピューターグラフィック、そして《DOCUMENT》を何度も読み解くうちに、外川由介が何にこだわりつづけたのかは頭に刻まれている。

『鶴の恩返し』の鶴ですよ——。

巻末のインタビューにあった外川の言葉は、作業に行き詰まりを感じたときに大澤のこころを立て直す魔法の言葉になっていた。

ものを創りだすひとは見えないところでもがき苦しんでいても、自分の羽根を抜いて機《はた》を織る姿は絶対見せないでしょう——。

「あの、外川さんって、どういうひとなんすか？」

「意味わかんねぇな」

舞監がパーカーの内ポケットから煙草とライターを取り出す。火を点けるのを待って大澤は再度訊ねる。

「あの、どこで舞監してたのかな、って思ったもんで」

やがて舞台監督になり、そこからさらにステージのプランニングへとステップアップする。それこそが外川由介の本を手にして以来、大澤の頭に引かれた将来の道筋だ。アイドルグループのライブステージのプランニングには、そうした経歴のステージプランナーが何人か係わっていることも最近知った。ならば自分も同じレールを突っ走ることで、いずれそのひとりに名を連ねたい。そう願っていた。プランニングしてこそ、あのステージは俺も造った、ではなく、俺が創ったといえるのだ。

外川由介はいったいどこのイベント設営会社出身なのだろう。何年くらい現場で修業し、舞台監督としての経験を何年くらい積んだのだろう。

本を開くたびに、そんな疑問を抱いた。憧れのひとの足跡を、自分が今後歩むべき道のモデルにしたい。そう願ってはみたものの、書籍の奥付には、外川由介の生年どころか経歴についてもまったく記載がなかった。

舞監は美味そうに一服吸ってから、頬をぽりぽり掻く。

「あのひとは舞台監督の経験なんか、ないんじゃねぇか」

「ワ、サ」

「え……」

　経験がない……。経験なくして、ステージのプランニングを手がける……？

「元建築家だって噂も耳にしたことあっけど、本当かどうか、俺は知らねぇ」

「建築家、なんすか……」

　また、建築家……。デラノの香田起伸が大学の建築学科出身と聞いたときには、大きな驚きがあった。だが今度は、単なる驚きではない。常に足もとに見えていたレールが、実は目指すゴールとは異なる方角に進んでいるような気がしたのだ。ゴールへと向かうには、乗るべきホームがそもそも間違っていたのだろうか……？

「だから、はっきりしねぇ話だよ。噂だよ、ウ、ワ、サ」

　舞監は興味がなさそうに繰り返した。

　噂でしかない。はっきりしない話。そう聞いていながら耳にしたばかりの情報は、大澤の中では真実味が増していた。

　建築家が手がけたステージのプランニング。そう考えると、外川由介特有の斬新なデザインについても、日本ならではの繊細さを感じさせる特徴についても、説明がつくような気がした。舞台監督という職業の延長からは感じられない異質のプランニングセンス。

「明日までに、といいたいところだが……」舞監がスケッチに眼を向けた。

「明日？　図面ですか？　そんな絶対む――」

口から飛び出そうになった台詞を、寸前で呑み込む。

無理です――。舞監が忌み嫌う台詞のひとつだ。口にするたびに何度も頭をはたかれた。やる前から決めつけんじゃねぇ、と。

舞監が煙草をくわえた口の端を持ち上げる。

「少しは成長してんだな」

皮肉には眼だけで返し、

「でも、これ……」図面に話を戻す。「構造計算だって、まだですよね」

外川由介のデザインにかけるこだわりは、まさしく構造との戦いだった。繊細なデザインを実現させるために、構造的な難題をいかにクリアするか。解決策が見えないまま図面を描いても、それは単なる絵に過ぎない。

大澤がこれまで設営現場で修正作業を命じられた図面は、構造計算も終えた、一度完成された図面だった。修正だけでなく、ツアー初日の会場用にデザイン部が描いた図面を、ツアーで巡る他の会場用に寸法などを再調整して一から描き直したこともある。だがそれもまた、新たな図面を描くというよりは元からある図面の調整と修正の作業だった。ところがたった今、舞監から指示されたのは、スケッチから図面を起こす、まったく当初からの設計作業になる。

「見りゃ、わかんだろ」

たしかにスケッチなのだから、構造的な裏付けなどまだないことは見ればわかる。

「おまえな、構造ってのを、頭で理解しようとしてねぇか」

つい先ほどの舞監の台詞をそのまま返したくなる。意味がわからなかった。頭で理解しないでどこで理解するというのだ。

「構造は感覚だよ、カ、ン、カ、ク。身体で考えんだよ、身体で」

余計に意味がわからなくなった。

舞監は煙草を灰皿に乱暴に押し付けると立ち上がった。

「三日やるよ」

「明後日ですか？」

「今日入れたら四日、明明後日《しあさって》だな。そんじゃ俺は、ちょこっと夜食、食ってくっからな」

スタッフ用のケータリングではない。今夜も馴染みのスナックへということだ。

「お、そうだ」いったんは背を向けた舞監が思い出したように振り向いた。

「肝心なこと、いい忘れるとこだった」

二本の太い指が、大澤の鼻先に向けられていた。

8

覚悟していた通り、三徹になった。

ラフスケッチの図面化は、大澤にとってはまるで、頂点の見えない絶壁を登るようなものだった。

設営と解体に追われる目先の現場は日ごとに場所が移るため、スタッフルームや現場の隅で進める仕事もまた作業場所が移動する。展示会の会場から翌日はテレビ局へ、そしてまた翌日は別の展示会場へ。周りのスタッフが雑談や分刻みの睡眠をむさぼる間も、大澤は図面と向き合った。施工の小休止。食事の合間。どうにか区切りが見えた明け方。

手を動かしつつ、イヤホンでデラノの曲を聴きつづけた。少し前、秋に出たばかりのオリジナルアルバム。ダブルミリオン。二百万枚を突破したことでも話題を呼んでいた。

売り上げの数値にはさして関心のない大澤が、厭きるどころか陶酔するようにして聴きつづけたのは、ニューアルバムがこれまでのデラノのアルバムとは印象が明らかに異なっていたからだ。一曲目からギターのハードなリフがうなり、ヴォーカルがシャウトする。香田起伸が握るハンドルはハードロックへと潔《いさぎよ》く切られていた。そのサウンドは、かつて大澤が実現させたいと願いつつ、ついに到達できなかったものだった。それだけに、彼らがそのアルバムを引っさげて開催する翌年のアリーナツアーに間接的とはいえ係われることに、大澤は眼に見えない強い縁を感じた。

縁を感じたのには、もうひとつ理由があった。ラフスケッチの図面化を不躾に指示された夜。いつものスナック通いの直前に、舞監が口にした台詞が何度も耳に蘇っていた。

「ライブの演出で何が一番大切か、おまえ、わかるか？」

大澤は即座に、一曲目ですか？　と答える。

「テンだよ」

「テン……、十曲目ってことですか？」

「馬鹿かおめぇは」顔は笑っている。

「起承転結の『転』だよ」

起承転結……。転……。

「そこでライブの流れをいったん変えるんだよ。『転』がないライブは、ただダラダラするだけの締まりのねぇものになっちまうし、『転』が巧くいきゃぁ、エンディングまではフルスロットルでひとっ飛びだ」

舞監の台詞がそのまま理想的なライブ映像となって大澤の頭に描かれていた。

「っていうのが、外川さんの考えなんだがよ」

起承転結。その中の、転。外川由介の本にはない言葉だった。それだけに大澤の胸を鋭利に刺した。

「でもって、その予定曲なんだが……、わかるか？」

「その『転』になる曲ですか？」

舞監は立ったまま首をだるそうに回した。軟骨の音が聞こえてくる。

「この間出たアルバムの中のどれかですよね？」

大澤は机の上に置いたままのＣＤジャケットをひょいと見る。

「普通はそう思うだろ、それが違うんだよなぁ」

「だったらこれまでにミリオンになった曲ですか？」

デラノはシングル、アルバムともにオリコンチャート1位獲得を継続するだけでなく、売り上げ百万枚突破を連発していた。

「そいつも違うんだよなぁ」

やけに楽しそうだ。

「ツアーのアルバムでも、1位になった曲でもないって……」

「わかんねぇか？」

「はい」素直に認めざるを得ない。

「おまえにとっても『転』になった曲だよ」

聞いた直後、脳に曲名が閃いた。

「それだよ」

顔にも出たようだ。

耳の奥に香田の歌声が聴こえた。この世界に飛びこむ前、舞監のウォークマンで初めて耳にした曲。

香田のステージアクションと背景のステージデザイン、そして照明のバランス。それが図面化の際に頭に入れておかなければならないポイントのひとつだと舞監は説明した。

助言の内容は一応頭では理解できた。これまでに得た部材や機材についての知識も総動員した。それでも大澤にとって初めてとなる作業は何度も分厚い壁に直面した。そのたびに連日朝帰りの舞監に指導を仰いだ。夜明け前の舞監は、昼間の数倍饒舌だった。どこの現場でも周囲に馴染みのスナックがある男は、日が変わる前にふらりと姿を消す。二軒か三軒梯子したあとにふらふらと現場に戻ってくる。

構造は感覚だよ感覚。その言葉を舞監は、酒と煙草の臭い付きで解説した。

「フォークリフトにしたってよ、先に二トンの物をそのままぶら下げたら、車のほうがひっくり返るだろ。重いもん持ち上げるときには、奥に差し込むだろ」

「鉄のパイプだって、端っこ持ったら重いだろ。同じもんを真ん中で持ったら軽いだろ。それをトラスに置き換えて考えてみろ」

「構造の数式なんて結局はあとづけだよな。大事なのは瞬時の閃きでひも解くセンスだな」

どの台詞も舞監自身の体験に裏打ちされたものなのだろう。

ラフを受け取ってから四日目の朝。いつもより臭いのきつい舞監に図面を見せる。

「うん」舞監が喉を小さく鳴らし、眼を細めた。

「ま、これならデザイン部に回せるだろ」

ってことは、取りあえず図面としては合格……。思いつつ疑問が浮かぶ。

「デザイン部に？　だったら……」

最初からそこで図面化してくださいよ。そう眼で訴える。

「ん？　相変わらずわかっちゃいねぇなぁ、おめぇは」

隣の席に崩れるように腰を落とした舞監に、ぐいと肩を引き寄せられる。眠気と疲労でどこにも余力が残っていないはずの大澤の身体が引き締まる。いつもの臭いだけではない。今朝はきつい香水も混ざる。

「図面はな、わかるか？　図面にするっていうのはだな——」ろれつも怪しい。

「センスなんだよ、セ、ン、ス」

赤く淀んだ眼に見据えられ、つい瞬きを重ねてしまう。

「デザインしてる奴にはな、こだわりの肝、肝があるわけだ。わかるか？　外川流の肝がな。いいか、それがわからねぇ奴が図面にしたって、それは紙クズにしかなんねぇんだよ」

センス。こだわりの肝。外川流の肝——。その言葉を胸の内で反芻《はんすう》する。

四日前。舞監からかけられた言葉が浮かぶ。

外川さんのこだわりの肝は、頭に入ってるっつぅわけだ——。

「ま、そういうこった。こいつ三部プリントして、デザイン部に持ってけ。わかるようになってっから。今夜はあそこだかんな、えっと、あそこだ」

大澤が次のバラシの現場の名を口にする。

「そう、そこだ。だいぶわかってきたなぁ、おまえも」

数十秒前と真逆の台詞を口にした舞監は、現場の最終チェックのためにスタッフルームを出ていった。

9

さらに五年が経過した。

一九九七年。この年は大澤宏一郎にとって忘れられないものになった。大澤の人生を変えた男たちと直接言葉を交わすことができたのだ。

デラノのメンバー。そして、外川由介。

ステージ設営の世界に飛び込んで、もうすぐ十年目を迎えようとしていた。図面を手がけるようになって五年。だがサブの舞台監督、サブ監に過ぎない大澤は、これまでデラノのメンバーはもちろん外川由介とも会話をする場はなかった。デザインを詰める過程でも、現場で設営を進める際も、図面についても作業内容についても、指示は舞台監督に仰ぐので、指示の元となる外川由介と直接対面する必要も機会もなかったのだ。

現場に乗り込むと、大澤はほとんどの時間をステージ裏で走り回る。ステージ上に立つこともたまにあるが、そのときは外川もデラノのメンバーも会場の表、客席側にあって、声はマイクを通じて間近に聞こえてきても、その姿は常に数十メートル先にあった。

それがある日、舞台監督から突然いわれたのだ。

「俺は今年一杯で、辞めるからよ」

言葉がすぐには脳に届かなかった。

「辞めるって……、会社、辞めちゃうんですか？」

「会社も辞めるし舞監も辞める」

「え……」

会話にまた間が生じた。辞めると聞いて大澤の頭に瞬時に浮かんだのは、〝独立〟の二文字だ。会社に所属せずにフリーの舞台監督として仕事をするひとも何人か知っている。バンさんもその仲間入りと思ったら、そうではないという。

「舞監辞めるって、どうするんですか？」

「それは、まぁ、またおいおいだな」

舞監は意味あり気な笑みを浮かべつつ、俺のことよりおまえのことだ、と続けた。

「外川さんが、若くて才能のある舞監をってリクエストなんでな、おまえを推薦しておいた。というわけで、俺はお払い箱だ」

「いや、そんな……」続きの台詞が浮かばない。

舞監に連れられ、外川由介に挨拶。その数日後、デラノのメンバーにも初めて間近に会うことができた。それぞれとの初対面は別々の日、場所もまったく異なっていたが、共通していたのは、ひと当たりの柔らかさと腰の低さだ。大澤からの硬い挨拶に返ってきた相手からの言葉もまた同じものだった。

「よろしくお願いします」

デラノのメンバーに対しては驕り高ぶったイメージはもとからなかったが、それでも指名されたばかりの新人舞台監督に、ここまで腰が低いとはと内心驚かされた。

外川由介にしても、その書籍を手にしたときから大澤は勝手に師と仰いできただけに、その師から頭を下げられ恐縮するばかりだった。

だが、仕事を共有する時間が増えるほどに、外川のその柔らかな物腰は、いうなれば鋭利な刃物を覆うソフトなカバーに過ぎないことを思い知らされた。

どこからこれほどユニークな発想が生まれてくるのだろう。
どうしたらこんな奇抜なプランニングをひねり出せるのだろう。
なぜこんなに細かな、けれども重要な部分にまで瞬時に気づくことができるのだろう――。

外川から次々と直接下りてくる指示の対応に追われながら、打ちのめされ、自分の中には到底探せない才覚を見せつけられる日々が続いたのだ。

舞台監督に就けば、待ち望んでいたステージプランナーというゴールが、遥か彼方に見えてくると思っていた。だがどうやらそれは、期待を込めた幻想に過ぎなかったようだ。見えてくるどころか、ゴールへと向かうはずの長く長く延びていると思えたレールさえもが、気がつくとふっと掻き消えていたのだ。

舞台監督という仕事そのものにも、少しずつ疑問を感じ始めていた。

〝監督〟といえば、いかにも演出を取り仕切る中心人物のように聞こえる。だがその実態は、演出はステージプランナーとミュージシャンのものであり、舞監は設営から終演後の解体まで、建設現場でいうなれば現場監督に近い存在だった。その道が、建築家に似たステージプランナーという目的地へと通じているとは到底思えなくなっていたのだ。

一九九八年。

デラノは結成十周年を迎えた。記念のライブツアーは年明けからスタートする。

同じ歳の男は、ゆるぎない人生の階段を確実に駆けのぼっていた。

10

「あのぉ、外川さんって――」

横からかけられた言葉に、こころの旅を中断された気がした。

ロサンゼルスへと向かう機内の風景が大澤宏一郎の眼に戻る。眼を閉じるうちにいつしか眠っていたのだろうか。

「あ、すみません」

千葉和哉が、首から上を前に押し出すようにして謝意を表す。

「いや……」大澤は手のひらで眼の回りから口もとにかけてひと撫でする。

「外川さんが、どうしたって？」

「昔からデラノのみなさんと仕事されてるんですよね」

「まぁ、俺よりは長いな」

「前からずっと外川さんじゃないかなって思ってることがあって、香田さんの独特なステージアクションってあるじゃないですか？　あれはもちろん、香田さん自身が創りあげたものなんでしょうけど、そのきっかけを作ったのが、外川さんなのかなって思って」

「きっかけ？」

「きっかけっていうか……」

千葉は自分でいっておきながら自信がなさそうに言い淀む。

「背中を押したっていうか……」

「いつの話だよ」

「一九九〇年です」

また一九九〇年かと思いつつ、口には出さない。

「外川さんがデラノのライブに初めて係わったのって、一九九〇年頃ですよね？」

「だったかな」

大澤自身、その辺の知識は曖昧だ。昔何度も目を通した本も、九一年から九二年にかけて外川由介がデラノのためにプランニングした仕事の記録だったが、外川由介とデラノの係わりが何年から始まったのか、そのことについての記述はなかった。

「それもファンクラブの会報情報か？」

「ファンクラブの会報じゃなくて、デラノ結成十周年のときに、ツアーチケットの購入を申し込んだ会員には全員、ＶＨＳビデオが送られてきたんですよ。それまでのライブやリハーサルの風景が収録されてたんですけど、その中で香田さんが、まだデビューして間もない頃のリハーサルで、ひとりでステップを踏む映像が流れて、そしたらその動きに、『やっぱり建築出身は足首が硬いなぁ』って声がテロップ付きで聞こえてきて」

「そうなのか？」

「え？」

「いや、だから、建築出身はみんな足首が硬くなるのか？」

「あ、みんなかどうかは知りませんけど、ぼくは硬いんで」

大澤が軽く鼻から息を吐く。

「それで、まさにそんな感じで観てるほうは、建築を勉強するとみんな足首が硬くなるのか？　って一瞬、不思議な思いにとらわれるんですけど、そのあとに香田さんがひとり黙々とステップを練習するシーンが流れてから、翌年のツアー映像に切り替わるんですよね、でもって、その翌年のツアーの香田さんのステップが、もう前の年とは見違えるくらいに無茶苦茶軽やかで、今のスタイルにつながる香田さん独特のステップとステージアクションになってたんですよね。なので、そのきっかけとなった香田さんへのひと言を口にした、ビデオの声のひとって誰なんだろうって、ずっとモヤモヤしてたんですけど」

「それが外川さんじゃないかって？」

「なんとなくそんな気がして」

「それは俺にはわからないな」

「ですよね。ここにそのビデオがあればいいんですけど」

見てもいないＶＨＳ映像の、聞いてもいないコメントだが、その声はきっと外川由介だという確信に似た思いが大澤の中にはあった。

『鶴の恩返し』の鶴ですよ――。

千葉和哉の話を聞くうちに大澤の脳裏には、本の巻末インタビューにあった外川のその言葉が、まるでついさっき耳にしたかのように蘇っていたからだ。

ものを創りだすひとは見えないところでもがき苦しんでいても、自分の羽根を抜いて機を織る姿は絶対見せないでしょう――。

もの創りとはそういうものだと考える男だからこそ、デビューしたばかりの男のこころに火が灯るような言葉をわざと投げかけたのではないか。そしてその言葉にちくりとプライドを刺激された香田起伸もまた、似た心構えを持つ男だった。だからこそ壁の向こうでひとり羽根を抜きつつ機を織りつづけ、翌年のツアーに訪れた観客に見事な〝織物〟を披露したのではないか。楽に、楽しそうに仕事をこなしているように見える男こそ、見えないところで努力を重ねている。香田さんも、外川さんも。だが、ふたりに対して、この俺は……。

デラノはCDのセールスにおいて数々の記録を樹立し、ライブツアーでは常にファンが驚くような仕掛けを毎年繰り出している。外川由介のステージプランもまた、日本のミュージシャンでは初となるような演出を実践、常に時代の最先端を走りつづけていた。

一方自分は、何も進歩していないのではないかという思いに捕らわれてしまう。舞台監督を任され、デラノのメンバーが望み、外川由介がイメージし、観客が熱狂するステージを造りつづけてきた。だがいずれ自分自身もまたプランニングする側にという夢には、相変わらず近づけたという実感がない。

香田、初のソロツアーについての最初の打ち合わせにしてもそうだった。

11

香田ソロツアーについて第一回の合同ミーティングが開かれたのは、デラノのワールドツアーが十月二十三日に終了した、その翌週の頭のことだ。

アメリカ中央部で、香田起伸との奇跡的な出会いを得た。そこで、主役の本音ともいえる言葉を聞くことができた。それは、ステージについての朧げなイメージだった。そのイメージを、自分なりにステージのプランニングとして提案できないか。ずっと考えつづけていただけに、大澤とすれば、折りあらば発言しようと意気込んで出席した会議だった。

約一時間半に及んだミーティングだったが、大澤宏一郎は結局ひと言も発言することはなかった。発言を許されなかったわけではない。できなかったのだ。香田起伸が発する気迫に、外川由介が口にする理論に、呑まれてしまっていた。

「簡単なことですよ」

会議終了後、今後の具体的なプランニングスケジュールを確認するために、外川由介とカフェに立ち寄った。

どうしてあそこまで自信たっぷりに提案できるのですか。大澤からの今更ながらの素朴な質問に、外川由介はあっさりと返した。

「私はね、香田さんの、デラノとは違うものをという言葉をこう解釈したんですよ。香田さんにしかできないものを、バンドではできないものをってね。バンドでもできることであれば今回はやらない。ひとりだからこそできることだけをやろうという風にですね」

大澤の背中に、ぞくりとする感覚が走った。

バンドでもできることであれば、それは今回はやらない——。

そう、それこそが大澤自身が求めていた答えだった。今回のツアーに向けての、その爪先立つような思いについて、香田本人からいち早く聞いていながら、大澤自身は得ることができなかった、簡潔明瞭な答え。

「香田さんが発表している曲を何度か聴いてみたんですけどね、おそらく彼は、曲作りに関していえば、リズムのひとだと思うんですよ。例えば——」

外川が、香田ソロの楽曲の名をいくつか例に挙げた。

「メロディーの前に、ゆったりとした、耳もとで囁《ささや》いているようなリズムがある。ベースとドラムスで構成されたリズムが先にあって、そこにメロディーと歌詞がのってきた、みたいな。でも、これは私の推論ですけど、その囁くようなリズムで、どこか男の哀愁を感じさせる楽曲で、お客さんのこころを激しく揺さぶりたい、揺さぶってみたいという思いが香田さんの中にはあるんじゃないですかねぇ、このソロライブにかける思いの中には」

外川の言葉に、大澤自身のこころが激しく揺さぶられていた。

ゆったりとした、どこか囁くようなリズム。その表現が、大澤の中にある香田ソロの曲調を的確に表現していた。だが、それだけではない。その囁くようなリズムで、観客のこころを揺さぶろうとしているなど、大澤は考えたこともなかったのだ。大澤自身の想像を超えた外川の推論にもかかわらず、聞くと大澤自身もまさしくそう思うということに打ちのめされた。ステージプランナーは、ステージに立つミュージシャンが巧く言葉にはできないような、そのこころの奥底まで覗き込むようにしながら仕事の方向性を見いだすのか。

「香田さんのことを、アーティストと呼ぶひとがいますけどね、彼は根っからのミュージシャンですよ。それも、理系のミュージシャンですね」

理系のミュージシャン――。

「理詰めで考えるタイプですからね、香田さんは。なので彼の楽曲からインスピレーションを頂いたステージプランニングのコンセプトについても、とても伝わりやすいんです」

外川のひと言ひと言が大澤の胸を深くえぐった。

ふたりの間に自分が割って入れる余地など、もはやどこにも見えなかった。

12

ロサンゼルス出張から一ヵ月後。

香田起伸・初のソロツアー初日の会場となる長野の現場に、スタッフは集結した。

chapter II

ゆずれないぞという感じで

人生には予期せぬことが起きる。
その予期せぬことを受け止めて、
でもよかった、といえるような人生を歩みたい。

1

この部分も要チェックだ——。思ったところでうっすらと眼が開いた。

車窓のカーテンをゆっくりと引く。強い陽に眼が眩み、ややあって眼球の奥がうずいた。

梅雨空から洩れる昨日までの鈍い光とは打って変わって、肌を灼く陽が景色の隅々まで照りつける。山並みを呑みこもうとする雲が、夏がもう間近であることを物語っていた。

千葉和哉は腕時計にゆっくりと眼を落とす。二〇〇四年七月十二日。七時五十五分。新幹線が目的の駅に到着する予定時刻の十分前だ。

昨夜会社で図面に変更箇所の直しと気になる部分のチェックを入れていたら、つぶした段ボールを床に敷いて横になるのは深夜三時過ぎになってしまった。五日前の修正に加えて、昨日になってまた大きな変更があり、全面的に描き直したばかりの図面だ。新幹線の車内でこうして仮眠している間もずっと、頭の芯で線をなぞっていたような気がする。

現場に入る前に寝溜めしておかなければ。そう思いつつ、会社を出る前に約二時間、車内で約一時間、計三時間の睡眠しかとれていない。瞼の奥がどんよりと重い。けれどもカーテンが肘に触れただけで身体がびくりと反応してしまうほど神経は研ぎ澄まされていた。中指の腹でこめかみを強く揉んでみたが、眼の奥がちりちりする感覚は消えなかった。

やがて、長野駅に到着した。改札を出て陽射しに身体をさらしただけで、首の周囲にじわりと汗がにじむ。手で引くスーツケースの中には、愛用のヘルメットに仕事着、着替え、タオル、それにナグリ、ラチェット、バール、ガチ袋にメジャーといった腰道具一式が入っている。両肩に下げたバッグの中身は工程表や図面、専用ケースにしまったパソコンとデジカメだ。制作チームからは駅前のビジネスホテルを予約してあるという連絡が届いていた。だが、現場に入る前にホテルに立ち寄るスタッフはほとんどいないだろう。仕事に直接必要のない着替えなどの荷物も、まずはスーツケースに入れたまま現場に持ち込むのが、この先の流れを見越した決まりごとになっている。

ホテルの前には制作チームが手配した分乗用のタクシーが何台か止まっている。だが立ち止まることなくバス停へと向かう。現場に入る最初の日はいつも、歩きか路線バスだ。この業界に入った頃、上司にいわれたことをなぞるうちに、いつしか和哉自身の習慣になった。

『会場の周りの空気を、街のひとの眼線でしっかり見ておけよ』

大澤宏一郎。舞台監督。三十九歳。その言葉は、折りに触れ耳に蘇る。

本番まで五日ある。だが陽のある街の風景を眼にするのはおそらく今日が最初で最後だろう。現場が始まれば、大波にさらわれたように自分の時間は持てなくなる。こうしてひとりになれるひとときがいかに貴重か、身に沁みて知っていた。ホテルはスタッフひとりに一室が割り当てられていたが、その個室に今夜は何時に戻れるのか、本番の翌朝まで五泊あるうち果たして何泊その部屋で眠ることができるのか、まったくわからなかった。

月曜日の通勤時間にさしかかっているせいだろう、駅へと向かう反対車線はかなり混雑しているが、会場へと向かう駅を背にした道に車はまばらだった。バスの乗客も和哉を含めて三人しかいない。街の印象はとても静かだった。

ふたつ折りの携帯を取り出しメールを開いた。未読の文面が三通。

最初の一通。大澤からのメール。読む。思わず下唇を嚙んだ。ようやく直し終えたばかりの図面に、さらに注文がついた。

昨日の昼になって、ステージの両袖に下げるスピーカーの機材が変更になり、最新の図面を現場に入る前に修正しろとの指示が出た。深夜までかかって直し、現場でプリントして各チーフに配付する予定だった図面に、更に修正の指示が出たのだ。三曲目にステージのカミ・シモに一枚ずつ振り落とすスクリーンの幅を半間、つまり九百ミリずつ増やせという内容だった。現場に入ったらすぐに大道具チームに確認しておかなければ。

《承知しました。修正作業にかかります》

書き込んで返信しつつ、頭にある〝午前にやるべきリスト〟に加筆した。

メールの発信時刻を見る。朝七時二十四分。大澤は昨夜遅くまで、大阪で別のミュージシャンの本番と、そのステージの撤収作業に立ち合っていたはずだ。夜行バスで今朝、東京に着き、長野市へと向かう新幹線に乗る前に図面をチェックしたようだ。

一ヵ月前に同行したロサンゼルス出張では、その精力的な仕事ぶりに、連日短時間の睡眠でよくあそこまで平然としていられるなと胸の中で何度も溜め息をつかされた。日本に戻ってからも、大澤はまさしく東奔西走の日々を送っていた。底の見えない体力には感心させられたが、その煽りは図面の変更に次ぐ変更というかたちで何度も和哉のもとに落ちてきた。そして今も、また。

夜中の三時過ぎまでかけて描き直した最新の図面は、わずか四時間半の命で次のバージョンへと上書きされることになる。

二通目。差出人は制作の白井良樹《しらいよしき》。肌の白い華奢な容貌が思い浮かぶ。栗色の艶がある髪をいつも後ろに束ねている男だ。大澤以下舞台監督チームと白井の制作チームは予定どおり新幹線に乗ったので、八時五十三分・長野着、九時十分・現場着予定ということだ。

《了解です》短く書き込み送信。

三通目。母親からだ。

《お父さんの手術は金曜日になりました。和哉は安心して仕事に励んで下さい。健康にだけは気を配って下さい。母》

心臓のカテーテル治療手術のために父親が入院したというメールが入ったのは、昨夜のことだ。図面の直しに追われていたタイミングであったこと。同じ内容の手術は父親にとって今回が二度目で、それほどむずかしい内容ではないこと。そのふたつを言い訳にしつつ、もうひとつ、本音の理由についてはフタをするうちに、つい返信を忘れてしまった。

それにしても、金曜とは……。

ライブ本番の初日。母親は、その日が息子にとって記念すべき大切な日であることなど、まったく知らずにメールをうっているのだ。

《日取りが決まってよかったです。また連絡します。　和哉》

文面を見つめながら、胸がちくりと痛む。

また連絡します。母親とのメールのやり取りの最後に書く常套句。だがその約束を和哉は何年も果たせていない。届いた便りに短く返すだけ。自分から連絡した覚えがない。

送信ボタンを押す。画面が切り替わると同時に気持ちを長野へと切り替えた。

八時二十五分。目的のバス停に降りた。バスが横に動き出すと、太い道路の反対側に初日の会場となる建物・長野アリーナが姿を現した。

道路を渡りながら、建物の外観、敷地全体へと視線を配る。四日後の金曜の夜、ライブが開催されることを知らせる垂れ幕や看板は見当たらない。入り口の脇に白いワゴン車が一台停まっているだけ。警備員の姿もない。ファンが会場周辺をうろつく様子もなかった。

通用口の数メートル手前で足を止めた。

この半年間、図面の作製と資材発注に追われ続けた和哉の胸にあるのは、いよいよ作業が始まるというスタッフとしての緊張だけではない。もうひとつ、ひとりのファンとして会場にいち早く足を踏み入れる高揚が膨らむ。

デラノのヴォーカリスト、香田起伸の初のソロライブツアーが、一万百四十五席を確保したこの屋内競技場からスタートする。

ステージや照明タワーを組み上げる舞台専門の鳶職、リギング。メンバーはリガーと呼ばれる。和哉はリギングチーム、リガー隊のチーフとして現場を切り盛りしながら、現場におけるすべての作業の根幹となる図面も描く。

このツアー中に二十七になる。大卒でこの業界に飛び込んで五年目。ようやくここまできたという感慨がある。一方でここに立っていることが、どこか現実感が乏しいような、とても不思議なことのようにも思えてくる。

尻のポケットに入れた財布から、一枚の写真を取り出した。オリジナルの写真は自宅のテレビの横に、額に入れて大切に飾っている。持ち歩いているのはカラーコピーしたものだ。

おとなたちの笑顔に挟まれ、ぎこちない笑みの大学生が写る。

五年前——。

和哉はその日のことを思い出していた。

2

卒業設計についてのゼミから帰宅して、自宅の居間の食卓の上に、一枚の封筒を見つけた時、和哉はひとりガッツポーズをしていた。

デラノの次のライブチケットが当たり、届いたのだ。急いで、けれども慎重に封を切った指先が、細かく震え始めた。チケットとは別に、見慣れない紙が同封されていたからだ。

ふたつ折りのグレーの紙。開くと中にもう一枚、黒い紙が挟まれていた。印刷された英文字に眼が釘付けになる。

《Fan Meeting》

当たった、当たった、当たった、当たった――。

同じ言葉が物凄い勢いで喉もとに渦を巻き、やがて口から飛び出した。

「当たったぁ！」

和哉は強く握ったこぶしを天井に向けて振り上げていた。

ファンミーティング。通称、ファンミ。デラノのライブに、チケット優先予約をしたファンクラブ会員の中から十名弱が抽選でライブ直前の楽屋に招待され、デラノのメンバーに直に会えるというイベント企画だ。その夢の招待状が、ふたつ折りの案内状とともに同封されていた。

当日になった。

和哉は開場の三十分前という集合時間の一時間前に現地に着いた。会場建物の外観やツアーのロゴがペイントされたトラックの写真を撮り、目当ての買い物を済ませながら胸の鼓動を抑えようとしたが、指定の時刻が近づくにつれ速まるばかりだった。

集合場所に黒のパンツスーツ姿の女性ふたりが迎えに現れると、まずチケットとファンクラブの会員証、そして写真入りの身分証ということで学生証を見せて本人確認がされた。その日の当選者は和哉を含め八名。

「会員証の番号順に並んでください。あなたが一番、あなたが二番、あなたが――」

和哉は八人中四番。六人が女性で、その全員が手に、プレゼントとわかる袋や箱を持っている。やっぱり、せめて手紙を用意すべきだった――。後悔したが遅かった。

招待状が届いてからずっと、何か贈りたいと悩みつづけていた。今自分のこころにある思いと悩みを手紙に書こうかとも考えたりした。けれども初対面でいきなり手紙をわたすのは重たいのではという抵抗があり、巧く文面にできないというプレッシャーもあって諦めてしまったのだ。

女性スタッフに、いかにも舞台裏という感じの狭い廊下を案内される。時おりすれ違うスーツ姿やTシャツ姿のスタッフが、和哉の眼にはモデルか俳優のように恰好良く映った。

とりわけ眼を引いたのは、ヘルメットをかぶって走りぬけた男の横顔だ。彫りが深く、日焼けした肌に無精髭が大人の男を感じさせた。腰に下がるベルトから、ガチャガチャと音が聞こえる。右手には図面入れに見える黒い筒を握る。黒いTシャツの大きな背中は、廊下に響き渡るほどの挨拶をすれ違うひとたちに投げ掛けながら走り抜けていった。

案内されたのは小さな会議室といった部屋。

「当選、おめでとうございます」

スタッフのふたりがあらためて頭を下げた。和哉たちも、おずおずと頭を下げる。

いくつかの注意事項について説明を受け、そのたびに小さく頷く。だが実際は何も理解していなかった。緊張のあまり耳に入る言葉はどれも頭の中を素通りしていく。

最後の言葉だけが、するりと抜けることなく留まった。

「ライブの直前ですので、ぜひ皆さんもメンバーの気持ちを盛り上げてください」

和哉はそっと拳を握りしめる。

「こちらの部屋でもう少々お待ちください」

ひとりが部屋から出ていった。

五分ほど経っただろうか。ノックの音。全員の背が棒を飲んだように固く伸びる。

ゆっくりとドアが開いた。

「こんにちは」

香田さん！

「キャー」歓声があがる。

開いた向こうから最初に姿を現したのは、香田起伸。黒地にライブツアーのロゴ入りTシャツに、黒いぴったりとした光沢のあるパンツ姿だ。

和哉の背筋が更に固くなる。スタッズが入った黒いパンツは、和哉自身が穿いていたものとそっくりだ。もちろん似ているだけで値段はひと桁、もしかしたらふた桁違うかもしれない。それが気恥ずかしかった。

つづいて他のメンバーが入室。ギタリストの楠木友也は黒のサングラスをかけ、黒地に別の柄のロゴ入りTシャツにジーンズ姿だ。会議室に再び歓声があがった。さらにドラマー、最後にベーシストが入室。デラノのメンバーが全員揃ったところで、室温が一気に二、三度上昇したように感じられた。

先ほど並んだ順に呼ばれ、ちょっとした会話を交わし、首からデラノのロゴが印刷された黒いストラップを掛けてもらう。メンバーと一緒にポラロイド写真を撮り、その写真を貼った台紙をその場で受け取り握手をして終了という流れだ。

ようやく和哉の番になった。

「もう購入してくれたんだ。ありがとうございます」

歩み出た和哉に、香田から声がかかった。優しい眼差しが和哉の右手首に注がれている。

「あ、はい」

手首をつい顔の横に持ち上げてしまう。

グッズ売り場で購入したてのリストバンド。黒地に金の糸で《DELANO》と刺繍されていた。

和哉の動作に合わせるように香田も右手を持ち上げる。ふたりでガッツポーズを交わしたようなかたちに、和哉は軽い眩暈《めまい》を覚えた。

「そのパンツ、よく似合ってますね」

「あ、ありがとうございます」

額が膝につきそうなほど深く頭を下げた。

「そんな、緊張しないで」

楠木が外したサングラスを手に持ち上げる。

「ありがとうございます」

今度は楠木に向かって頭を下げる。

「緊張させちゃ、駄目じゃないですか」香田の声が聞こえた。

バンドのメンバーから笑いがもれた。

その笑いに救われたという気持ちのまま、気がついたら和哉は口走っていた。

「あの、僕は、あの曲が好きで」

途端に頭が真っ白になった。香田起伸が高校生の頃を思い起こしつつ、その年頃の心情を歌った曲。メロディーだけでなくその歌詞が、和哉自身が抱えた大きな壁と共通するものを感じて、デラノの数ある曲の中でもとりわけ好きで、ぜひその気持ちを作詞した香田起伸に伝えたかったのだ。手紙に書こうとしてできなかったので、会ったらまず最初に話そうと思っていたのに、肝心の、その曲名が出てこない。

「あの曲?」

「えっと、あ、はい、えっと……」

「大丈夫、落ち着いて」

香田の優しい言葉はむしろ逆効果で、口にしたい曲名がゆらゆらと頭の芯の深いところへと沈んでいくような気がする。

「あの、ですから、二枚目のアルバムの五曲目なんですけど」

曲名は出てこないのに、そんな説明はするすると口にできる。

「セカンドの五曲目といったら……、あぁ」

香田が、和哉の記憶の底へと沈んでしまった曲名をひょいと拾い上げてくれた。

「それです！」思わず大きな声が出た。

「正解、おめでとうございます」

香田に向かって拍手をしたのはギタリストの楠木。

部屋に笑いが起きた。

「あ、すみません、すみません」

和哉はまた頭を下げる。

「嬉しいですよね、アルバムの曲をそういう風にしっかり覚えていてくれるのは」

香田が気さくにスタッフに声をかけると、女性ふたりもスイッチが入ったように首を忙しく上下させる。

「あの、それで、あの曲のあの歌詞を——」香田の言葉に救われ、思いが喉もとからほとばしる。

「僕は何度も何度も聴きながらずっと悩んでいることがあって、それで、ひとつ、香田さんに質問してもいいでしょうか？」

香田が優しく微笑む。

「あの、僕は今、大学四年なんですけど、四年になって内定もらっている会社もあって、でも本当にその会社でいいのかってまだ悩んでいて、その会社は大きくて、保障もされているし給料もそこそこいいんですけど、でもそこに入社したら、自分が昔かららぜひつくりたいと思っているものは、もう一生、つくれなくなるのがわかっているので、すっごく悩んでいるんですけど、その、自分がつくりたいものっていうのが、今の僕にとってはゆずれないことだったりするんですけど、香田さんは建築学科を出ながら、大学卒業したときに建築家になるって道を選ばないで、ミュージシャンになる道を、どうやって決められたというか、決意されたんでしょうか？」

一気にしゃべった。するとすかさずスタッフの女性から、あの、と声があがった。

「そういったご質問は、ここでは——」

一歩前に歩み出た女性の勢いを手で制したのは楠木だ。まぁまぁ、という感じで右手を伸ばす。

「あ、すみません、すみません」

　和哉は楠木に向かって、そしてスタッフに向けても腰を折った。頭の芯がボーッとしている。もう何度目というくらい上下に激しく振り過ぎたせいかもしれない。

「いや、僕も聞きたいからさ、その質問の答え」楠木が軽く声に出してから続けた。

「で、その前にちょっと訊いていいかな？　その内定が決まってるって会社はどれだけ大きな会社で、きみがつくりたいってものがつくれる会社を選ぶとすると、どれだけ規模が小さくなるわけ？」

「あの、会社の規模って、どう説明したらいいかよくわからないんですけど、例えば従業員数でいうと、内定をもらっている会社が約一万人の会社で、自分がつくりたいものをつくっている会社について調べたら、従業員数は十七人とか……」

「わお、一万人に対して十七人って、何分の一？」

　楠木が香田に顔を向ける。

「え？」香田はいきなりの質問に苦笑する。

「そう、五百八十八分の一？　まぁ、おおよそ六百分の一って感じですね」

「それはたしかに、まったく別の人生だなぁ」

楠木が、まるで自分が悩んでいるかのように声に出してくれたお陰で、和哉の胸は少しだけ落ち着く。

「では先生、お願いします」

楠木が香田にバトンをわたした。香田がスタッフに笑みを向けてから、和哉に向き直った。

「そうだなぁ、簡単には答えられないむずかしい質問ですよね」

むずかしいといいながら、香田の表情はとても穏やかだった。和哉の眼にその姿は、まるで背景が白く輝いているかのように映る。

「もしかしたら誤解されているかもしれないけれども、僕は大学を卒業するときに、ミュージシャンになろうとか、明確なビジョンを持っていたわけではなくて、とにかくもともと希望していた建築家っていう職業につくのをやめる、って決断しただけであって、それはなんていうか、その場だけの瞬発力みたいな感じかなぁ。でも実際、設計の過程で繊細な模型を作る能力が必須みたいなこと、建築を学び始めてから教えられて、そうなるともう僕は昔っから、絵を描くのは好きだけど、模型というのが大の苦手でね」

香田のどこかおどけた口ぶりに、部屋から小さな笑いが起きる。

「そんな伏線もあって、大学生時代に歩んできた延長にある道へと足を踏み出すことを突然やめてしまったわけで、だからこそ僕には、きみが今胸に抱いている将来への不安はよくわかるなぁと思ってね。たしかに自分が好きな道に進んだからといって成功するかどうかなんて誰にもわからないよね。でも、確実にいえることは、そうだな、三つあると思うんだ」

深く頷きながら、和哉の視界にはもはや、香田起伸しか入っていなかった。

「ひとつは、自分自身が一歩前に進み出さないことには、そこで道は途絶えてしまうということ。僕の場合はそれが、建築家になるのをやめる、ってことだったわけでね。そしてもうひとつは、一歩足を踏み出すためには、まずは自分自身が自分のことを信じてあげることじゃないのかな。それこそ、これは誰がなんといおうと、ゆずれないぞという感じで」

いつの間にかこの場に招かれたファンはもちろん女性スタッフも全員が香田起伸の言葉に聞き入っていた。

「最後にもうひとつ。これが大事なことなんだけど、もしもきみが大きな会社に入ることをやめて小さな会社を選んだことについて、将来、道選びを失敗したと思ったとしても、それはそれまで歩んできた道そのものが間違いであったわけはなくて、次にきみが進むべき新しい道へと、新たな成功につながる新しい道へと足を進める、その助走になっていると、僕は思うよ。それまで歩んできた道で学んだことは、新しい道でも必ず活かされるからね」

静寂が数秒間、会議室を覆った。

「なるほどね」言葉にしたのは楠木だ。「なんか、香田先生の授業を聞いているみたいだったなぁ。ねぇ、そう思わない？」

楠木からの笑顔の問いかけに、招待された全員から、はい、という声が返った。

香田も笑顔だ。

「いいかな？」

「ありがとうございました」和哉はもう一度深く腰を折った。

デラノのメンバーに挟まれ、ぎくしゃくした笑みを浮かべ記念写真の撮影を終えた。

その後、当選者全員との挨拶を済ませたデラノのメンバーは、丁寧にもう一度、ありがとうございました、と言葉を残し、部屋をあとにしたのだった。

広く知られた大手建設会社の内定をもらい、入社前研修も始まろうとしていた。だが入社が現実感をともなうに連れ、和哉は胸に抱えた迷いもまた現実味が増していくのを感じていた。将来、自分がどんな建設現場に係われるのか、まったくわからない会社にそのまま進むのではなく、自分が憧れるものを、まさに今現在、それをつくっている会社に入り、その技術を身につけたい。その技術を一日も早く身につけ、少しでも早く、その現場により深く係われるようになりたい。

自分が憧れるもの――。

それは何年間も、そして何度も通い、観つづけているデラノのライブ会場であり、そのステージだった。迷っているといってしまった手前、香田起伸を前にして、ずばり口には出せなかったのだ。

首筋がゾクゾクし、二の腕があわ立つ。そんなステージを創りあげる仕事に、自分も加わりたい。そのためには大手建設会社ではなく、小規模なイベント制作会社に進路を変更すべきだ。内定の決まった春から夏、そして秋へと季節が移り、いよいよ入社前研修が始まるという時期になって、その思いが胸に弾けそうなほど膨らんでいたのだ。

だが口にすれば、父親から猛反対されることがわかっていた。地方の名のない私立大学出身の父親は、学歴コンプレックスにとらわれていた。いくら自分が実力をつけても、上に自分を引っぱり上げてくれるような同じ大学出身の先輩がいないと出世はできない。和哉が中学に進んだ頃から、同じ台詞を何度も聞かされた。将来確実に出世し、安定した生活を得るにはまずは名の知れた大学卒という学歴を獲得すべきだという信念のひとだった。

進学校として知られる県立高校に合格したときも、名の知れた国立大学に現役合格したときも、本人と同様に、もしかしたら本人以上に喜んでいたのが父親だった。和哉自身は高校時代、進路を国立大学の建築学科に決めたのも、香田起伸と同じ大学の同じ建築学科で設計を学ぶことで、いずれ香田起伸が立つ舞台をデザインできるような建築家になりたいという思いからだった。だが息子の本音など知らない父親は、合格発表の日に、真っ先に大学の合格掲示板を見に行き、受験生の息子より先に母親に電話で報告した。そんな父親の姿は、決して嫌いではなかった。親を喜ばすことは素直に心地よかった。だが高校、そして大学の選択はともかく、自分の一生の職業の選択となると、親が喜ぶようなという選択理由はもはや考えられなかった。

相談はいっさいしなかった。まずは内定をもらっていた会社の入社を断り、社員数十七人のイベント制作会社・東京リギングに応募し、採用が決まった日の夜に、自分の決意とその結果だけを両親に伝えた。

父親は眼に、見たこともないような怒りを滲ませた。何を勝手なことをしている、いますぐ内定をもらっていた建設会社にいって頭を下げてこい。謝って謝って、内定を復活させてもらえ。怒鳴る父親の手もとでは、握りしめたウィスキーグラスの中で氷がかちかちと鳴っていた。和哉がまったくその気がないとはっきり告げると、父親からはそれから三日三晩、こんこんと同じことを聞かされた。確実に出世して安定した生活を得るためには、誰もがうらやむような大手企業に入るか、国家試験を受けて公務員になるしか道はないのだ。明るい人生を得るのはそのふたつの道しかないのだ。いわれればいわれるほど、和哉の決意はより強固なものになっていた。

和哉ももちろん黙って聞いていたわけではなかった。デラノのステージがいかに素晴らしいか、名建築として知られる競技場の場内が、デラノのライブ会場が設営されて初めて命を吹き込まれること、そんなステージをいずれ設計するのが自分の夢であることを父親に熱く語ったが、父親はいっさい聞く耳を持たなかった。

父親からの一方的な説教はやがて口論となった。

「デラノだかなんだか知らないが、そんな聞いたことのないロックバンドのどこがいいんだ、くだらん！」

瞬間、思わず父親の胸もとに手が伸びる寸前だった。母親がふたりの間に入ってどうにかその場はおさまった。だが和哉はその後、父親とはいっさい口をきかなくなった。母親は日々、父親と息子の間をとりもとうとおろおろするばかりだった。

数日した朝。

歯を磨きながら洗面台の脇に置かれたヘアブラシに何の気なしに眼をやった瞬間、和哉は胸を鷲摑みにされた。

ごっそりと抜け落ちた長い髪の毛がブラシにからまっていた。口をきかなくなった男ふたりに、母親がどれだけ気を揉んでいたかを初めて知らされ、自分の鈍さを痛感した。だがそれでも父親に頭を下げる気にはなれず、家を出る決意を固めた。四月になり、イベント制作会社・東京リギングへの入社と同時に六畳ひと間のアパートに引っ越した。

狭すぎるかと懸念しつつ借りた部屋だったが、仕事を始めてすぐに、広すぎたかもと思い直した。アパートで寝られる日がほとんどなかったからだ。国立大学出が入社したと社の内外で騒がれ、持ち上げられたのは最初の一週間ほどで、その後は高卒や高校も出ていないような先輩に怒鳴られ、ときに殴られながら仕事を覚える日々がつづいた。

ふと、思うことがある。あのまま内定の決まった会社に進んでいたら自分の人生はどうなっていただろう。大学の同級生の近況が聞こえてくるたびに、自分を重ねてみたりする。スーツを着て毎朝満員電車に揺られて通勤する。上司も部下も、似たような大学出身の先輩後輩に囲まれ、肩書きの変化を出世として自覚できる日々を送る。それに対して今の自分はどうだ。スーツなど一着も持っていない。一般ビジネスマンの制服がスーツだとすれば、和哉の制服はまったく別のものだった。通勤もほとんど経験したことがない。家には帰れず現場や会社に泊まり込む日のほうが多いからだ。考えるうちに気持ちが次第に下降線をたどりそうになると、あの日のことを思い出すことで、新たな元気を胸に蘇らせる。

あの日、香田起伸に会って、その言葉に背中をぽんと軽く押されるようにして、この世界へと飛び込んだのだ、と。

3

和哉は手にした写真を財布に戻し、足もとに眼をやる。白いスニーカー。似たものの、ではない。ファンクラブの会報に掲載された香田起伸の写真で、その足もとに写っていたものと同じブランドシューズを手に入れた。サイズは8。もしかしたらサイズも含めまったく同じものかもしれない。香田のライブ設営に初めて係われるという記念の現場のために履きおろした。

自分をこの業界へと導いてくれたひとの現場に、いよいよ係われる。そう考えただけで背中にぞくりと悪寒に似たものが走る。

短く息を吐いて和哉は再び歩き始めた。

会場の通用口は開いていた。警備員の姿はない。黒スーツの会場係がそこに仁王立ちになり、入館パスをチェックするようになるのはおそらく初日の前日、木曜日からだろう。

建物の中は、会場入り口との間にちょっとしたロビーのようなスペースがあり、そこに立つコンクリートの柱の廻りに、箱入りのペットボトルやポット、メジャーや加湿器といった物が雑然と置かれていた。ビニール袋に包まれたバイト用の白いヘルメットも、何十個と床に無造作に転がっている。

「檜山《ひやま》！」考える間もなく声が出た。

「檜山！」間を置かずに会場に向かって怒鳴る。

腰に提げた道具をガチャガチャいわせながら青いヘルメットが駆けてきた。リギングサブチーフ・檜山恭一《きょういち》。二十一歳。歳は五つ下だが、高校中退で入社した男は入社五年目。和哉とは同期だった。

「こんな場所に並べとくな」

檜山が口の先を尖らせ、頭を浅く下げる。メット入りのビニール袋を両手に抱えられるだけ抱えてガサガサと音をたてながら隅へ寄せる。

「ツアトラの誘導とチームへの指示、頼んだぞ」

「それよか」檜山の眼が初めてまともに和哉に向いた。「墨出し、やらせてください」

機材搬入のために次々会場に入ってくるツアートラックの誘導なんかよりも、俺をもっと陽の当たる作業に就かせろ。そう顔に描いてある。

「そっちはひとが足りてる。今はツアトラの誘導が最優先だろ。おまえが仕切らないで誰が仕切る」

ぷいと背を向けて会場に戻るその背に、頼んだぞ、と念を押した。

仕事を覚えるのは早い男だが、仕事を選り好みする嫌いがある。

「うっす、朝から元気いいねぇ」

背中から声をかけられ、振り向く前に馬面が脇を走り抜けた。その背中に向かって返す。

「おはようございます」

男は右手を挙げ、四十代とは思えない軽い足取りで会場内にまばらにできている集まりへとまぎれる。照明チームのチーフ・佐竹《さたけ》だ。いつも山吹色のタオルを首に巻き、つい読んでしまう印象的な言葉がプリントされた黒のTシャツが目印だ。

《熟睡御礼》

今日の背中には銀文字で、皮肉を利かせた言葉が書かれていた。

和哉も会場に足を踏み入れた。中央付近で数人の男たちが立ち話をしている。天井を指しながら確認しているのは佐竹も加わった照明チームだ。

明るいな――。あらためてそう感じる。大きなガラス窓から朝の陽が射している。会場の隅に、折畳み椅子を山と積んだ台車がいくつも列をなしている。左右も前後も二階席にぐるりと囲まれ陽に照らされた光景は、どう見ても屋内競技場でしかない。

暗闇の中に光が灯り、やがて見る者のこころを浮き立たせる前奏曲《プレリュード》とともに幕が開く。妖艶な空気に包まれた開演直前の光景を眼にしたことのあるファンであれば、この健康的な競技場が幻想的なライブ会場へと変貌するとはとても思えないだろう。

着替えのためにスタッフルームに移動した。

セミナールームといった印象の大部屋だ。テーブルと椅子がこれから研修会でも始まるかのように整然と並ぶ。中に数人、雑談をしている者もいる。壁際でひとり煙草をくゆらす横顔に和哉は声をかけた。

「お疲れさまです」

おう、と喉を鳴らしてちらりと和哉を見たのは大道具の親方の土屋勝《つちやまさる》。照明の佐竹と同世代の四十代半ばだが、態度のでかさと老けた面構えは五十過ぎに見える。丸刈りの頭に団子っ鼻は一度見たら忘れない。派手な紫のスウェットと紫のメットがトレードマークだ。

和哉はスーツケースをテーブルの上に置き、着替えとヘルメット、工具を出しながら声をかける。

「九時スタートで、よろしくお願いします」

土屋は眼を閉じることで応えつつ、いかにも美味そうに紫煙をくゆらせた。

和哉は、上は半袖Tシャツを黒の長袖Tシャツに着替え、下は長さが膝下までですそがくくられた黒のだぶだぶのズボン、ニッカボッカに穿き替える。白のスニーカーの紐を足の甲に食い込むほど、ぐいと縛り直す。ガチ袋を腰に巻きながら思う。これが俺の制服だ。

着替えの最後。思い出深い黒のリストバンドに手首を通した。

図面とスケジュール表を取り出す。平面図を広げた。日本屈指のステージプランナー・外川由介のスケッチをもとに、和哉自身がコンピューターで描いたものだ。会場全体を俯瞰した四百分の一の図面。そしてステージの詳細まで描き込んだ百分の一の図面。すでに頭に刻んだ細かな寸法を眼でなぞる。緻密な図面は、この会場内で繰り広げられる光景が、〝設営現場〟というような、どこか軽さを帯びた言葉ではなく、〝建設現場〟という表現こそが似つかわしいと語りかけている。ちょっとした気のゆるみが大事故につながる。

舞台監督の大澤がメールで指示してきた変更についてチェックする。スクリーンの幅をここに来て半間広げるという内容だった。柔らかな揺れにこだわるステージプランナーからの要望を実現させるために、大澤が考えたアイディアだ。たしかに幅を増やせば揺れはより柔らかくなるような気がする。だがそのためにはせっかく用意したスクリーンを作り直さなければならない。

立面図を見る。スケールは三百分の一。正面図と側面図。ツアーで巡るすべての会場の屋内寸法を考慮した結果、ステージ上部までは十一メートルと百六十ミリ。およそ三階建てのマンションの屋上の高さだ。

大澤の指示通り幅を広げれば、たしかにその分、スクリーンの存在感が増す。言葉にすればひと言で済む変更でも、実現するのは容易ではない。

「土屋さん、ちょっといいですか」

図面を手に近寄ると、ぷーんとアルコールの匂いがした。

「隊長は今日も色男だねぇ」土屋が口の片端を持ち上げる。

「また呑んでんすか」

「呑んでねぇよ」

ちらりと手首を見た。重そうな金色の腕時計がある。文字盤は紫だ。

「もう六時間も呑んでねぇ」

つまり昨日も深夜三時前まで呑んでいたということだ。和哉は苦笑してから変更のポイントを説明する。

「ダイ先生、気合い入ってんな」

土屋のちゃかしたいい方にホッとする。大澤先生。だからダイ先生。

設営当日になってまた変更かよ――。自分のこころの片隅にもある言葉が土屋の口からこぼれ出たら、どんな表情で返せばいいのか和哉にはわからなかった。

「なので、スクリーンの作り直し、至急お願いします」

「おう」

「吊りもとの変更はこっちで対応しますんで」

土屋は大道具のスタッフを呼び集め指示を出す。居並ぶ男たちの神妙な顔つきを見れば、この酒気帯びのオッサンがいかに部下から信頼を得ているかが見て取れる。

和哉は視線を図面に戻した。

中央に向かって楕円状にせり出したステージの土台部分を赤い幕が覆う。オペラ劇場を思わせるような、重厚感のある華やかさが醸し出されている。そこには、ロックミュージシャンのステージらしい、軽快でハードな印象は無かった。

わからない――。図面を広げるたびに思うことが頭をよぎる。ロックミュージシャンらしくないのはステージのデザインだけではない。事前に主立ったスタッフに伝えられている曲のリストも、各曲の演出の内容も、デラノのライブとは比較にならないほど地味でおとなしいものだった。

和哉が首を捻りつつ図面から顔を上げる。部下に指示を終えた土屋と視線が合った。

「何かいいたそうだな」

土屋は再び火を灯した煙草を指先でもてあそんでいる。

「いえ――」

向けられた土屋の眼に、こころの中を覗き込まれたような気がした。

土屋が先をうながすように顎を軽く持ちあげる。

「特には……」それしか出ない。

土屋は煙草を灰皿に押し付け、大きくひとつ伸びをした。首を左右に振ってこきこきいわせている。

「俺は大いに不安だけどな」

「不安？」不満ではなく、不安。和哉は遠慮がちに言葉にする。

「それはやっぱり、盛り上がりに欠けるっていうか……」

「そんなこたぁ、外川先生とダイ先生が考えることだろ。俺がいってんのは大道具だ」

「大道具が、不安なんですか」

「いつものデラノより、むずかしいことだけは確かだな」

土屋はステージプランナーの外川由介からその腕を見込まれ、十年以上デラノのライブに参加している。舞台裏の歴史を知りつくしたひとりであるだけに意外だった。

「デラノみたいに派手な演出がない分、大道具も仕掛けが楽なんじゃないですか」

「仕掛けが簡単だから、むずかしいんだよ」

土屋はそれだけいうと眼を細めた。

簡単だから、むずかしい。それって――。

「そんじゃ、むずかしい仕事の確認に、かかるとすっかな」

土屋は片頬を持ちあげると、ゆっくりと立ち上がった。

和哉とすれば、言葉にしようとした問い掛けを喉もとで止められた気がした。替わりに口から出たのは、よろしくお願いします、という言葉だ。

土屋は背を向けたまま親指を肩の高さまで軽く持ち上げ部屋を出て行く。和哉も図面を畳んで尻のガチ袋に突っ込んだ。黒いタオルを首に巻き、黒いメットをかぶって廊下に出る。そろそろ舞台監督チームと制作チームが会場に着く頃だ。

建物の通用口まで歩くと、ちょうど一台のワゴン車が到着した。中から男たちが次々と降りる。どの男も片手に旅行用の中型スーツケースを下げている。和哉と同様、ホテルにチェックインせずに直接この会場に乗りこんだのだ。

短めの茶髪を逆立て、サングラスをかけた男。長髪にピアスの男。腕にタトゥーを入れた男。服はTシャツに、下はハーフパンツかジーンズだが、履いているスニーカーが銀色や金色だったりして眼を引いた。香田起伸をサポートするミュージシャンが早ばやと下見に来たように見える派手な一行が、舞台監督チームと制作チームのスタッフだ。

「おはようございます」

中でもひときわ大きな男に声をかけた。黒いTシャツに黒い膝までのパンツ。和哉より頭ひとつ背が高い。舞台監督の大澤宏一郎。太い手足に無造作にうねる肩までの長髪が、この世界に入る前は格闘家だったという噂に真実味を持たせている。

「スピーカーの件は大丈夫なんだな」大澤が挨拶抜きでいきなり切り出した。

「はい」昨日の変更に関しては、図面も変更済みだ。

「メール読んだか」

「直し入れます」今朝の新たな変更については、もちろんこれから直さなければならない。

「いつ見れる」

予想していた質問に、あらかじめ用意した答えを口にする。

「十五時には」

「ざけんなよ！」

いきなり怒鳴られ奥歯に力が入る。

「それじゃ間に合わないだろうが」

「十四時のルーフタッパの前には」急いで訂正する。鉄骨で組み上げたステージの屋根・ルーフを、予定する高さまで持ち上げる作業の前には。

「十三時だ」大澤はぴしゃりといって歩き始める。

思い出したように振り返る。手に提げたバッグのポケットから畳んだ紙を取り出す。

「今回のスタッフの最終メンバーだ。頭に入れとけ」

大澤は和哉にわたすとスタッフルームに入ってしまった。

手渡されたB４のリストにはこのツアーに参加する者の名前がすべて記載されていた。総勢約百名。現地のイベンター会社・北進クリエーターのスタッフとバイトを加えると約百四十名の大所帯だ。作業が始まればそのすべてがいっせいに動き出すことになる。和哉がリギングのチーフとして直接係わるのはリギングの十名と鳶の六名に大道具の六名だ。

「千葉さん」

不意に苗字を呼ばれ振り向いた。後ろに束ねた茶髪がダウンライトの灯に光る。切れ長の眼が向けられていた。制作チームの白井良樹。制作にかかわるすべての進行と予算編成がこの男の仕事だ。大澤から渡されたメンバー表も最終的には白井が一覧表にまとめている。名前や所属、年齢だけでなく、血液型、喫煙・非喫煙の区分、Tシャツのサイズも記されている。白井の細かな神経が読み取れた。

「変更になった図面、私はまだ見せてもらってないんですけどね」

「いや、それが――」

白井の耳たぶに光るシルバーリングにちらりと眼をやりつつ、和哉は昨夜からの変更の経緯を簡単に説明した。今朝、白井にわたす予定だった昨夜の図面はさらに変更になり用をなさなくなっている。

「それで、最新図面は？」

「いや、それはまだ」

「困るんですよねぇ、最新の図面がいつも、こっちにも届いてないと」

できるわけないだろ、こんなにしょっちゅう変更があるんじゃ。口に出かかった台詞を呑み込んでいると、白井が眼を細めた。

「図面くらい、まともに引いてくださいよ」

和哉は思わず眼球に力を込めた。

「ん？　なんですか、その顔は」

図面くらい、だと――。吐き捨てたい言葉が頭の中で膨らんだ……。

「千葉！」遠くで呼ぶ声。

顔を会場に向けた。

「千葉！　墨出し始めっぞ！」

会場中央で舞台監督チームの二番手、サブ監督が怒鳴っている。金髪に赤ヘル、金のスニーカー。

和哉は白井に顔を戻した。

「最新図面は十三時には制作にも届けますんで」

「遅れてすみませんは、なしですよ」

白井はいい残すと、スタッフルームとは通路を挟んで反対側の制作本部に入った。

和哉は気分を切り替えるように強く息を吐いた。

「なにやってんだよ」会場に入ると同時に遠くからサブ監の怒鳴り声が飛んだ。

「おまえが来ないと始まんないだろうが」

部下の檜山がサブ監の脇に立っていた。すぐにでも墨出し作業に取り掛かれるようにメジャーとダイヤロープを手にしている。あわよくば替わりに自分がという意志があからさまだ。和哉はサブ監に軽く手を挙げてから、その脇に向けて怒鳴る。

「檜山はそんなとこに突っ立ってないで、ツアトラだろ」

「指示出しました！」

「これからが本番だろ、他の連中に指示しながらおまえもツアトラ誘導しろ！」

おまえが仕切ってくれるからこっちは墨出しに集中できるんだぞ——。その台詞が口から出てこない。部下をこころから動かすためには付け足すべきとわかっているのだが。

あきらかに不満な顔が和哉を向いていた。その眼を見据えたまま歩み寄る。

「わかったな」右の手のひらを出す。

「国立大出身のチーフさまがそういうなら、しゃあないな」

横のサブ監がにたにた笑いながらいった。さっきのおまえ呼ばわりが、今度は〝チーフさま〟ときた。

「また必要なときには呼んでやっから」

檜山が渋々という感じでロープとメジャーを差し出す。

「すみません」和哉はサブ監に向き直った。「檜山への指示は、自分を通してもらえますか」

「チーフさまがもたもたやってるから、気を利かしたんですけどね」

サブ監が赤ヘルの前を軽く持ち上げる。

「そいつはどうも、でもそんな気遣いは必要ないんで」

和哉がいうと、サブ監は鼻の横に皺を寄せる。

「リガー隊のチーフさまがいらっしゃったぞ！　墨出し始めっぞ！」

「きっちり決めろよ！」

大澤の声が会場に響きわたった。会場に入って遠巻きに見ていたようだ。

「おうっ！」

スタッフの太い掛け声が上がった。男たちがいっせいに動き出した。

墨出しはこれから組み上げるステージの主要なポイントを会場の床に記す作業だ。ステージの位置を決めるにはまず、会場全体の中心、センターの位置を確認する。メジャーの端を持ったサブ監を置いて和哉は走った。手もとでカラカラと音がする。

墨出し用のダイヤロープを足で踏みつけ固定し、腰のガチ袋からバミリ用のテープを取り出す。ビッと十五センチほど引っ張り勢い良く千切る。ロープの上から貼り付けた。マジックに持ち替えテープに寸法を書き込む。さらにそこから十五メートルほど走ったところでメジャーを床に正確に当てる。

「前っ面のセンター、押さえます！」和哉は怒鳴った。墨出しの最初のポイントだ。

「図面確認したか？」

当たり前だろうが——。サブ監に大声で返したくなるのをこらえて右手を挙げた。

周りが急に騒がしくなってきた。ツアトラが続々会場内に入ってきたのだ。

「こっちこっち、そこで旋回」

誘導する檜山の声が遠くで反響する。

指示したとおりの場所にトラックが移動するのを遠眼に確認してから膝をついた。

ロープを踏む。バミリテープで押さえる。頭に入っている寸法を書き込んだ。

《15140》

会場のセンターからステージの前っ面のセンターまでのミリ寸法を示す数字。図面に記された幾多の寸法の中で、このポイントが、会場に組み上げていく巨大な構築物の基点になる。いわばこれからの五日間に綴られる物語の最初の一行だ。

「一万五千百四十、押さえました！」

和哉の声が会場の隅々まで響き渡った。

4

おまえも外川組に加われ――。

仕事のイロハを教えてくれたかつての上司、大澤宏一郎に告げられ、その大きな手のひらで背中をバンッと叩かれたのは、およそ半年前のことだ。大澤はフリーの舞台監督として独立後、外川由介に指名され、デラノのライブツアーの舞監を務めている。これまでに大澤舞台監督の下でリガー隊チーフを担うのは何度か経験しているが、どれもデラノとは別のミュージシャンの会場設営だった。外川組の大澤舞台監督の下でというのは、今回が初めてだ。

外川組。ステージプランナーの外川由介の眼にかなったスタッフだけが名指しで集められた、ロックコンサートステージ制作の精鋭集団。舞台監督、大道具、照明、音響、特殊効果、特殊映像、そしてリギングと、チームごとに会社は別々だ。外川組は、七人編成のダンス&ヴォーカルグループや、昨年結成十五周年を迎えたデラノのツアーを長年サポートし続けている。例年、他の日本のミュージシャンのライブとは桁外れの莫大な予算を注ぎ込み、欧米のロックミュージシャンを凌ぐほどの大掛かりなステージを組んで、曲ごとに奇抜な演出を繰り出す。

いつの日かデラノのライブ会場のデザインに係わりたくて、この世界に飛び込んだのだ。だからこそ大澤経由で招集の声をかけられたその夜のことは、しっかりと覚えている。プロとして認められたというゆるぎない自信が胸の奥にふつふつとわき起こり、ベッドの中で丸めた背中が何度も震えた。

だがその自負は仕事に就いて間もなく、ガラガラと音をたてるようにして崩れた。

他の現場ではあり得ないほど妥協を許さないチームであることは、以前から耳にしていた。演出の精度を高めるため、図面も現場制作物も繰り返し修正があるというのも、大澤から聞いて覚悟していたつもりだった。しかしその覚悟が、いかに甘い推測にもとづくものであったかを、図面に取りかかってすぐに思い知らされた。

デザインの打ち合わせは、外川が描いたフリーハンドのスケッチを大澤経由で説明され、それを和哉が図面化したものをまた大澤経由で外川に見てもらうという方法で進められた。姿が見えないひとの繊細なデザインが和哉の頭を悩ませた上に、ツアーで巡るすべての会場の設営条件を満たしつつ図面化する作業に手間取った。

武道館での単発ライブであれば、武道館の設営条件だけをクリアすればよい。だが香田起伸のツアーは、札幌から福岡まで一万人規模の屋内競技場で二十回の公演、十一ヵ所を巡るアリーナツアーだ。会場が変わるごとにステージのデザインが変わるわけではない。ステージの高さと幅は、全会場の中でもっとも小さなところに制限される。しかしだからといって天井の高い会場、幅の広い会場で組み上げたステージが、妙にこぢんまりした印象を観客に与えてはならない。最小の会場寸法を考慮しながら、十一ヵ所どの会場でもバランスよく見えるデザインを図面に描く。それは和哉にとって初めての体験だった。

全十一会場の中でももっともやっかいなのが、ツアーの初日を飾るこの長野アリーナだ。信州の山並みをイメージした構造が、そのまま外観のデザインとなる。内部の天井も外観そのままに、「M」の文字のように中央が曲面を描きつつ垂れ下がり、どことなく不安感をそそるデザインが特徴だ。だがその特異な構造のために、十一会場のうちここだけが唯一、天井から構造物を吊ることが許されていなかった。そこで外川が出したアイディアは、この会場でのみ、大型のクレーン車を三台会場に乗り入れ、三本の腕でステージの屋根部分、ルーフを吊るというものだった。

ざっと3LDKのマンションほどの面積があるルーフの組立が形になったところで、和哉は檜山を会場の隅に呼んだ。図面を描き直す前にサブチーフには変更のことを伝えておこうと思ったからだ。変更によって、リギング作業の手間が増えることは見えていた。

「例のスクリーン、幅を半間増やすことになった」

「また変更っすか」檜山がすかさず声を上げ、不満を遠慮なく顔に出す。「だったら、ルーフ上げる前に吊りもとの直し、やらせてくださいよ」

檜山の要望はリガー隊のスタッフとすれば当然のものだ。スクリーンそのものの変更は大道具の仕事だが、吊りもとの変更はリギングの作業になる。ステージの屋根部分、ルーフがスクリーンの吊りもとなので、ルーフを上げる前なら地上での仕事になり格段に楽だ。いったん上げてしまってからでは高所作業になる。

「無理だな」

「なんですか」檜山が突っかかる。

「そうじゃなくてもスケジュールがかなり押してるからだ。ここでルーフに手を加え始めたら、ルーフを持ち上げる時間がさらに遅れる。他のチームの作業手順が大幅に狂うだろ」

「だったら、いつやるんすか」

「大道具と打ち合わせした上で、今夜だな」それが深夜なのか明日の明け方になるのかは、現時点では和哉にもわからなかった。

檜山が舌打ちした。

「なんだ、文句があるなら、はっきりいえ」

「それはカズさん、舞台監督のいい分っすよね」

「どういう意味だ」

「俺らリガー隊の作業を最優先に考えてくださいよ」

「どこの作業を優先させるかは、俺が決める。リギングだけを特別扱いはできない」

檜山は黙って横を向いた。リギングは大道具だけでなく、照明、特殊効果他あらゆる作業にからむ。デザイン変更の皺寄せは必ず大小の重しとなって各リガーの肩に落ちてくる。

「おまえは少しでもいいものをつくろうって気がないのか」

檜山の顔がゆっくりと和哉に向いた。見たことのない反抗的な光がその眼に宿っている。

「いいものって、なんなんすか？　大澤さんが諸手を挙げて喜ぶものっすか」

「んだと」

「いい加減にしてくださいよ。千葉さんは一体、どっちの味方なんすか」

いつもの〝カズさん〟が〝千葉さん〟になっている。

「リガー隊のチーフだったら、最終デザインをきっちり決めてから俺らに指示をくれって、舞監に、はっきりいってくださいよ」

眉間に力が入る。和哉自身がこころの底に抱える矛盾を檜山に鋭く指摘された気がした。

図面を引く。その作業はステージプランナー・外川由介のアシスタント的な仕事になる。引いた図面を各部署に作業として落とす。それは舞台監督・大澤宏一郎の補佐的な仕事だ。けれどもリギングチームの頭として施工する立場に立てば、檜山の不満は和哉自身の不満でもある。変更変更の指示を出す前に、決めこんでから指示を出してほしい。しかし……。

「リギングのチーフだから、作業の流れを最優先するんだよ」

檜山が再び横を向いた。

檜山を呼んだ和哉の本音は別のところにあった。スクリーンの幅を変更するのに、加えて他にも何か良いアイディアはないか、檜山自身にも意見を訊きたかったのだ。手間のかかる高所作業が発生するのであれば、他にやれることは同時にこなしておきたい。

ライブで披露される三曲目。恋する男が身をほろぼしてもいいとまで訴えかける、そんな狂おしい心情を歌った曲のために外川がステージに描いた演出は、こういうものだ。歌の一番が終わり間奏に入ったタイミングで白いスクリーンをステージのカミとシモに一枚ずつ振り落とす。送風機で煽られて舞う布に、鍛えられた香田起伸の肉体が下着姿の外国人女性と抱き合うようにふわりと浮かび上がる。柔らかな照明と熱気に揺らぐスクリーンが、恋に悩む男の苦しいこころと、ふたりの脆《もろ》い関係を表現しているかのようだ。

これまでの相次ぐ変更で、檜山からの反発を半ば予想していた。だからこそ部下の志気を落とさないためにも、一歩先回りしてさらに良い案はないか、追加できる作業は他にないか、独自のアイディアがあれば出させようとしたのだ。だが、試みは失敗だったようだ。檜山は憤慨しただけで殻に閉じこもった。

「おいリギング、何そこでちんたら立ち話してんだよ」

サブ監の声。さっきスタッフリストで確認した。サブ監の名は木村強《きむらつよし》。二十七歳。B型。

檜山は和哉と眼を合わせることなく無言で背を向け駆けていく。

和哉はスタッフルームで図面の直しに取りかかった。作業に加わり、指示し、合間を見て図面を修正する。大澤と約束した十三時より五分ほど早く、なんとか図面の直しが終わった。プリントするために、制作本部に足を向ける。

本部のドアはいつも開いているが、和哉は、失礼します、とひと声かけてから中に入った。

制作本部には、A3まで印刷できるプリンターや大型コピー機も運び込まれていた。研修用の四人掛け机を四つ組み合わせて大テーブルとし、制作チームのふたりがそれぞれパソコンを開いている。部屋は閑散としていた。スタッフルームの室内は紫煙で霞み、ケータリングの味噌汁と揚物の匂いが鼻をつく。時おり笑い声がどっと起きたりする。対してここは禁煙で私語も聞かれない。

「プリンター、借ります」

和哉の声に、白井が顔を向ける。

「待ちに待ったプレゼントがようやく届きましたか」

白井の棘のある台詞は無視して必要部数をプリントした。白井にもわたす。

「まったく、図面より先に現物が完成しちゃうんじゃないですかね」

「立面と平面は基本的に変わってませんが、断面の寸法に変更が出てます」

事務的に説明して部屋を出た。

5

「ルーフタッパ、十五時三十分より開始します。十五時三十分より開始です」

拡声器を使ったサブ監・木村の声が会場に流れた。

組立の終わったルーフをクレーン車で持ち上げる作業だ。予定した時刻よりも一時間遅れ。

時計を見た。十五時二十分。即座に諦める。朝・昼兼の飯は、この作業のあとだ。いつでも全力を張れるように飯だけは作業の隙間を逃さずに食っておけよ。部下にはそう指示しつつ、それがなかなかむずかしいことは身をもって知っていた。

現場に戻るとすぐに作業の輪に加わった。組み上がったルーフに照明チームが総動員で照明器具を取り付けていた。

不意に携帯が鳴った。表示を見る。

《カナブン》

左頬に力が入る。

小金井文夫。東京リギング制作管理部長。三十九歳。大澤とは同期入社で、和哉の現在の上司に当たる。会社経費で部下と呑むたびに六大学出身を鼻にかける男だと聞いている。聞いている、というのは、和哉が同席する酒の場では、いっさいその話を持ち出されたことがないからだ。国立大出を鼻にかけてるんじゃねぇぞ、と和哉とすれば身に覚えのないことで絡まれることはしばしばだが。

「はい」

〈何か報告することがあるだろ〉

「え？」

〈とぼけるのもいい加減にしろよ〉

色白のエビス顔が脳裏に浮かんだ。たるんだ頬。ひとを小馬鹿にした半笑いの眼。図面の変更のことか——。頭に浮かんでいるが口に出せない。違っていたら藪蛇になる。

〈また変更が出たんだろ〉

やはり――。しかし、どこからの情報だ。

「若干の変更なんで」つとめて冷静に返す。

〈おまえ、舐めてんのか〉

いきなりのおまえ呼ばわりにかちんとくる。けれども反論はしない。軽くやり過ごして現場に集中したかった。

「すみません、あとで報告します。これからルーフタッパなんで」

〈これから？　ルーフタッパは十四時半だろ。遅れてんのか？〉

「多少です」

〈馬鹿かおまえは！〉

相手の罵声に携帯を耳から遠ざける。

〈一時間押しだろうが！　いいか、変更がありゃ即予算の追加、作業が遅れりゃ即予算に響くんだよ。それを管理するのがおまえの仕事だろうが。すべて報告しろ。いいか、よく頭に入れとけよ。おまえの上司は大澤でも外川でもない。俺だ〉

カネ、カネ、カネ。現場をカネの動きでしか見ない男だ。上は何を考えてこんな現場知らずの男を現場の責任者に据えたのか。

〈おい！　返事しろ！〉

「お言葉ですけど、現場は現場にいる人間にまかせてください」

〈んだと〉凄みのある声が返る。

「受話器の向こうじゃ、管理なんかできないでしょ、っていってるんです」

〈おまえ、自分が何いってんのか、わかってんのか！〉

「すみません、またあとで電話します」

受話器の向こうの声に背を向けるようにして携帯を切った。即座にマナーモードに切り替え折り畳む。予算の追加が出ようと、その調整は後回しだ。今は目の前の作業に集中しなければ。でないと大きな事故につながる。

「おら、千葉、そんなとこで何やってんだよ。始めんぞ！」

小金井の罵声が粘りついたままの耳に、サブ監の怒声が飛んできた。

形になったルーフを持ち上げる作業が、予定より一時間遅れて始まった。

6

三時間半かけて、どうにか事故なくルーフを持ち上げることができた。

今日のメインとなる作業ポイントを通過できたことで、和哉は檜山たちリギングチームに声をかけ、食事をとりにスタッフルームに戻ろうとした。夕食の時間になるというのに、朝も昼もまだ食べていない。胃が何度も悲鳴を上げていた。会場から出ようとした、そのときだ。

「カズ！」大澤の声が響きわたった。

ステージの前で腕を組んだ仁王立ちの姿が眼に留まる。

「はい！」返事をして、すぐにそのもとに駆け戻った。

「なんだ、あれは」大澤が静かに顎を振る。

ステージのほうに顔を向ける。かたちになりつつある構築物に眼を走らせる。

あ――。肩に力が入る。

「すみません」すぐに大澤に向き直り頭を下げる。

「おまえは裏の構造をお客さんに見せようっていうのか」

観客には見せたくないやぐらや骨組が目につき、見せたいデザインの印象が希薄になっていた。

今朝会うなり大澤から、大丈夫なんだな、と念を押されていたことだ。現場に乗り込む直前の昨日になって、ステージの両脇に吊るすスピーカーが当初予定されていたものから変更になった。図面上で確認し、大した問題は見当たらなかった。だが問題がないと思えたのは、単にチェックが甘かっただけで、問題は大有りだったのだ。

「いつ直す」

「今夜には」

「ざけんなよ！」会場を貫く怒声に一瞬周囲の音が消えた。「今夜はスクリーンの直しで手一杯だろ」

大澤のいう通りだ。今日予定していた作業が何時に終わるか読めない中で、予定外の作業が追加されていた。それがおそらく明け方の仕事になるのは見えていたが、これ以上、明け方の作業を増やしてしまうと、翌日のそのあとの工程がすべて狂ってきてしまう。

「今すぐ直せ」

即座に納得する。新たな作業を入れるとすれば、和哉が、朝・昼・夕兼の飯を急いでかき込もうと思っていたこのタイミングしかない。

昨日になってスピーカーの機材変更をした音響チームを恨むのはお門違いだ。そう頭でわかっていながら、つい愚痴をこぼしたくなる。変更を知っていながら図面の段階で処理できなかったのは明らかに和哉のミスだった。立面図から構造物の遠近を読み取れていなかったのだ。チームを呼んですぐに直しの内容を指示する。

組み上げたばかりの構造物を一部解体し、建て直す作業は思いのほか手間取った。ようやく終えてから時計を見ると、既に二十二時半。瞬く間に四時間近くが経過してしまった。

「例のやつ、あと一時間くらいしたらかかれるぞ」

会場で擦れ違った土屋から声が掛かった。

例のやつ――スクリーンの作り直しのことだ。

「よろしくお願いします」和哉は土屋の背中に向かって腰を折る。

胸のうちにふと、今朝聞いた土屋の言葉が蘇った。

簡単だから、むずかしいんだよ――。

作り直したものを、また、作り直す。そしてさらにまた、作り直す。あれは、こういうことをいっていたのだろうか……。

確認したくてもその隙を与えないほど、土屋は部下に細かな指示を次から次へと出しつづけていた。

ふと以前に読んだ、香田へのインタビュー記事が頭に浮かんだ。

《予期せぬことは誰にでも起きるわけですから――》

人生には予期せぬことが起きる。その予期せぬことを受け止めて、でもよかった、といえるような人生を歩みたい。香田はそんな風に語っていた。

初めて臨んだ外川組の現場は、まさしく予期せぬことの連続だった。自分はそれを受け止め、最後に、よかったといえるだろうか……。

ちらりとステージを見る。

大澤の身体がゆっくりと動く。視線が床に落ちる。手には通常の金槌よりも柄が長いハンマー、ナグリ。

もしかして……。思った直後に声が飛んできた。

「カズ！」

「はい！」

「浮いてるぞ！」

悪い予感が的中した。

「来い」

和哉は檜山に声をかけステージを駆け上がる。

大澤が指さす先の床が微妙に膨れていた。五ミリ程度だ。

「おまえ、香田さんを殺す気か」

「いえ、そんな」

「だったらなんでこんな半端な仕事をする」

「すみません！」

「ステップ踏んで、ここでつまずいてバランス崩したらステージ下に真っ逆さまだろうが」

「すみません！」

もう一度頭を下げた。今日これで何度目だ。

「ステージ裏の手摺りもチェックしろよ、あれじゃ低過ぎて危ないだろ、すぐに直しとけ」

「わかりました。檜山はカミとシモの手摺りをチェックして土屋さんに協力をお願いしろ」

部下に指示しながら思う。これでまた、スクリーンの直しに入るのが遅れる。

現場の主導を照明チームにいったい何時にわたせるのか。

朝・昼・夕兼の飯に何時にありつけるのか。

まったく見えなかった。

7

いつの間にか曜日が火曜に変わっていた。本番の金曜は三日後。一時間ほど前から、身体が一段と重くなった。しばらく手を止め、部下たちの仕事ぶりを見ていると、頭の芯が急速に熱を帯びてくる。強い睡魔に襲われ慌てて両手で頬を叩く。疲労と睡眠不足、そして日をまたいでようやくありつけた三食兼の飯のせいだけではない。作業場である会場の室温が明らかに上昇していた。熱気のせいで、疲れが二倍にも三倍にも膨らむような気がする。

「差し入れでーす」

間延びした声。見ると、制作の白井の部下だ。

「アイスクリームが届いてます、手の空いたひとからどうぞ」

会場入り口に置かれた長テーブルに大型のクーラーボックスが見える。

「土屋さん、小休止入れませんか?」和哉はトランシーバーで提案する。

〈いいかもな、まだ先は見えねぇし〉

和哉と土屋の指示でリギングと大道具、それに鳶のスタッフがアイスクリームを手に取る。

「何とかなんないすかね」手摺りの直しを終えた檜山が首の汗をタオルで拭く。

「なんとかって、何がだ」

「会場の温度っすよ」

「そんなもんは、気合いで無視しろ」

「気合いでって、そんな、無理っすよ。そんじゃなくても丸一日の作業でへばってんのに」

部下の要望は聞く前からわかっていながら、とぼけ、はぐらかした。

白井の無表情な顔が思い浮かぶ。空調の予算を管理しているのは制作チームだ。おそらく当初の工程表に載っていなかった作業時間に突入したことで、会場の空調をエコモードにでも切り替えたのだろう。予備の予算は組んでいるだろうが、まだ一日目だ。追加予算の出費は可能なかぎり抑える方針なのだ。

和哉が要望を出したところで、はいはいとふたつ返事で態度をあらためるような男ではない。無駄な交渉に時間を費やすよりも、やれるべきことを早く終えてしまい、空調の効いたスタッフルームに戻って休憩するほうが効率的だろうと考えたのだ。だが、部下の顔はすぐにでもこの労働環境を改善してほしいと訴えている。

「カズさん、聞いてんすか」

「検討してみる」

部下の要望はもっともだ。それだけに視線が痛い。

「大澤さん」

ステージの裏の空きスペースで、直し途中のスクリーンに眼を落とす姿を見つけ声をかける。制作に交渉するには、舞台監督からでないと議題にもならない。

「なんだ」

「空調、どうにかしてもらえませんか？　これじゃ、作業効率が落ちるばっかりで」

「むずかしいだろうな」

迷いのない拒絶は、大澤の発言とは思えない。

「なんでですか？」

「空調の予算は制作のほうできっちり管理されてる」

「そんなこと、わかってますよ」

「わかってるならいうな。それよか、あそこの手摺りも低いだろう」

大澤は、空調の件はこれで終わりというように別の話題に切り替える。

「だってまだ作業中ですよ」

「なんだ、まだ文句あるのか」

「大ありですよ。空調だって、予備の予算があるでしょ」

「当初の工程表にはない作業時間に関しては空調を節減。そういうことだ」

大澤のまるで他人事のような発言に和哉の体温が上昇する。

「だったら、それをどうにかするのが舞監なんじゃないんすか」

「んだと、もう一度いってみろ」

大澤が初めてまともに和哉の顔を見た。

場内の照明が切り替わり、大澤の顔の半分が赤く染まった。眼の下の弛みが深々と浮かび上がる。ここに乗りこむ前の現場も徹夜続きだったという話を和哉は耳にしていた。尽きることがないように思えた大澤の体力の底を覗いた気がした。

「いつもいってるじゃないですか、ステージで一番重要なのはデザインじゃない。まずは事故がなく作業を終えられるかだって」

大澤は何もいわずにじっと和哉の顔を見ている。

「このままだと、事故が起きますよ」

「それを防ぐのが、おまえたちチーフの役目だろうが」

「俺たち以前に、仕事場の環境を整えるのが舞監の仕事じゃないんすか」

「おまえ、いつからそんなに偉くなった」

「偉くなったなんて、当然のことをいってるだけです。大澤さんこそ、どうしたんすか、まるで制作の下請けじゃないっすか、そん――」

言葉の途中でTシャツの首もとを摑まれた。身体がふわりと浮き上がる。大澤のこぶしが和哉の下顎を突き上げる。息ができなくなっていた。

「おまえ、舐めた口きいてんじゃねぇぞ」

く、苦しい――。しかし、声にならない。

「はいはい、お取り込み中のところ、すみませんね」

いつの間に来たのか、土屋がふたりの間に割って入る。

大澤の手首を土屋が摑んでいた。ふたつの腕がぶるぶると震えている。急にふっと大澤の腕の力が抜けた。

和哉は引きちぎるようにシャツを引っ張り、大澤から一歩引いた。息が荒くなっている。

「こんな面白い見せもんをやるんなら、小休止が終わってうちの職人がここに集まってからにしてくださいよ」

土屋はそれだけいうと、スクリーンの直し具合を確認する作業に戻った。

「もう頼みません」

和哉もまたそれだけいい残すと、ひとりで制作本部へ足を向けた。背中から止める声は聞こえなかった。

本部のドアは開いていた。荒々しく叩いて中に入る。

「そろそろ、来るんじゃないかと思ってましたよ」

白井が開いたパソコンの画面を見つめたままいった。

「だったら、用件はわかってますよね」

白井がちらりと時計を見る。

「あと一時間は無理ですね」

「な――」相手の思いがけない言葉に、反論がすぐに口から出てこない。

「なんの根拠があって」

白井がパソコンから眼を離し、脇に置いたアナログの置き時計を見る。

「現時点で四時間押し、そのうちの二時間分は、リギングのミスによるものとこちらでは判断しています。なのであと一時間は空調節減。ペナルティとしてです。照明チームにバトンがわたされたらスイッチを切り替えるんで安心してください」

「ミスって！」

声を荒らげてから、背中がひやりとする。思い当たることがあった。白井はあのことをいっているのだ。図面の読み取りの甘さから生じたミスを大澤に指摘され、ステージの一部がつくり直しになった。

「そういうことです」

顔を読まれた気がした。

白井は表情を変えずに、部屋に置かれた大画面テレビに眼をやる。現場の様子が映し出されていた。現場に顔を出さなくても、ここですべてをチェックしている。そういっているように思えた。

「だからって」

白井の視線はパソコンに戻っていた。

「聞いてんすか」

白井は和哉の言葉を無視するように、受話器を持ち上げた手でボタンを押す。

「あ、白井です。はい、先ほどの件で、御社の千葉さんが、ここに……」

白井の言葉に身体を硬くした。まさか、電話の相手って……。

「はい……、今、本人と替わります」

白井が無言で受話器を突き出した。和哉は一瞬考えてから、受けとる。耳に当てると、相手の荒い鼻息が聞こえた。

「もしもし」

〈いい加減にしろよ、千葉！〉

カナブンの怒鳴り声に思わず受話器を耳から離す。

「報告が遅くなりました」

〈今後、変更に関して報告が無ければ、いくら外川の指名だろうと、おまえを外すからな、覚悟しとけよ〉

咄嗟にどう返したらいいのか、思い浮かばない。

〈空調の件は、こっちは了解済みだからな〉

「今なんて」

〈これ以上、無駄な予算を使うんじゃねぇっていってんだよ〉

「お言葉ですけど、作業現場の環境を整えないと事故の原因になります」

〈なに大澤とおんなじ台詞を吐いてんだよ〉

「大澤さん？」

〈さっきこっちに電話してきたよ。空調の件、追加の予算組みをなんとかできないかって〉

「それで？」

〈舞監がとぼけたこといってるんじゃねぇって、返してやったよ〉

受話器の向こうに、にやけるエビス顔が浮かんだ。

〈おまえも俺のやり方が気にくわなかったら、会社、辞めるんだな〉

「このツアーが終わるまでは、辞めません」

〈おまえが辞めたくなくても、おまえのやり方次第で俺が辞めさせる。そしたら大澤にでも拾ってもらうんだな。ま、一緒に外川のケツでも舐めて仕事をもらうこった〉

血が一気に頭に駆け上る。怒鳴り返そうとする自分の手綱を必死に引いていた。

〈おい、千葉、聞いてんのか〉

和哉は黙って受話器を置いた。

「アイス、届きましたよね」白井はパソコンの作業を休み無く続けている。

「あれは舞監からです。せめて仲良くやってくださいよ、現場が大好きな者同士」

大澤からの差し入れだったのだ。空調の件が、自分ではどうにもならないと知り、せめて現場の志気が落ちないようにという配慮から誰かに買ってこさせたのだろう。

和哉は黙って制作本部をあとにした。

数メートル先の廊下に檜山が立っていた。

「あと一時間は辛抱してくれ」

檜山たちに向かって眼を伏せた。

「一時間って、こっちの作業、終わっちまいますよ」檜山がすかさず声をあげる。

「その間に事故が起きたらどうするんすか」

「細心の注意を払え。まめに水分補給をするよう職人にも徹底しろ」

檜山は勢いよく息を吐く。現場へ戻ろうとするその背中に、それと、と声をかけた。

「さっきの小休止のアイス、あれは大澤さんの差し入れだ」

振り向いた檜山の瞳が揺れる。

「檜山からも礼をいっておけ」

檜山は現場に駆けていった。和哉も重い足を引きずるようにして現場に戻った。作業に入る前に、さっきの後始末をしておかなければならない。ステージに向かって太い腕を組むその姿はすぐに見つかった。前に廻る。

「すみませんでした」和哉は大澤に向かって腰から上を九十度折った。

「それと、差し入れ、ありがとうございました」

「なんのことだ」

「いえ、あの、出過ぎた真似をしました」

「ぼさっと突っ立ってる暇があったら、一分でも早く照明に現場を渡せるように努力しろ。おい、そこ！　そんなとこに資材置いてどうすんだよ！」

大澤が怒鳴っているのは、本来は和哉がやるべき鳶への指示だ。

「すみません、あとは俺が」軽く頭を垂れる。

「おら、こっちだこっち！」

ステージ脇へと走りながら、こころは現場に戻っていた。

8

スクリーンの幅を広げる。そのためのスクリーンの作り直しと、変更したスクリーンを吊るすためにルーフに手を加える作業が一段落したのは、朝八時過ぎだった。九時に予定されていた大道具と仕掛けの稼働具合のチェックに入る前にスタッフルームに戻り、昨日から着たままのTシャツを取り替えた。饐《す》えた臭いが鼻をつく。黒い布地には白く塩がふき、黒く光る部分はぐっしょりと濡れ、重さが二、三割増したようだ。新しいシャツを着る前にシャワーを浴びたかったが、その時間はなかった。歯ブラシを持ってトイレに行く。鏡に映った顔はさすがに疲労を隠せない。昨日の朝、現場入りしてから二十四時間ほとんど休みなしだ。スクリーンの直しが早めに終了すれば、一、二時間、部屋の隅で机に顔を伏せることができると期待していたのだが、甘かった。顔を乱暴に洗うことで完徹の眠気を吹き飛ばし、ステージのカミ手にスタンバイした。

だが、完徹で立ち上げた仕掛けはどれも、和哉たちスタッフの期待を裏切る動きしかしなかった。上下や左右に稼働すべきものが、まともに動いてくれない。ステージ後方には材質と色が異なる幕が張られているが、その一部を少し動かすとすかさず、ステージ中央に立つサブ監の木村がマイクを使って声を会場に響かせる。

「ストップ、ストップ。リギング、なにやってんだよ！」

作業は中断。和哉と大道具の土屋が素早く問題点を確認し、スタッフに指示を与え、稼働を再開。しかしまたすぐに、別の箇所に不具合が生じてストップ。その繰り返しだった。

稼働のチェックと並行して楽器が運び込まれた。楽器チームが正面カミ手の搬入用スロープを使ってステージに上げていく。大澤がステージの上に配置の目安として貼ったバミリテープを基準に、各楽器は次々とセッティングされ、三十分ほどで形になった。

当初スケジュールの一時間押し、十三時になってようやくステージの主導権は照明チームにわたされた。それまで作業にあたっていたリギングチームと大道具チームは、大部屋に一度引き上げ、朝食を兼ねた昼食をとり始めた。食えるときに食っておかないと、昨日のように朝・昼・夕兼の飯が深夜ということになる。部屋の前方には人数分の弁当と味噌汁がケータリングで用意され、手の空いた者が昼以降はいつでも食事につけるように準備されている。メインの料理は生姜焼きだったりハンバーグだったり毎食替わる。今日の昼飯は野菜サラダにコロッケ、それにチキンカレーだ。

照明チームの作業後に、テクニカルチェックが控えていた。

開始前に、主立ったスタッフにチェック項目のメニューが配られた。A4一枚に大澤の太い文字で、曲名と、曲別に演出内容を添え書きしたメニューだ。

ミュージシャン抜きで、大道具や照明といった基本的な設備を、本番で予定している演出と同じように動かし調整する。音楽は本番と同じアレンジで録音したMD《ミニディスク》で代用する。十五時から十九時まで約四時間かけて確認するのは本番で予定している二十一曲中七曲の演出。四時間もかけてたった七曲という内容に和哉は、大澤の抱える不安を感じた。

その予感は、テクニカルチェックが始まってすぐに現実のものとなった。瞬く間に一時間が過ぎてしまったのに、七曲のうちまだようやくオープニング曲の確認が終了しただけだった。その曲も、演出を実現させるための仕掛けが未完成であることが確認され、直す間もなく未完成のまま次の項目に移動した。

「二面スクリーンを落とします」

カミ・シモの両袖に、柔らかな白いレースの布が垂れ下がった。一枚の幅が約四メートル。高さは約十一メートル。二十六畳ほどある大きな布だ。今日の明け方までかけて作り直し、吊りもとを修正した二枚のスクリーン。大道具のスタッフに押されて、台にキャスターの付いた特大の送風機も四台用意された。

音楽が流れ始めた。香田独特の高く鋭い、それでいてどこか聴く者の耳もとで甘く囁いているような歌声。恋に身を焦がす男の心情を歌う一番が終わり、間奏に入った。その途端、送風機が唸り声を上げた。下からの風に煽られて二枚の白いスクリーンが舞う。

白い布の上に、モノクロの巨大な写真がふわりと浮かび上がった。香田が下着姿の外国人女性と抱き合う。写真が別のアングルに変化した。女の足が男に絡みつく……。

やがて曲が終了した。

「どうでしょうか？」

ステージ上で大澤の指示を受けて仕切る木村が、スタッフ全員に聞こえるようにマイクで大澤に訊ねる。

「全然駄目ですね」大澤もマイクで返す。「曲に合わせる以前の問題ですね」

舞台監督席は、客席中央に設けられた照明や特殊効果チームがひとかたまりになるPAブースの最前列。大澤はそこからマイクを使う会場アナウンスと、トランシーバーによる無線連絡を併用してスタッフに指示を出す。全員に聞かせたい指示は会場アナウンスで、チーム個々に伝えたい内容はトランシーバーで各チームのチーフにだけ指示をする。

「ええ、少々お待ちください、ただいま調整しています」木村のアナウンス。

ステージのループ部分、スクリーンの上に居る和哉はトランシーバーで訊ねる。

「大澤さん、不自然でしたか？」

〈まったく駄目だな。今のじゃ台風だよ台風〉大澤もトランシーバーで返す。

〈ダイ先生とすりゃ〉土屋の声が無線に割り込む。〈まったくお気に召さないってわけだな〉

大澤にも聞こえていることがわかっていながら、ダイ先生といえるところが古株らしい。

「演出のイメージはたぶん、香田さんのプライベートな姿をお客さんはレースのカーテン越しに覗いてるっていうイメージなんだと思います」

〈カズ、想像で指示なんか出すんじゃねぇ！〉

トランシーバーに大澤の怒声が響いた。

「すみません！」

〈たぶん、思います、なんていわれたら、土屋親分が困るだろうが！〉

「すみません！」

〈ダイ先生のいう通りだな〉

「すみません」今度は土屋に向かって謝った。

トランシーバーでの大澤とのやり取りは、部下には聞こえていないことが救いだ。

スクリーンに再び、香田の映像が映し出された。

風が煽る。送風機はカミ手に二台、シモ手に二台。

風をどう当てるか、送風機を操る大道具のスタッフはいまだ手探りの状態が続く。

「だからそれじゃ台風だって」大澤のアナウンス。

下から強く当て過ぎると、スクリーンがルーフへと舞い上がってしまう。大澤がいうように台風に直面したようになってしまい、スクリーンの役割を果たせなくなる。

「袖から当ててみましょうか？」木村が提案する。

「試してみてくれますか」

大澤の了解を待って送風機がステージの両端に移動する。だが今度は全体にねじれてしまい、映像をうまく映し出せない。

「左右もバラバラですね」

大澤が指摘するように、カミ手のスクリーンとシモ手のスクリーンで動きにバランスを取るのもむずかしい。

「一度、前から当ててみてもらえますか」

大澤がアイディアを伝えた。四台の送風機をスクリーンのすぐ下からではなく、ステージから下ろして客席の手前から当てたらどうかという提案だ。大澤の頭にある理想の揺れに、四台をどう操れば近づけられるのか。ステージ下に移動した送風機が唸り声を上げた。

「大澤さん、前から見てどうですか？」

大澤の表情は遠目でも、まったく納得していないとわかる。

「カズ！　木村！」

大澤から生の大声で招集がかかった。和哉はルーフからするすると柱を伝ってステージまで下り、大澤のもとに急いで駆け寄る。木村もステージから下りてきた。

「スクリーンの吊り方に、もうひと工夫しないとまずいな」

大澤は、風の当て方だけではイメージの実現に限界があると考えたようだ。

「半間広げても、効果はイマイチですか？」

つい訊ねてしまう。昨日、あれだけ急いで図面を直し、今日の明け方までかかって修正したスクリーンなのに、その命は一日ともたないというのだろうか。

「照明との兼ね合いで、吊りもと、あとどれくらい上げられる？」

大澤からの問いかけに和哉は頭の中で図面を広げた。ざっと計算する。

「あと、六百五十くらいなら、なんとか」

吊りもとを六百五十ミリ、つまり六十五センチくらいであれば照明器具の取り付け変更がなくても上げられる。照明器具の吊り位置を変えるとなったら、それこそ今日やった照明の作業がやり直しになる。

「吊りもとを上げるとなると当然、今のスクリーンは使えないっすよね」

木村の口調にはどこか、リギングチーフの落胆を期待しているような響きがある。

「そうなるな」大澤は軽く答える。

吊る位置が高くなってもその寸法分だけ、ステージ床との間に隙間をつくるわけにはいかない。となると、さらに長いスクリーンを新規に作り直すことになる。ステージの左右に垂らした布のスクリーンを風で揺らして、そこに映像を映し出す。言葉で説明すれば、たったそれだけのことだ。しかしそれだけのことを、まずは舞台監督が納得するまでに仕上げるのに、図面を描き始めてから半年、そして本番の三日前になっても、まだ結果は出せていなかった。身体の中に溜まりに溜まっている疲労が急速に重みを増していくようだ。

ふと昨日の朝、土屋から聞いた台詞を思い出していた。

仕掛けが簡単だから、むずかしいんだよ――。

大道具の頭として、土屋は今回の演出実現のむずかしさを先読みしていたのだ。土屋が示唆していたことに、リギングのチーフとして当然気づくべきだった。昨日の朝の時点で自覚していたら、先回りできたこともあったのではないか……。

いくつもの悔いが頭の中をよぎり、自分の未熟さに奥歯を噛みしめる。

再び持ち場についた。チェックが始まって、二時間が過ぎようとしている。

スクリーンが揺れ始めた。大澤も舞台監督席に座ってなどいられない。ステージのすぐ前に歩み寄り、送風機の位置を変えるようにスタッフに直接指示を出す。そして少し後ろに下がって揺れ具合を確認し、再びステージ前に歩み寄り送風機の角度に手を入れる。方法を変えて試してはみるものの、大澤がイメージする映像にはほど遠いようだ。

結局この件に関しても、あとで時間があれば再度確認ということで、次の項目へと移ることになった。

こころには、じりじりとした焦りが広がっていた。

本番二日前の明日になれば、香田本人がこの会場に姿を現す。当然その時までには、舞台監督の大澤が百パーセント満足を得られるレベルにまで、各演出の段取りを仕上げないとまずい。しかし今の状況を見るかぎり、百パーセントどころか、妥協できるレベルまでの仕上がりでさえ期待できそうになかった。項目ごとに解決しなければならないポイントが次々と浮き彫りになるだけで、解決は後ほどというように先延ばしとなってしまう。問題はひとつとして解決されていなかった。

和哉は、ちらりと会場の入り口を見やった。現場のスタッフにとっては、明日の香田の前に、もうひとつ大きなハードルが待ち受けていた。

ステージプランナー・外川由介は一体いつ、この現場に姿を現すのだろう。

外川が現場に顔を出す前に、少しでもマシなものに整えておかなければ。

時間が経つにしたがい、胸の中の焦燥が加速度的に膨らんでいた。

「また変更っすか」

テクニカルチェック終了後、リギングチームを舞台裏に招集した。大澤の指示を伝えた途端、予期していた通りの反応を檜山が見せた。

「そうだ、変更だ」

「だったら俺たち、いったいいつ寝られるんすか？」

「寝られる？」

「だってそうでしょ。今日も徹夜ってことっすよね」

昨日の夜、完徹だったのは和哉だけではない。リギングチームも土屋が率いる大道具チームも全員が完徹で二日目に臨んでいる。だれもが、今日こそは短い時間でいいからホテルのベッドで眠りたいと思っていることは痛いほど伝わってくる。睡眠は長くとれるに越したことはないが、むしろ大切なのは、自分をいかに騙すかだ。時間は三十分でも、現場の机や床で寝るよりホテルのベッドで寝るほうが、疲れが数倍取れたような気がする。実際はどうであれ、自らそう思い込むことで気持ちの立て直しの度合いが違ってくる。

「そんなのは、おまえらの仕事の進み方次第だ」

答えながら内心空しさを感じる。いっている和哉自身が今夜のチェックインは既に諦めていた。

「やってらんないっすよ」

部下の言葉への怒りを眼に込める。

「だって二徹で直したって、どうせまた舞監の思いつきでひっくり返るんだろ」

「んだと、もう一度いってみろ」急に乱暴になった部下の口調に、憤りが一気に膨らんだ。

「何度でもいいますよ。思いつきで何度も変更されて、こっちは寝ないで食わないで、直して、それでまた思いつきで変更されて、いったいいつになったら終わるんすか！」

答えられなかった。それこそが、和哉自身が抱えている苛立ちでもあった。

檜山はそのまま背を向けた。他の連中もぞろぞろとそれにしたがう。

部下への、上司への、そして、何よりも自分への。

和哉はすべての怒りをふたつの拳に込めた。

chapter III

乾ききった大地に

孤独の寂しさが人間のこころを静かに燃やしてくれる

1

火曜、夜七時。ひとりの痩せた背の高い男が会場に入ってきた。

気がついたスタッフが硬い声で挨拶を口に出し、頭を垂れる。大澤も舞台監督席から立ち上がる。

ステージの袖で部下に指示を与えていた千葉和哉の言葉も自然と途切れていた。会場の空気を一変させたその男が誰なのか、説明されずともすぐにわかった。

外川由介——。

黄色のサングラスをかけ、明るいグレーの着心地の良さそうなスーツに白いシャツ。ネクタイはしていない。やや茶色がかった髪はオールバックにまとめ、鈍く光るアルミの鞄を手に下げる。歳は五十前後といったところだろうか。蒸し暑い会場にあって、スーツを着た男の周囲だけが、室温が二、三度下がったように感じられた。

外川は軽く片手をあげてスタッフの声に応えながら、迷うことなく大澤の横に置かれたふたつの椅子の後ろに立つと、上着を脱ぎ、そのひとつの背にかけた。

外川が席に着くのを待って、大澤も座り直した。

外川は鞄からパソコンと大きめのノート、眼鏡ケースに万年筆を取り出す。サングラスを外しケースに収納してからパソコンを立ち上げた。視線をパソコンの画面に向けたまま大澤に声をかけている。遠くからその様子を見る和哉にも、外川の落ち着いた声が聞こえてくるような気がした。

2

どうしてこう次から次へと解決できない問題が眼の前に立ちはだかるのだ。課題はひとつとして、解決したという実感を大澤宏一郎は持てていなかった。外川由介にも、そして香田起伸にも、とても見せられたものではない。そんな現場の状況に、大澤は抑えることのできない焦燥を抱《かか》えたまま、外川由介を迎えての最初のテクニカルリハーサルになってしまった。三曲目で登場する二面スクリーンは、せめて外川が眼にするまでには少しはまともにと思っていたのだが、まともどころか現場の責任者として眼を覆いたくなるような惨憺《さんたん》たる状況だった。

「それで、どんな感じですか？」

外川は視線をパソコンの画面に向けたまま大澤に訊ねた。

大澤は現状について手短に報告した。外川は無表情なまま耳を傾け、要所要所でパソコンに打ち込む。

以前、ふたりのやり取りを間近で見ていた香田起伸が、外川さんと大澤さんのやり取りって、まるで外国帰りの大学教授が留守中の様子を助手のひとに確認しているみたいですよね、といったことがある。大学など想像の世界でしかない大澤にとって、その表現は妙に新鮮に脳裏に焼き付いた。

「間もなくテクニカルリハーサルを始めます。スタンバイお願いします」

会場に木村のアナウンスが流れた。大澤主導で進める作業は技術的な確認とチェックなのでテクニカルチェック。ステージプランナーの外川が参加して始まるのはテクニカルリハーサル。現場では呼び名も区別していた。

しばらくして今度は大澤が会場に声を響かせた。

「テクニカルリハーサルを始めます。頭から進めていきますのでよろしく」

オープニング曲に選ばれたのは、香田起伸一枚目のソロアルバムの一曲目だ。紗幕に香田の顔写真が大写しになる。外川も大澤もじっと見つめる。スタッフが三人、外川の後ろに立った。いつ指示が出ても対応できるように待機していた。周囲の空気が引き締まる。曲が終盤に差しかかったところで外川がちらりと後ろのＰＡブースを見やった。

「もうちょっと暗くできませんか？　黒いシートを一枚かけてしまうとかして、どうですか？」

外川が視線を向けた相手は特殊映像のチーフ・三井《みつい》だ。

「ちょっとゲージを落としてみて」三井がＰＡブースで操作盤に手をやる部下に声をかける。

「五十パーセントくらいに」

紗幕に映像を映し出すのは、特殊映像チームの仕事だ。

「もっと暗くしていただけますか」外川がさらに注文を出す。

「はい。もうちょっとゲージ落とし」三井が即座に指示を飛ばす。

「できるだけ暗くしてもらって、もう少々工夫してもらいたいですね」外川の注文は止まらない。

「香田さんの首の下に見えてる服をとにかく消したいんですよ、マスクだけにしたいんです」

外川は〝マスク〟という言葉で、紗幕一面の映像に求めるイメージを表現した。香田が眼を閉じた顔を、仮面に近づけたい。首の下にわずかに見えるシャツの部分も消して、そこには安らかな寝顔だけをふわりと浮かび上がらせたい。そのイメージが大澤にも明確に伝わってくる。

大澤は曲を途中から流し始める。香田の顔は紗幕に映し出されたままだ。

「もっと暗くしてもいいですね」外川が三井に指示。

「今、四十くらいかな？」三井が部下に確認する。

「ちょっと落として、三十五でプログラムして出してみてくれる」

じっとステージを見つめていた外川が、大澤に視線を向ける。

「これくらいでどうです、大澤さん」

「そうですね。了解です」

曲が終了した。外川がＰＡブースを振り返った。

「このオープニングのシーンで佐竹さん、紗幕の正面に何か、いただけますかね」

今度は照明チーフに声をかける。佐竹の馬面がぐいと前に伸びる。

「中盤のスポット以外にですか？」

「そうです。もうちょっと工夫していただけますか」

外川はスタッフそれぞれに細かな指示を出すことで、ひとつの映像を創りあげていく。瞬く間に検討すべきポイントと方針が見え、ひと言発するごとに、ひとつのシーンがその場で磨かれていく。

観客は変更前の映像でも違和感を覚えないだろう。だが比較すれば、わかる。観る者のこころに長い間刻まれる印象が、変更前と後とでは大きく変わる。それほど重要な調整なのだ。

大澤は次のシーンにいつでも移れるように、サブ監の木村強、リギングチーフの千葉和哉、大道具親方の土屋勝とも連絡を取りながら、こころの隅が重くなるのを感じていた。

実現すべき映像の理想的なイメージと、その実現のためにやるべきことを、わずか数分の間に見せつけられた。そんな気がしたのだ。

外川の手並みはまるで、大澤がいったんは作り上げた料理を、再びフライパンに戻し、素材を活かしつつ繊細な手を入れることで、印象が驚くほど異なる逸品に創り直してしまう、そんな匠の技を思わせた。

進むべき道が見えなくなる——。

この業界に足を踏み入れてから何度となく……、いや、足を踏み入れる以前から何度も捕らわれた思いに、こころは締めつけられていた。

外川は一曲ごとに音楽を止め、細かな指示を大澤に、照明チームに、そして特殊映像チームに出しているようだ。そのたびに、少々お待ちください、という言葉と、ではもう一度お願いします、という木村の声がマイクを通じて会場全体に響く。指示を出しているようだと推測しかできないのは、PAブースでのやり取りは、近くのブースに座る照明や特殊映像、音響のチーム以外には聞こえてこないからだ。だがその緊迫した空気は、ステージ側で控える千葉和哉にも伝わってきた。

三曲目で登場する二面スクリーンにも外川から注文が出た。まずは曲のどの時点でスクリーンを下ろすかについて。現状は曲の途中、間奏のところで下ろす予定だ。そこに外川から別案が出た。前の曲の最後、ギターが高音のフレーズを弾き終えたところで下ろしてもいいかもしれない。ふたつの案を比較するために何度か試すことになり、そのたびにリギングと大道具のチームは、巨大なスクリーンを下ろし、巻き上げる作業に追われた。

3

大澤の指示が会場にアナウンスされたのは、三十分ほど同じ作業を繰り返したあとのことだった。

「今日の時点では、二曲目終わりで振り落とすことにします」

今日の時点では——。要するにこれもまた決定ではない。

それでも取りあえず次の曲へ移る。和哉がそう思ったところで不意に今度はトランシーバーから大澤の声が聞こえてきた。

〈吊り方を変えるぞ〉

大澤の意図は即座に理解したが返事ができない。スクリーンそのものの作り直しを部下に伝えたばかりなのに、作業にかかる前にさらに新たな変更の注文が出たのだ。

〈おい、カズ、聞いてんのか〉

「はい」どうにか声を絞り出す。

〈だったらすぐに返事しろ〉

大澤同様に現状の揺れ方に不満の外川から出されたのが、スクリーンの吊り方そのものを変えることで揺れ方を調整するというアイディアだった。

スクリーンの作り直しに加えて、吊りもとの直しの作業があらたに加わった。

二徹で直したって、どうせまた舞監の思いつきでひっくり返るんだろ——。

部下の言葉が、和哉自身の本音となって頭に反響した。

4

外川が席で帰り支度をしている。パソコンをしまい、上着を羽織る。和哉はステージの袖からその様子を見ていた。数分前にテクニカルリハーサルの終了が大澤の口からアナウンスされたばかりだ。

二十三時。外川は大澤に軽く手を挙げると、会場をあとにした。

大澤が外川を送り出してから、ステージに歩み寄った。

「カズ！」

和哉はスクリーンの吊り方について土屋と打ち合わせ中だった。結局リハーサルの最後まで、外川と大澤の満足のいく〝揺れ〟は得られなかった。吊り方、そして寸法。すべてを再考することで、香田が参加する明日のバンドリハーサルに備えるというのが結論だ。

「ちょっとすみません」

土屋にことわり、大澤のもとに駆け寄る。

「例の二面スクリーン、明日の朝までに二重にしとけ」

「二重って？」大澤の意図がすぐに理解できない。

「カミとシモ、二枚ずつ計四枚ぶら下げてみようってことだ。それでやってみて駄目ならまた一枚ずつに戻すんで、仮留めにしとけよ」

ついさっきまでは、スクリーンの寸法と吊るし方を変えろという指示だった。それが枚数そのものを増やせという。不意打ちのような突然の方針転換だ。

いい加減にしてくださいよ——。胸に膨らんだ思いがそのまま噴き出そうになる。

「それは、柱を左右に一本ずつ追加しないと無理ですね」

胸を突き破りそうになるものを、反論することでどうにか押さえ込む。

「おまえ、今さら何いってんだよ」

大澤の眼が和哉を見据える。右眼だけが赤く充血している。

「ステージの柱は構造材じゃなくてデザインのための飾り、だからあいつが踏ん張ってんだろう」大澤がクレーン車に顎を振る。

ルーフを浮いたように軽く見せるために柱は細く、飾りにしたい。外川のデザイン上のこだわりがあったからこそ、クレーンを三台も調達してその腕で巨大なルーフを吊っているのだ。なのに柱を追加するなど、デザインのイメージを壊すことになる。

それは和哉も百も承知だ。承知の上で、大澤が了承するはずのない提案をわざと口にしたのは、それだけ構造的な安全性について不安が頭をもたげていたからだ。

「ですから……」大澤の反応が見えるだけに言葉がすんなり出てこない。

「四枚下げて風に煽られて風圧を受けると、その三本の腕が安全率的に無謀だっているんです」

言葉を選んだ。無理だといいたいところを、無謀だと和らげた。

大澤の眉間に刻まれた皺が深みを増す。

「最初から余裕は見込んでるだろうが」

「最初はです。けど、照明とかの追加で重量があれこれかさんで、今はかなり落ちてます」

安全率は、予期せぬ負荷がかかった場合のための逃げだ。現場で組み上げた後もデザインや演出的な要望で無理な負荷が追加されるのは想定しているので、実際の荷重の一・六倍の負荷までは耐えられるように設計している。予想した通り、吊るす照明機材が追加されるなど、荷重が徐々に増えたせいで安全率はじりじりと落ちていた。安全率が「1」に近づくということは、逃げがゼロ、すなわち、ちょっとした力が加わっても、倒壊する可能性があることになる。

「それをどうにかするのが、おまえの仕事だろ」

正確に時間計算すれば、可能かもしれない。だが今はその時間がない。

「お言葉を返すようですが」指先が震える。

「大澤さんの言葉とは、とても思えません」

「んだと」

「安全第一って俺の頭に刷り込んだのは大澤さんですよ。それが今は演出のためならなんでもありなんですか？　外川さんがやれっていったら危ない橋も渡るってことですか？」

「いつからそんなに偉くなった」大澤の声に凄みが加わる。

「偉くなんて――」緊張のあまり声が微かにうわずる。

「当たり前のことをいってるまでです」

「俺に説教するのか」

「大澤さんこそ、どうかしてるんじゃないっすか？」

不意に胸ぐらを摑まれた。二十センチ近い身長差。踵《かかと》が浮き上がる。

またかよ――。ムカつく相手は他にいくらでもいるのに、なぜ大澤とばかり何度も。一番の理解者だと思っているのに。悩みも、苦しみも、一番わかってくれているひとだと思っているのに。目頭が熱くなる。

「俺たちが、誰のために完徹完徹で仕事してんのか、おまえ、わかってんのか」

苦しくて声が出ない。

「はん？　ステージプランナーが満足しないものつくって、どうすんだよ。そんなもん、主役のミュージシャンだって満足しねぇだろうが」

大澤の手首を思いきり摑む。満身の力をふりしぼる。だが丸太のような太い腕はぴくりとも動かない。足をからめた。大澤の巨体がぐらりと後ろに揺らぐ。

大澤の腕からふっと力が抜けた。その腕を引きちぎり、後ずさりする。

「誰のためなんて、そんなの、そんなの……」肩で息をしながら声を振り絞る。

「お客さんのために、決まってるでしょうが！」

大澤も肩を上下させている。苦しそうな表情を初めて見た気がした。

ふっとその表情が和らいだ。部下の言葉に満足した。そうではない。沸騰した自分を笑った。そう見えた。

「そこまでいうんならカミ手シモ手、一枚ずつのままでやってみろ」指示が一転した。

言い捨てたその背が照明チームに向かいかけた。だがすぐに立ち止まる。再び眼が合う。

「お客さんのためとわかってんなら、なぜおまえはお客さんの眼で見ようとしない」

お客さんの眼で見る……？

意味を訊ねる間も与えず大澤は視線を前に戻していた。

遠ざかる大きな背を見つめながら、投げられた言葉の意味を考えようとしたのは数秒だけだった。引っかかってはいた。だが疲弊した身体が考える余裕をこころに与えなかった。

スタッフルームに戻った。まずは図面のチェックだ。スクリーンの寸法と吊り方を変えた図面を、制作の白井と部長の小金井には送っておかなければ。もちろん大澤にも。

構造を確認し、各部の修正を四十五分で終えた。プリントアウトしたものを現場のスタッフに配り、添付したメールを本社に送ると、すぐに現場に戻った。ステージの裏手の空きスペースを利用して新たなスクリーンを作製中の土屋に声をかける。

「どうっすか？」

「見ての通りだ、スクリーンの作り直しは大した作業じゃねぇよ」

土屋に向かって軽く頭を下げてから、ステージの上に駆け上がる。トラスに手足をかけながら、一気にルーフまでよじ登った。檜山が作業中だ。

「どんな具合だ」

「まぁ……」

「何時にあがりそうだ」

「さぁ、あと二時間？」

投げやりなのは反発からではない。あらがう気力も失せるほど疲労がたまっているのだ。

深夜三時を回った。曜日が変わったことにも気づかなかった。もう水曜日……、なのだ。

不規則な食生活と暑さのせいで、体重は確実に減っているはずだ。にもかかわらず昨夜より一、二割増えたのではないかと思うほど身体は重たかった。

どこかで仮眠を取らないと。部下たちに仮眠を取らせないと。

睡眠を――。

危険な想像に胸を締めつけられながら願うのは、初めての経験だった。

四時。

首に巻いたタオルについ何度も手がいってしまう。どのスタッフの額にも汗の粒が光っていた。会場は昨日までとは比較にならないほど蒸し暑い。冷風が止められているのだ。

昨夜のように、制作の白井がリギングチームへのペナルティとして予算を削ったせいではない。バンドのメンバーが冷房を嫌う、デラノ流の会場管理からだ。ヴォーカルは喉の保護のために、他のメンバーは持ち前の楽器の状態を安定させるために、本番まで、会場内の冷風は止められたままになる。エアコンは送風に切り替えられ稼働はしているものの、照明の終夜作業によって発生した熱量を放出するには到底追いつかなかった。

指折り数える。

本人も加わったバンドリハーサルは約十時間後。

ライブの主役がこの会場に姿を現す時刻が迫っていた。

5

大澤宏一郎は会場の中央でひとり、大型の道具箱に浅く腰かけ、作業に当たるリギングチームと大道具チームを見ていた。

二面スクリーンを二重にするかどうかで千葉和哉とやり合ったばかりだ。

初日は完徹。そして二日目もまた完徹になりそうな雲行きだ。

胸にある苛立ちが抑えようもないほど膨らんでいるのは、イメージする通りにスクリーンが動かないからだけではない。ステージプランナーとの差、いや、格差と表現すべきものを見せつけられたことが大きく影響していた。力のない自分に対する苛立ちを、ついさっきは部下に向けてしまった。唇を微かに震わせていた和哉の表情が、今も眼に浮かぶ。

なんとしても形にしなくてはならない。間に合わせなければ。その焦燥感から一瞬、現場では何よりも優先すべき安全性への配慮が薄れた。このままでは香田起伸には見せられない状況のままリハーサルを迎えてしまう。その焦りを部下に向けてしまったことを何度も思い出し、そのたびに大澤は自分に対する落胆を声に出して叫びたい衝動に駆られた。

『焦っているときほど、丁寧にだよ』

折りに触れて耳に蘇る言葉が、ついさっきも聞こえた。

母親は不動産仲介の営業をしながら大澤を高校まで出してくれた。幼い頃は、母親の働く会社が水曜休みの業界とは知らずに、土日も休みなく出かける母親を寂しい思いで眺めていた。物件の早朝案内が急に入り、大澤の弁当作りもそこそこに急いで出かけなくてはならないときも、三面鏡に眼を向けたまま化粧に余念のない母親が、よくその言葉を口にしていた。化粧水を付けた両手を、額や頬にひたひたと当てていたその姿を思い出す。

そうなのだ。焦っているときほど、丁寧に――。

ふと人が近づく気配を感じた。大道具チームの親方、土屋勝が歩み寄る。丸刈りの頭に団子っ鼻。付き合いはもう十年以上になるが、その風貌は昔から変わらない。

「だいぶお疲れのようだな」

土屋の言葉に、大澤は力なく首をかしげて返した。

土屋が肩に提げたバッグから、使い古した中型のポットを取り出す。フタのカップに中身を注ぐと、ほれ、と湯気が立ち上る器を差し出した。大澤は遠慮がちに受け取った。蕎麦茶独特の香ばしさが鼻をつく。

ひと口飲む。蕎麦の風味だけではない。微かにアルコールの香り。焼酎だろうか。土屋特製のブレンド茶だ。

「珈琲ばっかり飲んでっと、胃がやられちまうからな」

何度となく聞いた台詞だ。珈琲は胃を壊すが酒は浴びるほど呑んでも害はないというのが土屋流の考えだ。土屋も別のフタに自分の分も注いで美味そうに飲む。

「作業は流れ出したんで、あとは若い連中にまかせてロートルはひと息だ」

「どんな感じですか？」

「普通なら二時間半。けど簡単でむずかしいから三時間だな」

「またそんな」

「ん？」

「意味深な言葉を」

大澤の台詞に土屋が二本の指を向ける。

「舞台監督に無理難題押しつけられた昨夜の疲れもあっから、三時間半ってとこだ」

溜め息で返す。

「で、ダイ先生の調子はどうよ？」

「その呼び名、やめてくれませんか」

「ダイ先生はダイ先生だろう」

片頬を持ち上げた土屋の表情が不意に引き締まった。

「おら、おまえら！　気ぃ抜くんじゃねぇぞ！」

部下に向かって吠えた。

ボスに応えるように雄叫びが上がる。

雑談していても視線は常に作業中の部下に向けられているのはさすがだなと大澤は

思う。

「いきなりの大声に驚いたか？」

大澤は顎をひと撫でする。

「ま、土屋社長といきなり再会したときほどじゃないですけどね」

土屋がフタを持ったまま、二本の太い指をもう一度大澤の顔に向けた。またその話かという顔だ。

大澤とすれば何度いってもいいたりない気持ちだ。

大澤がサブ監ではなく舞台監督として最初に現場に臨んだ年。デラノの所属事務所の仕切りでツアーの設営に係わる各チームのチーフ顔見せミーティングが開かれた。ひとりひとり自己紹介。その最後に立ち上がった男が、芝居がかった感じでおどおどと口にした。

「まだ会社立ち上げたばっかりで、あの、この現場がデビュー戦のド新人ですので、あの、お手柔らかに、よろしくお願いします」

男の挨拶に、抑えた笑いが会議室に広がった。

「あ、担当は大道具です」

座りかけた男が、思いついたようにさらに付け足した。

「あ、言い忘れました、バツ2で毎月の養育費にヒーヒーいってる土屋勝です」

途端に笑いを抑えていた紐がちぎれた。大澤以外は全員爆笑だった。

会社を辞め、舞台監督も辞めた男が、舞監の重責を引き継いだ大澤ににやけた笑いを向けていた。

土屋から、会社も舞監も辞めると聞いたときには、それこそ乾ききった大地に置き去りにされたような思いがした。三百六十度、人影もない世界にひとりぽつんと。

ところが土屋は翌年も、別チームのチーフとして会議の席に平然とついていた。大道具専門の新会社の社長として。

「俺はステージプランナーって器じゃねぇからな」

会議のあと、大澤は土屋の馴染みの串揚げ屋に誘われた。カウンターに座り、麦焼酎をロックで飲みながら話を聞く。

「それは……」続く台詞は、どうしても声に出せなかった——俺も同じです。

「俺がなんで、まだ舞監としても半人前だったおまえに外川さんのスケッチを図面にすんの、任せたかわかるか？」

答えが浮かばない。

「もしかしておまえは、舞監は工事現場の監督みてぇに考えてねぇか？」

土屋はお気に入りの鶉卵《うずら》の串揚げを口の中に引き抜く。

図星だった。即座にどう答えたらよいのかわからない。

「自分が演出に係わってる、貢献してるっていう実感が持ててねぇから、そんな風に考えるんだろうな」

「実際、そうですよね。演出になんて、まったく……」

自分の声が、情けないほど卑屈に響く。演出はステージプランナーのもの。舞台監督はそれを忠実にかたちにするのが仕事。造っては壊しの工事現場の監督。

「前に外川さんにいわれたことがあるんだよ。私が現場に求めてるのは、育ての親になれる才能なんですよね、ってな。わかるか？　この意味が」

空の串をタクトのように振る土屋からの、立て続けの問いかけ。大澤はグラスを握ったまま考える。だがその答えもまた、見つからなかった。

「演出の生みの親がステージプランナー。でもって舞監は演出の育ての親だな」

胸の中で繰り返す。舞監は演出の育ての親……。

「俺はどっちかっていうと、生みの親のいいなりに、より正確に造るほうが得意だからな、こっちの道。こっちの道を選んだわけだ」

こっちの道。それが大道具の会社を立ち上げたということなのだろう。

「けどおまえは外川さんの求める舞監になれると思ったから、早くから図面を描かしたわけだ。思ってた通りだ。俺の期待にも、外川さんの期待にも応えたってわけだ」

「そんなこと、ないですけど」

「いや、ある」

回された腕で肩をぐいと引き寄せられた。

「おまえの図面には、外川さん自身が気づかされる発見があるって、いってたよ。つまり、おまえのセンスが、外川さんのデザインに付け足されたってわけだ。わかるか？　外川さんが生んだ演出を、おまえは図面を描きながら育てていたってわけだ」

消えてなくなったと思い込んでいたレールが、再び眼の前にうっすらと姿を現したような気がした。

「ま、そういうこった。あ、それと、他のチームの連中には、新進気鋭の舞監は元格闘家って噂にしてっから」

即座に意味が呑み込めなかった。が、数秒して、

「俺が、元格闘家ですか？」声が大きくなる。

「いかにも、らしいだろ」

噂になってるからではなく、してあるから。つまり発信源は土屋ということだ。

「なんだ、不満か？」

「だって、それは……」根も葉もない大嘘だ。

「なんだ、元ミュージシャンくずれのほうがよかったか？」

思わず顎をひと撫でした。

「あ、それと」

まだあるのか。

「今日は俺の新会社立ち上げのお祝いだかんな、大澤の奢りだ」

「え」

「冗談だよ、冗談」

土屋に肩をぐいぐい揺すられながら、大澤は胸に長年積もりつづけていた迷いが、徐々に薄れていくのを感じていた。

6

「それまだ、使ってるんですか？」

大澤の問いかけに、土屋は肩に引っかかるバッグを胸の前にやる。中型のポット以外にもいろいろ入っているようだ。いつも見るからに重そうに膨らんでいる。

「いいだろ、これ」

「何年使ってるんですか」

「前のはチャックが壊れちまって、こいつは二代目だ」

使い古した紫色の布地を軽く叩く。

今日もバッグだけでなく、メットから上下のスウェット、スニーカーまで全身紫色。金の腕時計も文字盤は紫だ。その出で立ちで吠える姿は迫力がある。〝紫の炎〟は今も健在だ。だが土屋のことを「バンさん」と呼ぶスタッフは、最近はめっきり減った。それだけ入れ替わりの激しい業界なのだ。

特製ブレンド茶を飲み干し、礼をいってフタを返す。

「リギングの隊長にはもうちょっと手加減しねぇと潰しちまうぞ。時代が違うからな」

土屋の台詞に、軽く鼻息で返す。あなたにいわれたくないという思いがある。

「あいつは大丈夫ですよ」いったところで大澤の頭に早朝の個室の記憶が蘇る。

「俺は、こいつは伸びるって見込んだ奴しか殴らないんで」

ふたりして眼を合わせる。

睨めっこに負けたのは土屋のほうだった。ふっと笑いを浮かべた。

「どっかで聞いたことがあるような台詞だな」

「昔仕込まれたひとから受け継いだ決め台詞なんで」

土屋は頬を緩めたままポットをバッグにしまい、脇にやる。

「台詞っていやぁ昔、香田さんに聞いたことがあるな」土屋が真面目な顔になる。

「孤独の寂しさが人間のこころを静かに燃やしてくれる、ってな」

「香田さんから、直接ですか？」ちょっと驚く。

「いや、香田さんが好きな明治生まれの歌人の詩だって話を、外川さんから、だな。名言だろ。ステージってそういう場所なんだとさ」

大澤は自分の心情になぞらえて、胸の中で繰り返してしまう。たしかに……。

「それよかあの二面スクリーンな、ダイ先生のイメージはやっぱり、カーテンなんだよな」

「あ、そうですね……」改めて考え直す。「カーテンっていえばカーテンなんですけど……」

「けど？」

土屋に先を促され、自然と眼を閉じていた。

「窓際にあるカーテンっていうより、吹抜けのリビングに下がってるみたいな……」

瞼の裏に浮かんだ映像について語りながら、前にも一度、そのイメージを語ったことがあるような気がした。あれは、いつだったか……。誰を相手に、だったか……。

「リビングにカーテンが下がってるのか？」

問いかけられ、眼を開く。

視線を上に向けた。

高い天井だ。

「ルーフトップからじゃなくて天井から下ろして、風に当たってくれたら、理想的な揺れが創れそうな気もするんですけどね。なんか、海風にでもそよぐような感じで」

ふと口にした直後だ。

そよぐ――。自分の言葉が脳の片隅を刺激した。

そのまま頭の中身が一瞬、遠くに翔ぶような感覚に襲われた。

ぽっかりと空いたところに、いくつもの映像が浮かび上がる。

海風にそよぐカーテン。マイアミ。サウスビーチ。あのホテル――。

観ていたのだ。自分はあのとき既に。今回の演出で実現すべき理想的な姿を。

話した相手は千葉和哉だ。一ヵ月前。ロサンゼルスへと飛ぶ機内で、以前、マイアミのサウスビーチに建つホテルで眼にしたロビーの情景を語ったことも思い出していた。

「そう、海風にそよぐ感じなんですよ！」

自分は、スクリーンをうまく舞わせることばかり考えていた。だが大事なのは、風、なのだ。どんな風をイメージし、その風をいかにしてつくり出すか。

大澤の口から言葉がほとばしる。

「送風機って、あれより大型のはないっすよね？　だったらあいつを二台、高い位置からスクリーンに当てられないですかね。強風じゃなくて、柔らかい海風が部屋の中をふわーって抜けていくイメージで。その風に自然にそよいでるって感じで、そう、そよぐなんですよ、まずは柔らかい海風を創れたらって思うんですけど――」

土屋がにやけた顔を向けている。

「え？　何か？」

いやぁな、といいつつ太い二本の指を大澤に向けてブラブラさせる。

「まるでステージプランナーみてぇな顔してんな、って思ってよ」

茶化したいい方が、どこか心地よく胸に響く。

「自分は育ての親として、まずはやれるべきことを残らずやりますんで」

大澤は、この業界の恩人に向かって宣言した。

chapter IV

戦いのリングへと向かう

たしかに
そんな気持ちを、
歌に込めたこともありましたね。

1

バンドのメンバーが中央の階段からステージに上る。ドラマーはドラムスの席へ。キーボード奏者はキーボードの向こうへ。ベーシストとふたりのギタリストはアンプの前に立て掛けられていた楽器を肩に下げた。メンバーが自分の定位置についた。ステージの上には、スタッフによる代役ではなく、本物のメンバーが立っていた。

各自が自分の楽器を奏で始めた。思い思いに自分の楽器をかき鳴らす。ドラムスの音もベースの音も腹によく響く。

二徹で芯がぼんやりした千葉和哉の頭に、生の音は心地よく反響する。

リギングチームのスタッフには、スタッフルームの机に突っ伏すか、椅子を並べてそこに横になるかたちで一時間半ほど仮眠をとらせた。だが図面の確認と調整といった事務作業も抱えた和哉自身は二日連続の徹夜になった。

バンドリハーサル開始の時刻十五時まで、あと十分。主役の香田起伸はまだ会場に現れない。会場全体が薄暗くなり、空気が白く霞む。レーザービームの鋭い光がまるで主役を探しているかのように飛び交う。

「間もなくバンドリハーサルを始めますが、ご本人にステージに上がっていただく前に、いくつか演出を正面から見ていただきます」

ステージに立つサブ監の木村が場内アナウンスで、香田の動きについて説明した。

その直後だ。ひと筋の光の矢が放たれた。スポットライトが暗い会場を貫き、二枚の扉が白く浮かび上がる。

その扉が、ゆっくりと開いた。

大きなビデオカメラをかついだ撮影スタッフが、後ろ向きに姿を現す。

次に大澤の姿が。そして……。

男たちに囲まれ、守られるようにして香田起伸が会場に姿を見せた。

白いTシャツに素肌の足首が見える短めのグレーのパンツ、そして白いスニーカー。

大澤が数歩前を歩いて先導する。両脇にダークスーツの男がふたり、後ろに白井がしたがう。その姿を撮影スタッフがつぶさに追っていた。

セコンドとマネージャーに守られ、戦いのリングへと向かうプロボクサーのようだ。

和哉はステージの上でそんな想像をしながら胸を熱くした。睡眠不足と過労の蓄積ですっかり重たくなっていた身体が、不意にふわふわと浮き上がるような感覚に捕らわれる。

数十メートル距離を置いて眺めても、香田の表情は柔らかく、穏やかだ。対照的に、主役を守りながら歩く男たちの顔には硬い緊張が漂う。一行はアリーナ席の通路を縫うように歩きながら、外川がひとり待つPAブースの最前列、舞台監督席へと向かった。

香田は外川と軽く挨拶を交わし、PAブースのスタッフへも会釈してから、外川の横の席に座った。

「それではですね、いくつかシーンを確認したあとに、ご本人さんを交えてのリハーサルに移りたいと思います。すみませんがメンバーの方々はそれまで少々お待ちください」

木村がステージのメンバーにアナウンスした。

いよいよ始まる。身体の芯がじわじわと熱を帯びるのを和哉は感じていた。

2

〈カズ、取れてるか?〉

トランシーバーから不意に大澤の声が聞こえた。

「はい」

〈こっちに来い〉

「え？　あ、了解です」

〝こっち〟というのは舞台監督席のことだ。

その席には今……。急ぎながら、積もる疲労に極度の緊張が重なり関節がうまく動かない。つまずき、転びそうになる。

どうにか大澤の近くまで駆け寄ったものの、数メートル横の客席通路で立ち止まった。有無をいわさず呼びつけられたのは、また怒鳴られてのダメ出しだろうと思いつつ、足が会場の床に貼り付いていた。

三つ並んだ席の奥が大澤、手前が外川。

真ん中に座る男が外川と大澤に話し始めた。彫りの深い横顔がすぐそこに見える。

香田起伸――。

憧れのひとが、ライブの主役が、わずか五、六メートルほど先に座っている。

こうして間近に立つのは五年ぶりのことだ。つい足もとに眼がいってしまう。白いスニーカーは、もしかしたら今度こそ本当のお揃いかもしれない。

視線を上げると大澤と眼が合った。目礼する。

頷いた大澤が右手の甲を見せるように持ち上げ、四本の指を軽く二回折る。もっと近くに寄れ。意図する指示を理解したものの、膝が微かに震えている。通路を半歩。恐る恐る、もう半歩、さらに半歩……。会話が耳に入ってきた。

「あと、三曲目の二面スクリーンなんですけど」聞こえてきた外川の言葉。

「振り落とすきっかけを二曲目の終わりに変えたんで、そこも確認してもらえますか？」

顔が熱くなった。見せるのか――。寸法を変え、吊り方を変えたスクリーンを。

このバンドリハーサルの前に確認した時点では、大澤はひと言も発しなかった。沈黙が満足を表したものでないことは明らかだった。

急ぎPAブースに背を向けると無線で土屋に、これから少しの間、表に貼り付きになることを小声で伝えた。

大澤がアナウンスのマイクを握り、立ち上がった。

「それでは、よろしいでしょうか？」

ボクシングのリングアナウンスのように太く力強い声。

「一曲目から、二面スクリーンの三曲目まで通していきますので、よろしくお願いします」

会場が暗くなった。前奏曲が流れる。

オープニング曲……。

やがて、二曲目。

首の後ろはずっとゾクゾクし、二の腕はあわ立ったままだ。

機構チェックで、テクニカルチェックで、テクニカルリハーサルで、何度も耳にしている曲だ。だが、聴いてはいなかった。そして、観てもいなかった。ステージ裏と客席で聴く音がこれほど違うとは——。

裏では音楽もアナウンスも、聴き取りづらいほど音も声もくぐもっている。まるで水の中で聴いているような感じだ。だがこうして客席側に立って、あらためて違いを実感した。

ステージの上で表現される演出もそうだ。説明を受け、バージョンを数えるのが嫌になるほど描き直した図面から想像し、ステージ床に立って見上げ、ルーフから見下ろしていたステージと、客席から望む光り輝くステージは、まったく別物だった。

身震いしそうになるのは、寝不足で神経が過敏になっているせいだけではない。

俺がこのステージのデザインを図面に描いたのか——。

この半年間。そしてつい数時間前まで。描き、直しつづけた図面は、今こうして、このステージを客席側から観るためにあったという気がしてくる。

二曲目が終わり、二面スクリーンが振り落とされた。風が送られる。

思わず眉間に力が入る。全身の血が床下へと抜け落ちていくような感覚に襲われていた。

どうせまた舞監の思いつきでひっくり返るんだろ。

頭に蘇った部下の言葉を即座に否定した。思いつきではない――。

スクリーンの揺れは、明らかに不自然だった。その動きは、大澤の指示を受け、直し、改良し、これだけ手を入れればもう十分だろうと想像していたものとは明らかに異なっていた。

ステージ側に居たのでは、見ているようでまったく見えていなかったのだ。

『なぜおまえはお客さんの眼で見ようとしない』

大澤の言葉が耳に戻る。

こういうことだったのか――。

和哉自身も含め、リギングのスタッフ全員が、自分たちの眼でしか、ステージの上と裏からでしか大道具を、仕掛けを、見ていなかった。

ステージ造りも演出の精度を上げるのも、すべてはお客さんを満足させるため。その目的はわかっていた。わかっていながら、お客さんの眼線で考えていなかった。舞台監督の、ステージプランナーの思いつきによる自己満足に、際限なく付き合わされている。いつしかそんな思いに縛られ、舞台監督への敵意に似たものを胸に膨らませていたのだ。

身体の中心に、これまでになかった感情が生まれていた。

早く直したい。さらに改良しないと。本番は明後日なのだ。

時間が惜しい……。

3

「会場、いったん明るくしてください」

三曲目まで終了し、大澤のアナウンスが会場に流れた。客電が灯り、全体が明るくなる。

和哉は床が急に柔らかくなったような不安定な感覚に捕らわれる。短い上質な映画を観終えたあとのような感動と、その映画制作に自分が係われているという誇り、そしてこれまでの傲慢な思い違いを指摘された悔いが胸にごちゃまぜになっている。

「スクリーンの揺れなんですが」

外川の言葉に和哉は両肩を固くする。

「前後に大きく揺れてもスクリーンとしての面積を確保するには、左右二枚ずつの四枚でやることも考えたんですけどね、理想はシンプルに一枚ずつなんで、基本このままで」

外川の説明に香田も頷く。

「いずれにしろ明日のゲネプロ、そして明後日の本番に向けてまだまだ直しますので。このあと詰めてきますから、うちの舞台監督が」

外川がちらりと大澤を見る。

「よろしくお願いします」

香田が外川の目配せに合わせ、大澤に頭を下げた。

「お任せください。今回のツアーにも、優秀なリガーと大道具が揃ってますから」

今度は大澤が和哉に目配せする。

「あぁ見えても、あいつは香田さんと同じ大学の出身なんで」

香田が意外な顔で振り向いた。

和哉はヘルメットの先を指でつまみながら、額が膝につくほど深く腰を折った。

頭を上げると、香田の口が小さな丸を描いていた。視線が和哉の眼のすぐ横に注がれる。

え？　ヘルメットに？

香田が握った右の拳をすっと持ち上げた。

途端に軽い眩暈を覚えた。ヘルメットではない。手首だ。そこには生涯忘れられない日に購入した、黒地に金の糸で《DELANO》と刺繍されたリストバンドが巻かれている。

「送風機のうち二台を、柱の途中にセットしたらどうでしょうね」外川から大澤への提案。

その声に和哉は、一瞬の陶酔を振り払うように意識を立て直す。

風を下から当てるのではなく、送風機を柱の途中にセットすることでスクリーンの上部から風を当てることで自然な揺れを得る。

いいかもしれない――。

大澤が頷くより先に和哉の口から声に出そうになる。

「外川さんは相変わらずゆずらないですね」香田の言葉。

「それは、香田さんも一緒でしょう」

「まぁ、そうでしょうか」香田の顔に笑みが広がった。「たしかにそんな気持ちを、歌に込めたこともありましたね。セカンドの五曲目だったかな」

香田の視線が外川の肩を通り越し、再びちらりと和哉のほうに泳いだ。

いや、泳いだような気がした。

腰のトランシーバーを握りしめていた。

三人に頭を下げる。前のめりになるこころのままに両足が動いていた。

早く改良しないと。本番までに間に合わない――。

ステージの袖に一気に駆け上がった。

「土屋さん、取れますか?」トランシーバーで呼び出す。

〈どうした。ホテルに帰りたくなったか?〉

熱くたぎるこころに水をかけられた。

「帰るもなにも、まだチェックインしてませんけど」

〈だったな〉その口ぶりから愉快そうな顔が眼に浮かぶ。

「それよりバンドリハが終わったら至急、ちょっと試してみたいことがあって、大至急なんですけど」

ややあって、聞こえた。

〈ようやく眼が覚めたんですけど遅刻しそうなんですぅ、って顔だな〉

自然と視線が向いた。

ステージの反対側。

団子っ鼻の男が、二本の太い指を向けていた。

chapter V

拍手が来ない

デラノが体育会系だとすれば、
今回のソロは、
文化系って感じでしょうか。

1

視界の隅に白いものが射し込み、外川由介はノートから顔を上げた。

扉の開いたままの制作本部の入り口で、ひとりの男が白いスニーカーの靴底が床に貼り付いたように突っ立っている。上は黒の長袖Tシャツに下は黒のニッカボッカ。

男はその表情に合わせるように硬い声で、お疲れさまです、と口にした。疲労は隠しようがないほど顔に出ているが、眼には澄んだ光がある。

見覚えのある顔に、外川も軽く顎を引く。ついさっきのバンドリハーサルで舞台監督席から数メートルの客席に待機していた男だ。その出で立ちからして鳶かリギング。であればリハでは通常、舞台袖か裏で走り回っているはずの男が表にいたのは、舞台監督・大澤宏一郎なりの考えがあっての指示だろう。そんなことを思ったのが記憶に残っている。

「リギングのチバカズヤです」

「あぁ、あなたが」外川の中で、図面で何度も眼にしている名前と結びつく。

千葉和哉。大澤経由で図面作製を任せているチーフだ。

「はい。お世話になってます」千葉和哉が膝に両手をあて腰を深く折った。

「こちらこそ、お世話になっています」外川も頷く。

「あの、ちょっとコピーを」

「ご自由にどうぞ、私の事務所ではありませんから」

千葉和哉は笑いそびれたような表情でようやく室内へと歩を進めた。

珍しく本部には、制作チームのスタッフも香田起伸の事務所スタッフの姿もなく、外川ひとりだった。このツアー初のバンドリハーサルが終わったばかりだ。おそらく全員、香田の楽屋・貴賓室がある三階に集合しているのだろう。

外川は再びノートに視線を落とした。このプロジェクトの第一回会議で最初のページに書き記した六文字から始まり、すべてのページが文字とスケッチで埋まろうとしている。

通常であればライブツアーの全日程を通じてノートは一冊で済むのに、この香田起伸・初のソロライブは、まだツアーがスタートしていない準備段階で一冊が終わろうとしていた。書き込みが多いということはそれだけ例年のデラノのツアーとは比較にならないほどハードルが高く、その数も多いということだ。ついさっき終えたバンドリハでも、改善すべきポイントが見開き二ページに収まらないほど見つかった。

さて、どうするか……。取り急ぎすぐに修正できる点については大澤と照明、特殊映像の各チーフに指示したものの、ここで改めて整理しておかなければという思いがある。ノートに記した各項目は、外川の頭の中にある四つのボックスへと選り分けられていく。

●明日木曜のゲネプロ、通しリハーサルまでに解決すべきこと。
●明後日金曜の本番初日までに、どうにかかたちにすること。
●一本目・長野の公演では無理せず、二本目・横浜アリーナの公演に向けて修正すること。
●全二十公演のライブの回数を重ねることで、少しずつ改善を試みていくこと。

問題は、ふたつ目のボックスへ収納した項目。本番までにどこまで改善を試みるか、だ。

あらたに浮き彫りになったふたつのハードルもまた、そこに収まっている。

その深刻さに気づいているのは、香田と自分くらいなのではないか——。

そんな思いがある。外川とすれば、見たくもない初日・本番の映像がつい勝手に浮かんでしまう。

もしかしたら——。

危惧とともに胸に立ちこめる不安の霧が、尚いっそう濃くなる。

もしかしたら金曜の初日は、香田からあの表情を奪うことになるのかもしれない。

歌の巧さ。ルックスの良さ。そして作詞・作曲の能力。

この三つを備えていれば、充分多くのファンのこころを惹きつけることができる。

だが香田は更にもうひとつ、四つ目の才能を備える。

デラノと同じ頃に、そしてデラノの背を追うようにしてデビューしたミュージシャンたちが、時代の波に呑み込まれ次々と消えていった。その中にあってデラノは確実に、急速にファン層を親子二代へと拡大させている。ファン層拡大の大きな要因でもある、香田が持つ四つ目の魅力とは、ステージ映えがすることだ。そしてその魅力は、音楽業界で生き残る上で益々重要な要素になりつつある。

以前、香田がもらした言葉が外川の耳に残っている。

「音楽そのものは無料化が急速に進んでますからね。だからこそ、ライブでしかできない、ミュージシャンもお客さんも、互いに見たこともない自分に会える、そんな奇跡のような瞬間の連続になるライブを創っていきたいですよね」

聡明な、理論的な思考の男だなと感じつつ、外川もまた同じ考えを抱いていた。ライブ活動を充実させる。それこそまさにデラノが長年追い求めてきたことのひとつだ。そしてライブ活動を充実させるために求められるもの。それこそがステージ映えだった。

ＣＤのジャケット写真や雑誌の取材なら、見映えの良さなどどうにでも修正が利く。ミュージックビデオでも、演出と編集を駆使して恰好良く見せることも可能だ。だがライブとなるとそうはいかない。誤魔化しようがない生の動きの「映え」が求められる。

とりわけ外川自身がステージ上の香田を見ていて、天性のものだと感心させられるのは、歌の合間に見せる柔らかな、観客のこころを包み込むような笑顔だ。ライブのたびに映像チームには、その表情を残らず拾って液晶画面に大写しにするように念押ししてきた。

和みの表情。外川はそう呼んでいる。全力で歌い、シャウトするときの苦しげな表情との対比が、観客のこころを、ふっと和ませ惹きつけるのだ。

もしかしたら金曜の初日は、その表情を香田から奪う日になるのでは——。

これまで見たことのない硬い笑みを、強ばった笑い損ねの表情を浮かべる香田の映像がふと浮かんでしまう。そのたびに外川は、首から頭部の中心に向けて血流の勢いが増していくような切迫感に襲われていた。

今回のプロジェクトが動き出して以来、何度となく捕らわれている感覚だった。当日が近づくにつれ、映像はよりリアルに、遡る血流は徐々に熱を帯びてくるような気がする。その要因となる新たなふたつの懸案事項の頭に、「保留」を意味する△印を書き込んだ。

「あの、すみません──」

声に外川が眼をやる。千葉和哉が書類を手に、何かを決意したような表情を向けている。

「はい？」

「ひとつ伺ってもいいでしょうか？」

「どうぞ」図面のことで相談でもあるのだろうか。

「実はずっと気になっていることがあって、外川さんに伺えたらと思っていたんですけど」

「ですから、どうぞ」

「ありがとうございます。一九九一年の春に始まったツアーの前だと思うんですけど」

ん？　喉もとでそんな音が出そうになる。一九九一年？　また随分と前の話だ。

「そのときに香田さんがステージでの動きの特訓をしたみたいなんですけど、それって、外川さんがけしかけたのかな、と思って」

「けしかけた？」

「あ、いや、けしかけたっていうか、特訓のきっかけをつくったというか」

「ちょっといいですか」自然と相手の発言を制するように手のひらを向けていた。話が唐突過ぎて、わからないことだらけだ。「そのときの千葉さんは、何歳？」

「え、自分ですか？　九一年は……十三歳ですけど」

「十三歳？」つい訊き返してしまう。

「ということは中一か中二ですよね。それがなんでそんな、香田さんの舞台裏の事情についてご存知なんですか？」

「あ、それを知ったのは、九八年のデラノ十周年のときなんですけど」

相変わらず要領を得ないが、とにかくしゃべらせてみようと黙って頷く。

「十周年の記念に、デラノのツアーチケット購入を申し込んだファンクラブ会員には全員、ＶＨＳビデオが送られてきて、その中にそういうシーンがあって」

「なるほど」ようやく話が少し見えてきた。

「それで、そのビデオに私が映っていたのですか？」

「いえ、外川さんは映ってないんですけど、外川さんかなって声が流れて」

「声？」

「はい。リハーサルかなにかで、香田さんがこう、ステージの上でくるくるって回ろうとしたシーンに聞こえてきた声が、外川さんの声にすごく似ていたもので」

「その声の主は、なんていったんです？」

「やっぱり建築出身は足首が硬いなぁ、って」

つい眉間が寄ってしまう。

「あ、すみません」千葉和哉が急いで首を前に折る。

「千葉さんがあやまる必要はありません。それでそのリハーサルが、九一年のツアーのリハだったんですか」

「あ、いえ、そのシーンのあとに、香田さんがひとりでダンスの特訓をするシーンが流れて、更にそのあとに流れるライブの映像が九一年のツアーだったもので――」

語るうちに千葉和哉の顔からは疲労感が薄れていく。

「千葉県民ホールでしたよね」

「はい？」不意の問いかけに、外川は意味を計りかねる。

「あ、そのツアーは、一本目がたしか千葉県民ホールだったので、香田さんの今のステージアクションの元ができたのがその、九一年のツアー前だとしたら、そのきっかけをつくるひと言を発したのが誰だったんだろうって、ずっと疑問に思ってまして」

外川は耳を傾けながら胸の内で感心していた。この男の頭には何年も前のツアーの開催時期と場所が正確に記録されているのか。

「なるほど。で、それが私なのではないかと」

「すみません。勝手な推測です」

「九一年に口にしたひと言となると、さすがに覚えていませんが」

「ですよね……、すみません」

「でもおっしゃるように、九一年のツアーで香田さんのステージアクションがひと皮剝けたのは私も覚えています。軽やかになったというか。もちろんそのときはまだ、今のような香田起伸独特の柔らかなステージアクションではなかったですけど、今のスタイルの土台ができたのがあの年だったといえるかもしれませんね」

外川のコメントに小刻みに頷く男の顔からは、いつしか硬さも眠気も消え、どこから溢れ出てきたのか活力さえ漲っている。

デラノのライブステージ設営の現場には、仕事で集まったというだけでなく、デラノのファンであるから、香田起伸のファンだからこそ、この場に臨んでいる、この現場に立っているスタッフが多い。もちろんそれぞれが胸に抱く熱の温度には高低差があるだろうが、さしずめこの千葉和哉の胸にある熱はトップクラスのようだ。

「あの、他にも質問、いいでしょうか」

制作本部で熱烈なファンの声に耳を傾けてみるのも面白いかもしれない。外川はそんな気になっていた。今回のライブの組立をファンはどう受け止めるのか。そんな興味もある。

「どうぞ」

外川は机の上のノートを閉じてから、千葉和哉に視線を向けた。

2

どうぞといわれても和哉には戸惑いがある。ステージプランナーは想像していたよりもずっと穏やかな雰囲気の男だった。とはいえほぼ初対面のひとに、あの質問をするには躊躇いがある。この貴重な機会にぜひ訊いておきたい項目を即座に頭の中で順位づけした。

「あの、二面スクリーンに映し出す香田さんの写真なんですけど――」無難と思える項目から口にした。

「自分はあの写真を観て、このライブのチケットが取れなかった多くのファンにも観てもらいたいと思ったんですが、ライブの演出以外には使用しないんでしょうか？　なんかもったいない気がして」

「あれはもう、香田さんに納品したわけですから。そのあとどう使うか、とやかくいえる権限は私にはありませんけどね。けれども私は、もったいないとは思いませんよ」

「そうなんですか？　あれだけのものを撮るって、大変だったように思えますけど」

「撮ったりつくったりするのが大変なんではなくて、その前に度胸を決めるのが大変なんですよ。本当にこういうもので満足していただけるのか、本人はってね。おお客さんの前にミュージシャン自身がまず納得しなくてはいけないわけですから。やはりこがましい言い方かもしれませんけど、教育するものですからね、お客さんというのは。それよりも主役の本人に納得してもらえるものを提案できるかが大変なんです」

「でもやっぱり、もっと多くのファンに観てもらいたいと思ってしまいますけど」

和哉の中には、あの写真を使ってファンクラブ会報の特別版を編集してもらえたらという気持ちもあるが、それは外川にいうべきことではないとわかっている。

「私たちの仕事はいうなれば、そうですねぇ、料理人と似てるかもしれませんね」

「料理人、ですか」

「徹夜で仕込んだもの、ものによっては一年がかりで仕込んだ材料を使いつつ、何度も何度も作り直して初めて、これだというレシピが見えてきて、でもそのレシピに基づいた料理は、一夜の食卓に並ぶと数分でそこから消えてなくなる」

聞きながら和哉は感動を覚えていた。

「ほんと、そうですね」溜め息をつくように言葉を吐き出す。

「一夜にしてあとかたもなく消えてしまう。だからこそ鮮烈な印象を人々に残すわけですよ。そのとき限りっていうのはですね、他のどんなライブでも一緒なんですよ。ライブというのは造っては解体し、造っては壊しの繰り返しなわけですから」

「でもあの写真は、二十公演に来られた二十万人のお客さんの眼には確実に焼きつきますよね」

「まぁ、そうであれば、私とすれば願ってもないことですけどね。あぁいう写真の演出にしても、デラノのライブではできませんから。あれがデラノでしたら、メンバー全員で何かを演らなくてはいけないわけですし、メンバー全員で演るほうが効果的なことなら今回は演らないという判断ですからね、そう思いませんか？」

たしかに……。外川の言葉に頷きながら、頭の隅ではずっと、大澤から聞いた旅先のエピソードが点滅している。一ヵ月前、ロサンゼルスへと向かう機内で聞いた、大澤がニューメキシコ州の街、アルバカーキで香田と遭遇したときの話だ。

デラノとは違うものを創り出したい。香田はそう話したという。聞いたときは、そういうものなのかと感じただけだった。だがこうして、香田のその思いを、その意味することを、ステージプランナーの立場から具体的に解説してもらうと初めて気づくことばかりだ。

メンバー全員で演るほうが効果的なことなら今回は演らない——。

なるほど、そういうことなのか。

「私がいつも香田さんにお願いしているのは、原作とか脚本があって初めてその流れに沿ったアイディアを提案できるわけですから、曲の構成をできるだけ早く出してくださいって」

「そう、ですよね」しみじみ納得する。

明後日が本番という日を迎えながら、会場でのリハーサルがスタートしているというのに、曲の構成はこれで確定したという話はまだ和哉の耳に届いていなかった。

ライブにおいて起承転結を創るのがいかに重要であり、それがまたむずかしいか。大澤によれば、香田起伸は今回のツアーでは新しい、香田ソロならではの起承転結を創り出すこともまたテーマであるという。ソロならではの新しい脚本。香田起伸が本番直前まで、その脚本づくりに悩み格闘する姿が眼に浮かぶ。

「私たちの仕事はね――」外川が続けた。

「二割が見えて八割が見えない仕事なんですよ。本番としてお客さんの前に披露されるのが二割。準備段階、制作段階では実施したものの、検討した結果、消えていってしまうものが八割ですから。ステージの上で実際にやってみないことにはわからないことが多いんですよ。あなたも、そう思うでしょう？」

「はい。思います」滑らかに言葉が出た。

やってみて初めて問題点が見える。そして修正もしくは新しい案をやってみて、また問題点が浮き彫りに。再度修正または別案へ。再びやってみて……。その繰り返しの日々だ。

「見ては修正して、見ては修正して、その繰り返しによりステージにエンターテインメントを創ることで、お客さんを二時間飽きさせないわけです」

外川の説明に、ステージプランニング論の講義を聞いているような気がしていた。

3

「あの、もうひとつ訊いてもいいでしょうか？」

説明がわかりやすいので、さらに訊ねたくなる。

「どうぞ」

「カッコよくデザインされたステージがあって、眼を瞠るような演出があれば、お客さんは大いに喜ぶでしょうけど、デラノのファンだったら、ヒット曲を並べてくださるだけでもう最高って気がしてしまうんですが」

「手の込んだステージや演出は不要だと？」

「え、いえ、そういうわけでは。すみません」再び腰を深く折る。

「いえいえ、それもまた、ファンならではの新鮮な意見かと思いますが、でもそれは無理ですね」外川が静かに断言した。

「ライブハウスや公会堂クラスの箱ならあり得ます。観客数がせいぜい二、三千人程度の箱なら、香田起伸の名前と実力をもってすれば、演出などなくても、彼自身の肉体のパフォーマンスで十分お客さんを満足させられるでしょう。けれども一万人規模のアリーナや五万人規模のドームでは無理です。チケットは完売して、ミュージシャン本人も演り切れたつもりになったとしても、友だちを誘って、もう一度別の会場にまで足を運ぼうというリピーターは生まれてこないでしょうね。今年のツアーでもう一度、他の会場を訪ねてみたい、次回のソロツアーにもまたぜひ、というようなリピーターは生まれません。私たちの目標は、また来たいと思ってくださるようなリピーターをつくること、それと、ファンのお付き合いで来られたというような、ミュージシャンのファンではないお客さんのこころをも鷲摑みにすることです。ライブによって、次回のライブへ申し込んでくださるファンを開拓することが目標ですから。そのためには、ライブを単なる演奏会やコンサートにしてしまっては駄目なんです。私たちがつくるのは、イベントであり、ショーなんですよ」

スタッフが共有するスケジュール表。金曜の欄に書き込まれた文字が眼に浮かぶ。

《SHOW》

金曜にお披露目されるのは、コンサートではなく、あらたに建造されたまっさらな大舞台で繰り広げられるショーなのだ。外川の言葉からは、デラノとともに毎年何十万人というショーのリピーターを生み出して来た男ならではの自負がうかがえた。

「あなたは、どう思われました？」

いきなりの問いかけに、和哉の背中が強張る。

「今回のステージを図面から係わって、実際に眼にして、どう思われましたか？」

「そうですね……」

どう答えようか一瞬迷った。だがすぐに嘘や世辞は見透かされる気がした。正直に。

「実は表から本番らしい感じでステージを観たのは、さっきのバンドリハが初めてなので」

「リギングでしたら、そうでしょうね」

「はい、そうなんです。それまでは裏や奈落での仕事に追われていて表からしっかりと観る機会もなくて、もちろんリハとか以外の空き時間にでしたら観てたんですけど、そういうステージとさっき観た本番に近いかたちのステージはまったく別物で」

「で、どうでしたか？」

「こう、巧くいえないんですけど、この会場の建築は集成材の小梁《こばり》が構造的にもデザイン的にも効いた、木造吊り屋根ですよね。月曜日にこの会場に初めて足を踏み入れて内部を見たときには、まさにアスリートが似合うダイナミックな競技場だと思ったんですけど」

「随分と詳しいですね」

「え？」

「この建築について。構造まで」

「それは学生のときに、建築雑誌の一九九七年一月号に載ってた記事も読んでましたので」

「記憶力もなかなかですね」

「いえ、そんな」和哉は慌てて手を振る。「図面を起こす前もそうでしたけど、現場に入る前にもう一度、おさらいをしましたので。自分が係わる建築の特徴については」

「なるほど、それで？　競技場空間だという感想を持ったんですけど？」

「えっと、それが、ですね……」外川に先を促されて、和哉は急いでもう一度、頭の中を整理する。「外川さんがデザインされたステージができあがってから、会場の入り口でステージのセットとともに内部空間を見ると、今度はここが競技場であることを忘れるというか、荘厳な劇場に足を踏み入れたような？　そんな感じがしました」

外川由介に正面から眼を見据えられた。奥歯につい力が入ってしまう。

「荘厳な、ですか」

「はい」小声で返しつつ、何かまずいことを発言しただろうかと考えてしまう。

「今の感想は、今回のステージプランニングの核心を突いてますね」

「そう、なんですか」安堵の吐息とともに出た言葉は、少しかすれてしまった。

「もちろん曲によってはロックに近いノリがありますので、そういう演出もできるようにデザインしていますけど、最初に眼にした瞬間のお客さんのこころを、ソロならではの別世界に、まさにおっしゃるように、劇場の世界へと一気に引き込めるかが鍵ですからね」

「盛り上げるところは盛り上げるというか」

「そうあってほしいとは思っていますが、どうなんでしょう。本番当日は何が起こるかわかりませんからね、今回は特に、もしかしたら拍手が来ないということもあり得ますから」

外川がさらりともらした言葉に胸を衝かれた。

「拍手が来ない？」また強い声が出る。

外川が無言で頷く。

香田起伸のファンが、香田起伸に向けて拍手をしない。

それは和哉にとって、想像さえできない光景だった。

4

「ファンのひとりとして、そう感じませんか？」

外川からの問いかけ。

「いえ、僕は……」和哉は自分なりのライブの映像を思い浮かべる。「オープニングで紗幕の向こうに香田さんの姿が見えた瞬間に、わーっと盛り上がるような気がしましたけど」

「最初の三曲は、ですね。でもそのあとの四曲目、五曲目、六曲目と続くうちにお客さんの反応がどう出るか」

「それは、この長野という会場とも関係があるんでしょうか？」

「いい質問ですね」

「あ、いえ。ありがとうございます」ついまた頭を下げてしまう。

「長野は、ライブを演るにはなかなかむずかしい土地柄です」外川がはっきりと口に出した。

「お客さん自身が自分のノリを表現するのに、照れがあったり、戸惑いがあったりするんですよ。なので香田さんは空気を摑むのにかなり苦労するでしょうね、土地柄的にも。二本目、三本目の会場の横浜は、そんなことはないでしょうけど、一本目では拍手が来ないこともあり得るというのは、初日の箱が長野だということも考慮しての私の予想です」

拍手が来ない――。

それはいくらステージプランナーの予想であっても、あり得ないでしょう、と胸の内で反論したところで、今ならと思った。今なら訊ける。口にするのを躊躇した質問。果たして外川はどう答えるだろう。

「実は前に、大澤さんから聞いたことがあって。今回のライブの、まさにそのお客さんの反応についてなんですけど」

「大澤さんが？　どんな内容ですか？」

「今回のライブでは、もしかしたらお客さんが、座って聴くかもしれないというんですけど」

「大澤さんがそんなことを」外川の表情にふと険しさが増す。

「もしかしたら、の話です」急いで繰り返した。

正確には、大澤がニューメキシコの街でばったり出会った香田から聞いた話を大澤から聞いたのだが、なんとなく香田からの話であることはいわないほうがいいような気がして口には出さなかった。外川の表情の変化に、その判断は正しかったように思える。

「そうですね……、今回は曲調的に、お客さんは座って聴くのではないでしょうか」

外川があっさりと認めた。やはりその光景は、あり、なのだ。

「そうなったら本人は、あぁって落胆するかもしれないですけどね、私からすれば、ソロの曲調からして、それは十分ありうることだと思いますよ」

訊きたいことは、まさにそこだった。

「あの、お客さんが座って聴くと、どうして失敗なんでしょうか？」

「失敗？」

「あ、いえ、失敗というか、香田さんが落胆するような結果というか……」

巧く説明しようとしながら、自分の語彙《ごい》力《りょく》の乏しさを恨む。

「まぁたしかに、ライブとすれば大きな失敗ですね」

外川の言葉に胃の辺りが熱くなる。

「ただ誤解しないでいただきたいのは、お客さんが座って聴くことが悪いというのではありませんし、座って聴くライブを否定しているわけでもありません。座ってじっくり聴いて、熱い拍手を浴びるショーであれば成功といえるでしょう。ですが香田さんの場合は、開演と同時にお客さんは全員勢いよく立ち上がりますよね。その立ち上がったお客さんが、途中から香田さんの歌声に対して、どう反応していいのかわからなくなって、呆然と立つ棒立ちのお客さんと、ノレなくなって座ってしまうお客さんと、まばらになった状態が、ショーの創り手として辛いということです。そういう状態こそが、さっき私がいった、曲が終わっても拍手がパラパラの、ライブとすれば失敗になってしまうわけです」

外川の解説で初めて「失敗」のシーンが現実感をともなった。デラノのライブでは観たこともない光景。それが今回のソロライブではあり得るというのだ。そしてその、ステージ上の香田が落胆してしまうかもしれない状況が、本人も起こり得ると語っていたのだ。

どうなってしまうのだろう、このライブは……。

二枚のスクリーンが思うように舞ってくれない。

この数日夜を徹して追われつづけている和哉にとっての大きな課題が、急に瑣末《さまつ》なものに思えてきた。

それより遥かに重く深く危険な霧が、この会場には立ちこめているのだ。

5

制作の白井良樹が部屋に戻ったので、千葉和哉との会話は唐突に終了となった。

少ししゃべり過ぎたな。部屋を出て行く黒いTシャツの背を見ながら、自戒の念が外川由介の胸に浮かぶ。リギングの千葉和哉から香田ファンとしての意見を聞くつもりが、いつしか講演後の質疑応答のようになってしまった。とはいえ、収穫もあった。外川は今し方の対話から、抱える問題をここで直視すべきだと思い直したのだ。

あらためてノートを開く。ついさっき「保留」とした△印のふたつの項目。

△バンドのメンバーの動き。
△エンディングのシーン。（本人にどう動いてもらうか）

ふたつとも明後日金曜の本番初日までに、どうにかしてかたちにすべきことだ。ふたつの項目の仕上がり具合によっては、香田から魅力的なあの笑みを奪う事態になるかもしれない。それほど深刻な問題だった。

だがこのふたつの項目については、ステージプランナーが口出しすべきではないという遠慮が外川にあった。だから△印を付けたのだ。

考えをあらためるきっかけとなったのが、制作本部での千葉和哉とのやり取りだった。一九九一年のことなのではという一連のエピソードが、外川自身の胸の奥のほうに深く沈んでしまっていた当時の気持ちをすくい上げた。

そう、あの頃は、ステージのプランニングという仕事の範囲が、今よりも広がっていた。

ステージで「映える」ためにはどうするか。どう立つか。どう動くか。メンバーと何度も議論を交わした。外川とすれば、ステージ映えという才能の持ち主なのだから、その武器を最大限発揮してもらいたいという気持ちがあった。デラノのメンバーからすれば、生で観た際の「映え」について、外川の「眼」を頼りにしていた。

ミュージシャンは、自分の姿を生では観ることができない。ライブでどう観えているのか。迫力があり、恰好良く動けているのか。それを確認するには、他者の眼を頼らざるを得ない。その役割を担ってきたのが外川由介だった。

だがデラノのメンバーのステージでの動きが次第にかたちになり、彼らならではのものが醸し出されてくると、外川が彼らから意見を求められる機会は減った。ステージのデザイン画を提案し、模型を見てもらうと、どう動けば映えるのか、外川がデザインの際に思い描いた動きとほぼ同じものを、彼ら自身が思い描けるようになっていたからだ。

だが今回は、デラノのライブではない。香田起伸にとって初めてのソロライブなのだ。香田の中では既に、曲ごとにどう動けばよいのかイメージができているだろう。気になるのは彼をサポートする、このツアーのためだけに集められた若いメンバーの動きだった。

デラノは、ステージ上ではバンドのメンバーがそれぞれ演奏と動きに個性を発揮する。ギタリストやベーシスト、時にはドラマーとも絡む動きもまた、ヴォーカリスト・香田起伸ならではのステージアクションになっていた。

では、今回はどうか。バンドリハを見た限り、ツアーサポートメンバーの中に、主役の香田と絡めるような男は見当たらなかった。絡めるどころか、若い男たちから浮き出ていたのは、「緊張」であり「遠慮」であり「躊躇」でしかなかった。自身がライブを楽しみ、興奮することでお客さんも楽しませるような空気などまったく感じられなかった。経験不足と、遥か遠い存在である香田への遠慮があからさまだった。

さて、どうしたものか……。

いずれにしろ、これは明日の小直しリハーサルとゲネプロを観ながら考えるべきだろう。

外川とすれば、むしろ保留としたふたつ目の項目のほうが気になっていた。

エンディングのシーン。ノートに視線を落とし、考えながら、外川の脳裏には、このプロジェクト最初のミーティングのことが思い出されていた。

あのとき既に、エンディングについては議題に上っていたのだ。

6

デラノのワールドツアーが終了した、その翌週のことだ。

例年であればツアー終了後、デラノのメンバーは休暇に入る。だが今回は帰国後すぐに国内大型ツアーが予定されていた。年末に向けてまさに息つく暇もないほどの日程が組まれる中、香田起伸の希望で、帰国早々に、ソロツアーに向けての最初のミーティングが開かれた。

デラノの所属事務所から指定された場所は本社。そこは都心の一等地にありながら、本社という語感からはほど遠い、洋風大邸宅といった外観の建物だった。玄関を入ると、まるでハリウッドスターの豪邸のリビングという印象の部屋に通された。床は大理石。壁も天井も白一色。高い天井からはシャンデリアが下がる。打ち合わせ用の十人がけのテーブルは透明なガラス張りで、少し離れたところに白い革張りのソファが置かれている。

出席者は五人。外川の横に座るのは、舞台監督に指名した大澤宏一郎。テーブルを挟んで香田の右に、所属事務所の社長・加山晃一《かやまこういち》。左に、ライブツアー制作会社の担当責任者・白井良樹。加山晃一以外は皆、ラフな服装だ。香田も襟回りが大きく開いた長袖のVネックニットにジーンズという出で立ちだった。

外川とすれば、できれば香田とふたりだけでじっくり話をすることで主役の本音を引き出したかったので、あらかじめ事務所側にはその旨の希望を伝えてあった。だが、ふたりだけの会合は不可という返答があったことから、大澤も同席させたのだ。

デラノのツアー会議で何度も顔を合わせている面々なので、自己紹介は必要ない。外川が三人と軽い挨拶を交わしたあと、どうも、と隣から聞こえた小声につい眼を向ける。

大澤が香田に目礼をしていた。香田が応えるように笑みを浮かべる。

舞台監督がミュージシャン本人と接する機会は、会場でのリハーサル以外ではほとんどない。顔を合わせても、それはリハーサルやゲネプロの開始時間の若干の変更を伝えるなど、事務的な伝達くらいだ。だがふたりの間には一瞬、仄かなものが浮かび上がったように感じられた。外川とすれば気になったが、特に言葉にするのは控えつつノートを開いた。貴重な時間を無駄に使いたくなかった。

「まずは、日程ですが――」

本題について最初に口を開いたのは制作の白井良樹。五日前に終了したばかりのワールドツアーの話も出ないままいきなり本題へというのも、いつものことだ。

白井の手もとにあるA4の紙がひとりひとりの前に差し出された。

「設営に関しての主なポイントも簡単に書き込んでおきました。参考にしていただけたら」

日程と会場名だけでなく、収容人員や設営に関する特記事項の重量制限も簡潔にまとめられている。見やすく整理された表を一枚見ただけで、この茶色い長髪の一見ひ弱そうな男が香田の所属事務所から一目置かれていることが伝わってくる。

外川が視線を起こすと、白井の含みのある顔が向けられている。いかにも自分はできるという誇示が鼻につく。だがそれよりも外川は、表の一番上の空欄が気になっていた。

「初日の会場は？」

《会場》と表記された欄には、一般によく知られた競技場の名前が並ぶ。だが肝心の一本目、七月十六日だけが空欄だった。

「一本目は検討に時間がかかりまして、ほぼ決定なんですが」外川の質問に白井が応える。

初日を迎える会場は他の会場よりも慎重に検討したのだろう。その気持ちはわかる。

それにしても……。リストを眺めながらあらためて感じてしまう。横浜、大阪、東京、福岡。名のある競技場が並ぶ。アリーナツアーの重みがじわりと外川の胸に広がった。

デラノでデビュー十五周年の実績があるとはいえ、ソロとしては初めてのライブツアーになる。一万人規模のアリーナを巡り二十万人の動員を見込む。初のツアーでこれだけの観客を集められるミュージシャンが、果たして日本にどれだけいるだろう。

ソロのライブツアーの企画と聞いて外川がイメージしたのは、二、三千人規模の大型ライブハウスや公会堂を中心としたホールツアーだった。その規模で試し、実績を積み上げげ、終盤に三本か四本、一万人規模のアリーナへと拡大する。それはデラノのデビュー三年目や五年目、六年目に、香田も外川も経験したツアーの流れだった。

だが差し出された紙には、スタート時点から一万人規模の会場で二十回の公演、全国の屋内競技場十一ヵ所を巡るアリーナツアーの日程が明記されていた。

「これは決定ですか？」ついそんな言葉が外川の口から出ていた。

「はい」白井が小さく頷く。

愚問だった。検討中の資料を事務所が社外に出すはずがない。

「外川さんとして、何か気になることはありますか？」

声の主に眼を向ける。香田の眼差しと交差する。

「アリーナですと、照明と音だけで持たせるロックコンサートというわけにはいかないでね。ショーとしての演出が求められますけど、香田さんには何かイメージはありますか？」

「具体的なものは、まだ……。でも、デラノとは違ったショーを観てもらいたいですよね」

既に発表されている香田のソロの曲を聴けば、予想できる答えではあった。デラノとはあきらかに異なる曲調だったからだ。だが……。

「私が今、ぼんやりイメージする中で見えてこないのは、ショーの起承転結ですね」

「外川さんがいつもこだわっていることですよね。それが最大のポイントだって」

香田の口の両端が、柔らかく持ち上がる。

「それは、香田さんも同じでしょう？」

今度は外川が口もとをゆるませた。

「ですね」香田が短く答える。

ミュージシャンが書いた曲。それを原作とするならば、その曲をライブではどうアレンジし、どう並べるかが脚本だ。ライブにおいては、原作者としてだけでなく脚本家としての役割もミュージシャンに委ねられている。ステージプランナーは、原作と脚本ができあがるのを待つ立場にある。

脚本において、すなわち楽曲の並べ方と個々のアレンジに起承転結が重要というのは、原作者であり脚本家でもある香田起伸も同じ考えだった。

「肝心なのは『転』ですけど、それは追々創っていくとして」外川は続けた。

「問題は、『転』を考える上で、その前提となる『起』と『結』が見えてこないことですね」

どのような曲でスタートさせ、どのような曲でエンディングを迎えるのか。

ソロツアーの話が動き出してから、外川はこれまでに発表された香田ソロのＣＤを何度となく聴き直した。だがその中に、外川のイメージするオープニング曲、そしてエンディング曲がどうしても見当たらなかったのだ。

「ツアーに合わせて発売予定のアルバムですけど、どんな感じになりそうですか？」

外川の質問に香田は、首をかすかに傾ける。

「それが今ここで、関係ありますか？」

社長の加山が初めて口を開いた。

7

香田よりもたしかひとつかふたつ年下、つまり外川より十歳余り年少の男だ。だが加山の落ち着き払った物腰から、対峙するといつも同世代と話しているような錯覚を覚える。男の射るような眼差しを外川は見据えた。

「オープニングもエンディングも、新しいアルバムから選ばれると思ったものでね」

ライブツアーの会場は、ミュージシャンとファンとが出会える場であるとともに、貴重なセールスの場でもある。ツアー開始前に新しいアルバムが発表され、ライブ会場ではそのアルバムの中にある曲の大半が次々とお披露目される。多くの熱狂的なファンは、会場で香田といっしょに歌い、踊るための、いわば予習の教材としてライブに足を運ぶ前に新譜を買い求める。残りのファンの多くは、会場で新曲を生で聴いて虜《とりこ》になり、ツアーグッズ売り場や地元のCDショップで新譜を買い求める。新譜のセールスを勢いづかせるためにも、ツアーで歌う曲は通常、これから更に売り上げを伸ばしたい新曲が中心になる。

当然今回のツアーのセットリストも、直前に発売されるであろうソロアルバムが中心となって選曲されるに違いない。

「新譜については未定ですから。まったく」

加山の口からは、外川が予期した通りの言葉が出た。事務所とすれば、たとえ関係者であっても未発表情報の流出は抑えようとする。

「でも、今回は――」香田が不意に口を挟んだ。「既に発表されている曲の中から、オープニングもエンディングも選ぶようになると思います」

外川には想定外のコメントだ。

「多分、ですけどね」

補足された言葉を、外川は軽く聞き流す。香田は自分の発言には細心の気を配りつつ、確実なことしか口にしない――。であれば、さらに訊いておきたい。

「ショー全体のイメージはありますか？　漠然としたものでかまいませんけど」

曲ごとの演出をイメージし、そのイメージに基づいたステージデザインとともに香田に提案するのは数ヵ月先になる。だがそれはあくまでも、デラノのツアーであればの話だ。今回のソロに関していえば、あまりに見えないことが多く、創造の種になるようなものは何でも吸収しておきたい。短い言葉でも、単語でもかまわない。そこから得たインスピレーションを、大きな翼を広げるようにして膨らませ、具現化していくのが外川の仕事だ。

「そうですねぇ……」

部屋が、しんと静まり返った。口が重いのはいつものことだ。外川にできることは、目の前に座る男の唇が再び動くのを待つだけだ。

香田の視線はしばらくの間、何も描かれていない、透明なガラスのテーブルへと注がれていたが、やがて外川の眼差しの先へと戻ってきた。

「そうですねぇ」香田がもう一度いった。「デラノが体育会系だとすれば、今回のソロは、文化系って感じでしょうか」

思わず眼に力が入る。体育会系に対して文化系。その言葉に込めた主役の思いの深さを初めて見せられた気がした。会議の冒頭、香田が『デラノとは違ったショーを観てもらいたい』ともらしたのは、それほどの「違い」にまで腹を括《くく》っているということなのだ。

初のソロツアー実現に向けて、香田は様々な点できっと深く思い悩むことになるだろう。その予感は今回の話が持ち込まれてからずっと、外川の中にあった。このツアーはミュージシャン・香田にとってひとつの節目になる。

だが正直、外川自身はそれほどの「違い」の創造にまで腹を括ってはいなかった。デラノで培われたショーのイメージを活かしつつ、いうなれば体育会系のショーの延長線上で変化を持たせる。外川の中に漠然と生まれつつあった香田ソロライブは、そんなイメージだ。体育会系という範疇の中でデラノとは異なる競技の演出を創造する。いや、もっといってしまえば、競技の内容はデラノと同じであって、それを団体競技から個人競技へと組み換えていく。その程度の「違い」であったのだ。

だが香田本人は、体育会系をまず捨てることで、新しいショーを創造しようとしている。

「それは……」テーブルの上で手を組み直す。「そこまでの覚悟がある、ということですね」

外川は言葉にしながら、その言葉が自分の胸に刺さるのを感じた。

「もちろんです」香田はステージで見せるものと変わらない柔和な笑みを浮かべた。

「でないと、ソロをやる意味がないでしょう」

いつもこうだな、この男は——。外川も内心、ほくそ笑む。

香田の思考は常に論理的だ。突拍子もない飛躍した思いつきは口にしない。だからこそ外川もある程度予想がつく。だが、論理に対する深さについては、驚かされることがしばしばだった。そこまで考えていたとは、というように。

文化系……。その言葉を頭の中で繰り返す。文化系……。

そのときふと、脳の隅にアイディアが舞い降りてくる感覚。いや、既に降りてい
る？

「そういえば」白井がいかにも今思いついたようにいった。

「外川さんって、元は建築家って話を聞いたことがありますけど」

「単なる噂ですよ……」

外川は薄笑いを浮かべた白井に曖昧に答えながら、思考を切断された思いがある。

見えそうになったアイディアが、今は思考の奥底へと沈んでしまっていた。

8

「建築家といえば――」香田起伸が会話の流れを引き取った。「ストーンズやピンク・フロイドのステージをデザインしたのも、イギリス人の建築家ですよね」

「さすが香田さん、よくご存知ですね」白井がすかさず主役を持ち上げる。

「その話はともかく――」外川は本題に戻す。「気になるのは一本目の会場ですね」

香田が眼で同意を表す。香田も同じ考えなのだ。むずかしいツアーになるであろうからこそ、最初のお披露目となる一本目の会場が重要となる。

「ほぼ決定といわれていたのは、どこですか？」

外川の問いかけに、白井が視線を加山に泳がせた。加山が小さく頷く。

「長野です」外川に眼を戻した白井が答えた。

「長野で競技場というと長野アリーナですね」胸に危惧が点滅する。「あそこはライブにはなかなか、むずかしいところなんですよね」

「そうらしいですね。長野アリーナには設計上の制限が色々ありますし」

それもある。通常どこの競技場でもステージのルーフを天井から吊ることができるのだが、長野アリーナはそれが許されない。設計する上で大きな制限のある会場だ。

だが外川が瞬時に危惧したのは設計上の制限ではなかった。長野という土地柄についてなのだ。

「芸人に上手も下手もなかりけり、行く先々の水に合わねば——」

香田の唐突な発言に、打ち合わせの場から音が消えた。

「ですよね」

その眼差しは外川に向けられていた。外川が長野の会場について何を心配しているのか、少なくとも香田はわかっているようだ。

「懐かしいですね」外川は返す。

「今不意に、思い出しました」

香田の言葉に、外川の記憶もまた鮮明に蘇る。デラノのライブに係わり始めた頃、香田に向けてその言葉を発したのは他ならぬ外川由介だった。芸人の間で昔から知られる格言のひとつだ。香田らしいMCについて意見交換しているときに、こういう金言があるのを知っていますか、と持ち出したのを覚えている。MCは巧みさよりも、そのライブ会場のある土地、ご当地のファンの心情を思いやるこころが大事だ。そのことを伝えたかったのだ。

話す内容だけではない。MCの言葉と言葉、そして曲から曲へとつながる〝間〟がいかに大切であるか。その間合いの取り方によって、土地ごとに会場の雰囲気が一変してしまう。

まずは香田ならではの間を摑んでほしいという願いを込めて、名人と呼ばれた落語家のカセットテープを香田にわたしたこともあった。

香田は今回、長野の特徴をわかった上で、長野のファンのこころを慮《おもんぱか》ることで、長野ならではの間を摑むことで、初日を乗り切ろうとしている。

「まぁ、でも」白井がふたりのやり取りに水をさすように言葉を挟む。「長野アリーナは、多目的競技場として知られた建築なんで、デザインし甲斐があるんじゃないでしょうか」

「多目的ねぇ……」外川は、ふっと鼻で短く息を吐いて顎をひと撫でする。「多目的という言葉は、私は昔から嫌いなんですよね。多目的ホールとか、多目的施設とか」

「そうなんですか？」香田が不思議そうな顔をする。「でも、多目的ってことは、なんにでも変えられるってことですよね？」

「まぁ、そうなんですけどね……」

軽く受け流しながら香田の言葉が外川の脳の中で反響した。

なんにでも変えられる……。

あ――。

頭に一枚のデザイン画が舞い降りる感覚。

いったんは深く沈んでしまったアイディアがもう一度姿を現したのだ。

多目的競技場を文化系の会場へと変貌させる。

ステージをデザインする上で、箱となる競技場は常に意識せざるを得ない存在となる。各会場が掲げる、箱の内寸や重量制限をすべてクリアした設計に仕上げなくてはならないからだ。そこでデザイナーが意識するのは、会場が提示する数値でしかない。だが外川の頭にふと浮かんだのは、会場となる競技場の数値ではなく、インテリアだ。

競技会場の、競技場ならではの内装に、新たな構築物を築くことで、競技場にある体育会系のイメージを丸ごと変貌させることはできないだろうか。多目的ならば、香田の中にある今回のショーのイメージ通り、いっそのこと文化系の会場へと変えてしまう。

例えば……そう、ホテルの大宴会場や大きな劇場のように——。

「さっきの、起承転結の話なんですけど」

外川は声に眼をやる。香田だ。

「その中の『結』、エンディングですね。曲はもちろんまだ未定なんですけど、デラノとはまったく違ったエンディングって創れないかと考えてます。『起』も『転』も大事ですけど、ショーが終わっての余韻という点では今回特に『結』の違いを際立たせたいな、と」

「音と光でドカンと派手に終わる演出ではなく、ですね」

外川がいったのはまさしくデラノのエンディングスタイルだ。

「そうですねぇ、まだまったくのイメージでしかないですけど……、例えば、荘厳なフィナーレ、みたいな感じとか」

香田の言葉が、外川の中にある会場全体のイメージと重なった。そう、それこそまさしく大劇場でのフィナーレではないか。

デラノとはまったく違ったエンディング。ソロならではのエンディング。そのイメージはステージのデザインとともに朧げではあるが外川の中にふわりと浮かびあがっていた。

まっさらのノートに書き込む。

《文化系の劇場》

六つの文字が、このツアーを創作するための最初の一行になった。

9

制作本部でノートに視線を落としたまま、外川はあのとき、最初のミーティングで聞いた香田の言葉をあらためて思い浮かべた。荘厳なフィナーレ。言葉の意味する印象は、デラノのライブとは明らかに異なるエンディングだ。そして明らかに、デラノのライブとはまったく別の余韻を観客のこころに残すことになるだろう。しかしそれは今回、香田が生み出そうとしている他の「違い」とは比較にならないほど危険な賭けだった。

曲調の違いや、演出の印象の違いに観客が戸惑い、開演中に棒立ちとまばらな着席という痛々しい光景を生んでしまったとしても、フィナーレで観客全員に感動を与えることができれば、香田本人にも観客にも輝くような笑顔を蘇らせることができる。またぜひ訪れたいという情熱を呼び覚ますことができる。しかし……。

エンディングで失敗すれば、落胆の火の粉はこのツアー全体へと飛び火してしまう。二本目、三本目を楽しみに待ち望むファンのこころに暗い影を落とすことになる。いや……。外川の思考はさらに加速する。暗く伸びる影はこのツアーだけに留まらない。口コミサイトに否定的な書き込みがつらなれば、デラノファンの心情に大きな負の遺産をもたらすことになる。ソロツアーを成功させ、ミュージシャンとしての新たな境地を開拓するつもりが、デラノ本来のライブ集客にも大きなマイナスを及ぼしかねない。それほどソロならではのエンディングの創造は重要な、だからこそむずかしい課題なのだ。

明日の通しリハーサルで、香田はどんなエンディングを披露するのか。

それはショーの主役が厚い扉の向こうで独り、ひと知れずもがき苦しみ悩むことなのだ。

そう、鶴が機を織るように……。

ステージって
やっぱり、
孤独に包まれてゆく世界ですよね。

chapter VI

胸に秘めたゆるぎないもの

1

本番前日を迎えた。

本番とまったく同じ条件で実施するただ一回だけの通しリハーサル、ゲネラールプローベ。通称ゲネプロの日になった。

リギングのチーフ、千葉和哉は会場入り口に立ちながら視線をステージへと流す。

この会場に足を運んだ月曜、大道具の土屋がぽろりともらした台詞が脳裏に蘇る。

『簡単だから、むずかしいんだよ』

設営現場の大先輩はたしかにそういったのだ。聞いたときにはまったく意味がわからなかった。だが、今なら痛いほどわかる。

二枚のスクリーンを振り落とし、人工の風で揺らしながら、そこに香田の写真を映し出す。とてもシンプルな演出だ。仕掛けが簡単な、シンプルな演出であればあるほどキレが求められ、そのキレを実現させるためには想像を遥かに超えた手間と時間、そして計り知れない労力が必要とされるのだ。

あらためて思う。コンピューターによる映像技術がこれだけ発達した時代なのに、外川由介の演出にはアナログ的な、設営スタッフの手と足を本番中も休ませない手動の仕掛けがいかに多いか。スクリーンに映す映像にしても、風に舞うスクリーンそのものも含めて一番美しいかたちであらかじめ映像にしてしまえば、納得の舞いを求め徹夜徹夜徹夜で追いまくられることもないのだ。

ではなぜ外川由介はこれほどまでに、生の演出ネタとアナログ的な手づくり感にこだわるのか。

それもまた、今なら答えがわかる。生の演出ネタには、ひとの手足による繊細な製作技術と操作テクニックが必要とされるからこそ、本番のギリギリまで精度を高めることができるから、なのだ。

ライブだからこそ、観客には映像ではなく本物を見せる。コンピューター映像ではなく本物の布地ならではの美しい舞いで観客のこころを魅了する。そのために香田起伸が、外川由介が、大澤宏一郎が、いっさいの妥協を許さないほどの生の精度を求めている。

まだまだ変更は続くだろう。照明も、ＬＥＤも、本番と同様に動かすのは今日のゲネプロが初めてなのだ。明日の本番までには直せないような大きな問題が出ないとも限らない。

今夜もまた、ホテルには戻れそうもない。ホテルには月曜泊から金曜泊まで五泊分、スタッフ全員別々に個室が用意されていた。だが和哉をはじめとしたリギングチームがホテルに足を向けられたのは、昨日水曜の深夜が初めてだった。スクリーンの吊り直し作業に二時過ぎまでかかってしまい、ホテルに着くのは深夜三時を回った。三泊目にしてようやくチェックイン。そしてベッドの上で初めて三時間弱の熟睡を得られた。だがこの流れだと今朝の三時間が、この長野で唯一、ホテルで過ごした貴重なひとときになりそうだ。

「始めんぞ」

サブ監の木村が横を通りがてら声を飛ばした。

十一時半からテクニカルリハーサルが、十四時からは香田起伸本人も交えた小直しリハーサルが、そして十七時からはゲネプロが予定されていた。

2

テクニカルリハーサルでは舞台監督、大澤宏一郎が気になる箇所、不安な要素をひとつひとつ確認していく。本来であればこの時点で最終チェックにしたいところだ。

ライブを盛り上げられるかは、曲と曲とをつなぐ〝間〟の取り方が大きくかかわってくる。ひとつの曲で客席を盛り上げても、次の曲への移行がもたつけば、いったん灯った火の勢いは瞬く間に消えてしまう。リハーサルでは〝間〟の確認作業も重要な要素だ。

ところが本番の前日であるというのに、これまでステージの上で確認できたのは、予定された二十一曲のうちほんの数曲だけ。曲と曲の継ぎ目に関しては、まだほとんどチェックできていない。〝間〟以前に、曲ごとの演出そのものが今もって満足のいくかたちになっていなかった。これから確認する二面スクリーンもそのひとつ。

大澤は舞台監督席で立ったままその曲の成り行きを見守る。

「スタンバイ、いいですか？」

ステージのすぐ下に立つ木村からのアナウンスによる問いかけに、ステージの四方から、いいです、という声が上がった。

「えー、よろしければ、始めたいと思います」

出だしはシンバル。絡みつくようなギターの音。会場全体が香田の声に包まれた。

ステージのシモ手には、千葉和哉とその部下の檜山恭一が緊張した面持ちでたたずんでいる。

歌は進んで行く。照明のトーンが変わった。

リギングのふたりがステージ脇のスタンドトラスにするすると駆け上った。千葉和哉は、途中三メートルほどの高さにつくられた台に立ち、送風機に両手をそえた。ステージ下からの送風機で煽るのと同時にステージの中ほどの高さからも風を当てる予定だ。

マイアミ、サウスビーチのホテルで眼にしたような自然な海風を――。大澤がイメージする、そんな風をつくるための新たなアイディアだ。

もうひとり、檜山はステージの最上部近くにまで上り、身を乗り出すようにして下の様子を窺う。スクリーンがすんなり落ちなければ手ではたき落とすつもりなのだ。

曲の一番が終わった。冒頭と同じ絡みつくようなギターのフレーズが流れる。

スクリーンの振りかぶせは二番の途中だ。

送風機がうなり出した。幕が垂れてきた。垂れながら揺れる。無事に下まで落ち切った。

間奏に入った。ギターのフレーズ。映像が徐々に浮き上がった。外川のこだわるポイント。映し出しはゆっくりと、ゆっくりと。

肉体を露《あらわ》にした香田が下着姿の女性と抱きあう姿。映し出したままスクリーンは、思い描いていた以上に激しく前後に舞った。ギタリストの身体に引っ掛かるほどステージ奥に揺れたかと思うと、今度は客席のほうへと跳ね上がる。

「スクリーンをもっと意識的に後ろに飛ばすようにしてくれるかな」

大澤はすぐさまトランシーバーで木村に指示を出す。木村は同じ内容を送風機係のスタッフにアナウンスした。

幕の中ほどへの送風があまりに強過ぎた。スクリーンが客席へ向けて大きく跳ね上がり、スクリーンの役割を果たさなくなる。

曲が終了した。

暗転。

「確認しております、少々お待ちください」木村のアナウンス。

スクリーンはようやくまともに振りかぶせることができた。だが舞い方については相変わらず合格には程遠かった。

「あのさ」

大澤はステージに歩み寄る。舞台監督席で落ちついていられる気分ではなかった。

「もし見ていて強過ぎるなと思ったら、向きや当て方を当ててる当人が調整しちゃっていいからな、わかるだろう、やっていて自分でも」

ステージ上で千葉和哉にそういい残すと、今度はステージ下のスタッフに送風機の当て方にも細かな指示を出す。胸にある抑えようのない苛立ちが、つい語気を尖らせてしまう。

「間奏からもう一度いきます」大澤からの指示を受けた木村のアナウンス。

スクリーンが振りかぶせられたところからもう一度だ。

「それではいきます。風をください」

上部、下部、カミ、シモ。四台の送風機が同時に回り始めた。

香田の歌。

その部分にさしかかった。ゆっくりと映像が浮かび上がる。その様子を見に来たかのようなタイミングで、会場に外川由介が姿を現した。舞台監督席に歩み寄る。ステージプランナーが到着したというのにまだ、舞台監督が納得できる状態にいたっていない。大澤の焦燥感は関係者全員に伝わっていた。

十二時二十分。

そろそろバンドのメンバーが会場に着く頃だ。本人の会場入りは、十二時五十分の予定。

現場はまさに時間との闘いになっていた。

3

テクニカルリハーサル終了後、外川由介は舞台監督席で大澤宏一郎、リギングの千葉和哉、大道具の土屋勝を交えて図面を広げた。

「さっきので三尺浮いてる状態です」大澤がスクリーンの現状について説明する。

三尺、約九十センチ。打ち合わせではメートル法だけでなく尺貫法も併用する。ライブ会場の現場で使われる言葉の語源は、おおよそ歌舞伎から来ている。カミ手やシモ手という呼び方も日本ならではのものだ。

「ということは、まだ下げられるってことかな？」外川が大澤に顔を向ける。

「いえ、今はもう床にすれすれまで下げましたので」

スクリーンは現在、ステージの床から三尺浮いた状態だ。スクリーンが跳ね上がり過ぎてしまう問題を外川は、風の当て方だけでなく、スクリーンの位置を調整することで解決に近づけようと考えたのだ。吊りもとの位置を変更するためには、昨晩、深夜二時過ぎまでかかって吊り直したと聞いているスクリーンを、またルーフの部分の組み方から変更することになる。今夜は徹夜になるだろう。リギングチームと大道具チームだけではない。大澤の舞台監督チームも全員、修正には立ち合うことになる。

「それじゃあ、二尺くらい上げてみましょうか」

外川は結論を静かに口にした。この場に寄せる全員の顔が、それがまだ最終結論からは程遠いことを覚悟していた。

4

十三時を過ぎた。

会場からもれてくる音に力強さが加わった。下腹に響くバスドラムの音。

会場の主導権は舞台監督チームから楽器チームへ、さらにバンドのメンバーによるサウンドチェックに移行していた。

ドラムスに続いてギターの音色。一本ずつ持ち替えては、楽器チームが調整した音をさらに自分好みに微調整する。白いフェンダーのストラトキャスターから茶色いギブソンのレスポール、そしてギブソンのアコースティック。

選ばれたバンドのメンバーは全員若かった。とりわけベーシストとふたりのギタリストの顔には幼ささえ漂っている。一万人規模の会場で自らの音を響かせるなど初めての体験なのだろう。時折胸の高鳴りを示すかのように自ら奏でる音に酔うような表情を見せる。

外川由介は座りながら、その様子を見つめていた。

あの表情がリハーサルでも出せるかどうかだな――。

ひと通りのサウンドチェックが終わった。

「小直しリハーサルは二時から始めたいと思います」木村のアナウンス。「十四時開始予定です。よろしくお願いします」

「ツィー、ツィー、ツィー、ハッハ、ツィー、ハッハ、ツィー、ツィー」

会場にはマイクの出具合を確認するモニターチームによるチェックの声が響いた。

いよいよゲネプロ前の最後チェック、本人を交えての小直しリハーサルが始まる。

開始の十四時少し前に、チェック予定項目をメモにしたA４一枚のメニューがスタッフに配付された。外川はその項目ひとつひとつを眼でなぞる。

中に「ＭＣ」というメニューが初めて登場した。曲の合間のつなぎにしゃべるトークの部分だが、香田はそこでいったい何をしゃべるのか。

ステージではまだメンバーが、楽器の手ごたえを確かめるように互いに眼配せしながら思い思いのフレーズをアドリブで弾いていた。

「えー、間もなくご本人さん入ります」木村のアナウンス。「一度オモテに入りますので、すみませんが照明さん、客当てを少し点けていただいてよろしいでしょうか」

「了解」

照明チーフ・佐竹の声とともに、薄暗い会場の入り口付近に照明が当てられた。

「間もなく小直しリハーサル開始いたします。えー、先にご本人さんには前からエンディングの曲を確認していただいたあとに、先ほどお配りしたメニューに沿ってリハーサルを進めて行きたいと思います。ドライアイスのスタンバイもよろしいでしょうか？」

会場入り口の扉が全開になった。前でビデオカメラが待ち構える。

「照明さんのほうはスタンバイどうでしょうか？　よろしければご本人さん入ります」

5

香田起伸の姿が見えた。

紺のTシャツにジーンズ。靴は革のウォーキングシューズ。

大澤が先導する。白井とふたりのマネージャーが前後につく。白井もマネージャーもペンライトを持って香田の足もとを照らす。香田はメンバーが奏でる音楽に両手で軽くリズムを取りながら歩いていた。その姿を照明が追う。ビデオカメラも追う。薄暗い会場に一行の周囲だけがほんのり明るくなる。椅子を縫って歩くその姿は、計り知れないエネルギーを内に秘めながら、競技の場へと歩を進めるアスリートだ。

香田は会場中央で待ち構える外川由介と軽く挨拶を交わすと、その隣に座った。香田の横に立った大澤がマイクを取る。

「えー、お待たせしました。予定通りエンディングの確認から始めます」

「舞台のほうはスタンバイＯＫです」木村が受ける。

大音量で音楽が流れ始めた。ステージには香田の代役が立つ。

すぐさまエンディング曲の後半が流れ始める。

クライマックスの間奏に入った。

代役の足もとを、左右から這い出てきたスモークが徐々に覆って行く。

背後から、昇る太陽を思わせる大型で強烈な光を放つ照明が昇り始めた。

さらに間奏の音量が大きくなる。

会場全体がみるみる白くなる。外川は昇る朝陽を香田、大澤とともに見つめる。

陽は昇り切った。

ドラムスの力強い音が鳴り響いて曲は終わった。

壮大なエンディングだ。スペクタクル映画のフィナーレにも思える。

「最後のハケ方なんですけど」香田が曲終わりを待ちわびていたように外川に声をかける。

「メンバーをステージに残して、ぼくが先に姿を消すっていうのはどうかなと思っていて」

「それは、どうでしょうねぇ」すかさず外川が答える。

「むずかしいと思いますか？」

「いや、むずかしいかどうかはやってみないとわからないですけど。まぁ、その場合は明らかにデラノのエンディングとは違いますよね」

「そうなんですよ。ただそれだけに、お客さんの反応が読めないというか」

外川は二度、顎を引く。やはり香田の胸にも同じ危惧があるのだ。

デラノとは明らかに異なるものを創りあげたい。だがデラノのライブが途中のＭＣも含めエンディングまで、デラノスタイルといえるほど確立されているためにむずかしさがある。観客の中に、デラノスタイルのイメージが固定されているために、それとは異なる流れを眼にしたときに戸惑うのではないか。戸惑うだけならまだしも、その曲の終了がライブの終演でもあると伝わらなければ、拍手さえこなくなってしまうのではないか。

「いずれにしろ、いろいろ試してみるしかないので、今日の時点ではぼくが最初にハケるパターンでやってみますね」

「そうですね。お願いします」

ふたりの考えがまとまった。

香田が立ち上がった。若いマネージャーとともにステージへ。追うように大澤もステージの袖へと向かった。

大澤が客席に向いてマイクを取った。

「えー、それではですね、各スタッフ、メンバーさん、それとご本人に確認したいことをもう一回、フル立ちしながら確認して、十七時からの通しリハーサルに備えたいと思いますので、よろしくお願いします」

ステージの上では太陽に似せた照明が下ろされ、LEDパネルが所定の位置へと動き始めた。

「すみません、メンバーのみなさん、舞台上に幕が振り落とされます。カミ、シモ、この位置と、カミ手の同じ位置に紗幕、透けてる白い幕なんですが、それが振り落ちてきます。そこにご本人さんの写真が映りますので、このリハーサルの最中に確認してください」

香田の前でスクリーンを落とすのはこれが初めてだが、バンドのメンバーはスクリーンの仕掛けはもちろんのこと、そこに映し出される映像も初めて眼にするのだ。これまでばらばらに進められていた無数の作業が、本番前日の昼過ぎになって、ようやくステージの上に集約されつつある。

外川は舞台監督席で照明チーフ・佐竹と相談する。香田が提案したエンディングのシーンをより効果的に見せるように、具体的な照明のプランを詰めた。

香田は舞台中央、右手でハンドマイクをしっかりと握る。

「行きまーす」ドラマーの声。

スティックの音。

二曲目終わり、ドラムロールからだ。

香田の声。声の調子を確かめるような軽い掛け声。

外川は立ち上がり、じっとステージを見つめた。代役ではなく本人がこのステージに立った状態でこの曲を聴くのは初めてだ。

外川だけではない。香田自身もスクリーンに自分の姿が映し出される様子を見るのは今日が初めてだ。だが香田は客席からその映像を確認することもなくステージに立った。

本番を明日に控えた香田の胸に秘められた重圧たるや、当人以外には計り知れないものがあるはずだ。たとえ十余年のキャリアがあっても、数え切れないほど練習を重ねてきた曲であっても、本番のステージでは何が起こるかわからない。何が起きても対応が可能なように、ステージでの感触を、イメージを、より本番に近いかたちで摑んでおきたいと思う香田にとって、演出にかかわる調整業務については自分のイメージを外川に伝えるところで留め、自分はミュージシャンに専念したいというのが本音だろう。

しかも今回の香田は歌い手だけに徹するわけにもいかないのだ。バンドのリーダーとして、演奏の完成度やバンドの見栄えの演出にまで、いわば音楽&ステージプロデューサーとしての眼も、香田自身が配らなければならない。

だが外川が見つめるステージの上には、そういった本番前日の香田の内面を映し出すようなピリピリとしたものとは正反対の、和やかな空気が漂っていた。それはこの会場全体のリーダーである香田が、若いメンバーを緊張させてはいけないと意図的につくろうとしているものだった。

十五時三十七分。小直しリハーサルが終了した。

外川はステージ袖の大澤を呼び戻し、指示を出した。ゲネプロまでに直せるところはできるだけ直しておきたい。照明の佐竹にも指示を出す。

ゲネプロ開始まで一時間半を切った。

6

会場に大音量でBGMが流れている。本番のオープニング前に会場に流すものだ。

大澤のアナウンスが響いた。

「えー、お待たせしました。間もなくゲネプロです。えーと、頭から本番通り流して行きます。特別なことがない限り途中で中断しませんのでよろしくお願いします。スタッフのみなさんも本番通りの動きでよろしくお願いします」

曲が開演直前の前奏曲に変わった。

会場が暗くなり、舞台に下がった紗幕に照明が当たる。

「イエーッ、イエーイエーイエーイエー」

香田の歌声がスタッフ全員の耳を貫いた。

十七時十四分。ゲネプロ開始。

外川は舞台監督席から一曲、また一曲と見守りながら、そのことを考えていた。明日の初日、観客が棒立ちとなり、拍手を忘れるような事態は起きてしまうのか。ゲネプロで次々と披露される演奏予定曲のほとんどは、既に発売されたCDに収録されていた。しかしどの曲も、CDとは印象が異なる。曲によってはかなりアレンジを変えているせいもあるが、それ以上に、生ならではのサウンド力によるところが大きかった。ドラムスは重く腹に響き、ギターのリフは聴く者の身体の芯を引き締め、ヴォーカルは胸に深く沁み入る。それはオープニングからラストまで、ハードでノリのよいサウンドで突き抜けるデラノのライブで得られるものとはまた別の心地よい感触だ。

ソフトなリズムで、どこか男の哀愁を感じさせる歌詞とメロディーで、観客のこころを激しく揺さぶりたい。それこそが香田起伸のソロライブにかける熱い思いだと外川は読んでいる。だが明日この会場に訪れるファンの中で、ソロならではの心地よさに自然と身を委ねることのできるひとが、果たしてどれだけいるだろうか。

ほとんどの観客が、デラノのライブに似た熱くハードなノリを期待して客席につくことは間違いない。もしかしたらデラノのヒット曲を二、三曲歌うのではないか。そんな、香田にすれば的外れな期待を抱くひとも少なからずいるはずだ。だとしたら、そのひとたちの胸に真っ先に飛来する思いは、期待ハズレ、というものではないだろうか。

このショーの演出依頼を受けた当初から胸にある不安が、ゲネプロが進むにつれ、外川の中で重みを増していった。

オープニングから一気に聴かせる冒頭の三曲には、それなりの仕掛けを用意したので、聴く者の期待を裏切らないという自信がある。観客に、四曲目以降も何かが起こりそうな予感を十分に与えるだけの流れになっている。だがその後、MCを挟んで続くのは、気怠いミディアムテンポのじっくりと聴かせる曲ばかりだ。四曲目、五曲目、六曲目と進むにしたがい、冒頭で聴き手の胸に膨らんだ予感は実現されることなく萎えて行き、七曲目にいたっては、諦めに近い気持ちが取って代わるのではないか。

折り返しとなる十曲目のアコースティックのコーナーにたどり着く前に、物足りなさを感じて座ってしまうひと。それでもまだ、デラノのライブに似た何かが起こるという期待を捨て切れずに棒立ちになるひと。無様な凸凹を描き、次第に熱が冷めていく会場の風景が、外川には見えるような気がした。

あらたに気になったこともふたつある。ひとつは歌の間に挟まれるMCだ。三曲目終了後に初めて語られる「どうも今晩は」から始まって、ゲネプロで何度か差し込まれたMCは、おおむね簡潔なものだった。女性のこころをそそる囁きに似た言葉のかけ方は、デラノのライブにおける香田の口調となんら変わりがなかった。

デラノとは違うものを――。そう明言する香田のことだから、MCにもまた明白な裏切りが用意されているかもしれない。そう予測していただけに、はぐらかされた気がした。

では、観客の予想もしていないようなMCとは、香田ソロならではのMCとは、どのようなものが考えられるだろう。デラノではできないMCとは……。

例えば、香田の極めてプライベートな話をするとか？　いや、ファンは大喜びするだろうが香田本人には抵抗があるだろう。

では、ソロライブにかけるストレートな思いを語るとか？　それもまた、感じてもらうものであって押しつけがましいコメントは、らしくないと香田は考えるだろう。

では、他にどんなMCが考えられるだろう……。

外川の頭にふと、ひとつのアイディアが浮かんだ。香田自身が、座ってじっくりと聴いてくれたらと語りかけるとしたら……。そう、これなら有りかもしれない。

もしも香田がどこかのタイミングで、このライブはデラノのショーとまったく違うものであり、別の気分と姿勢でじっくりと楽しんでほしいというようなメッセージを観客にストレートに訴えかければ、あるいは眼にしたことのない展開が実現しそうな気がした。

だがそのひとことが〝吉〟と出るには、香田の場を読む、鋭利な勘に頼らざるを得ない絶妙なタイミングが求められる。空気を読み間違えれば、取り返しのつかない事態となる。

いずれにしろゲネプロで披露されたMCの中では、最後までそのようなコメントを聞くことはなかった。

7

気になったことが、もうひとつ。

それは最初のバンドリハーサルを観てからずっと、胸の隅につけられた引っかき傷のようになっていたことだ。ゲネプロ終了時に香田に直接提案したほうがいいだろう。外川はそう決意した。

ステージは、最終曲のエンディングに差しかかっていた。

激しいドラムのサウンド。キーボードとギターが厚みを増す。

「どうもありがとう！」香田のメッセージ。

すべての楽器が迫力のある音量に。

「どうもありがとうございました」香田が客席に向けて頭を下げた。

軽く右手を上げ、ステージの裏へと姿を消した。

メンバーがその背中を追う。

十九時十一分。予定していた通りの二時間でゲネプロは終了した。

「えー、明かりをください」

大澤がステージの袖でマイクを持っている。

「以上で通しリハーサル、終了いたしました。外川さんから何かございますでしょうか？」

外川はすかさずマイクを取る。

「スタッフのほうにはこのあとのミーティングでいいますので。それとは別にメンバーさんにちょっと提案があるんですけど」

その言葉を受けて、大澤がステージ裏に姿を消した香田とメンバーを探した。

「少々お待ちください」

どうやら香田もメンバーも三階の楽屋に戻ってしまったようだ。スタッフが呼びに走る。

表情が強張るような深刻な問題点は特になかった。誰が見ても失敗とわかるトラブルも起きなかった。だが外川自身は既に覚悟していた。

拍手が来ない。そんな最悪な事態も起こり得るだろう、と。

そうなったらそうなったで、その後のことはまた考えればよい。ここまで来たら、まずは本番を迎えて、観客の実際の反応を確かめることだ。外川は腹を括った。

五分ほどして香田とメンバーがステージに戻ってきた。

「すみません、お待たせしました」大澤がマイクで外川に声をかけた。

外川も立ち上がったままマイクから声を出した。

「はい、ひとつ提案ですけど」

「メンバーのみなさんすみません、外川から提案です」

大澤が声を挟んだ。ゲネプロを無事に終了してどこか上の空のメンバーの意識が、客席のほうに向いていないことに気づいたのだ。

「十七曲目のところで、前に一斉に出てきたりできないでしょうか？　コーラスで動きが取れないのはわかるんですけど、あの曲だけ勢いで出てこれないかなと思いましてね」

外川は香田の領域に踏み込んだ提案を初めて口にした。

リギングの千葉和哉との対話で、デラノのライブに係わり始めた当初のことを思い出し、その気持ちが外川の背中を押した。

あの頃はどうやってステージ映えさせるか、バンドのメンバーそれぞれがどのように立ち、どう動くことが観客の気持ちを盛り上げるか、メンバーと何度も議論を交わした。中でも香田起伸が他のメンバーの動きとどう絡むかは、ステージを映えさせる上で大切な要素だった。

それが今回の香田・初ソロライブでは、あまりにもメンバーの動きが硬く、動きそのものが単調だった。外川はゲネプロが進むにしたがって苛立ちに近いものを感じていたのだ。

ソロツアーのために選ばれたミュージシャンだけあって、どの男も演奏の技術はしっかりしている。だが、それだけでは駄目なのだ。足の関節が固まってしまったかのように一ヵ所から動くことができず、顔は終始伏せたまま。自分の指先ばかりを見つめて弾くことしかできない男たちが横一列に並んでしまうと、それは単なる演奏会になってしまう。ショーに必要なのは、観客を熱くさせるような見映えのする表情と動きなのだ。

のびのびと恰好良く動けない男たちなら、いっそのこと振り付けしてしまったほうがいいのではないか。外川はそう考えたのだ。

「頭のイントロで、ずーとダッダッダッダって演ってるところで、ちょっとメンバー全員で煽ろうかなって思ってるんですけど」

香田が自分の考えを述べた。顔にこそ出していないが、この件について香田は外川以上に苛立ちを感じているはずだ。

マイクを通じた香田と外川のやり取りに、会場の全員が耳を傾けている。

「何かこう、全員で前に出てくる場面がほしいなと思って」外川が言葉を重ねる。

「でしたら、イントロから前に出ちゃおうか？」

香田はメンバーに確認してから外川に向き直った。

「そこからでどうですかね」

「いや、まぁ、これは注文じゃなくて、ご相談ですからね」

外川は一歩引いた言葉遣いをした。提案はするが、最終的な判断を下すのはあくまでもショーの主役である香田の役割であり、その判断にはしたがう姿勢だ。

「曲の後半ではずっと歌っていなくてはならなくて、その間が長いんですよね」

香田が演奏上の制約を外川に説明した。ギタリストとベーシストのコーラスが続く限りマイクスタンドがステージ後方にあるため、前に出てくるのはむずかしいのだ。

「じゃあ、そういうことにしておきましょうか。ギターやベースが一度に前に出てお客さんを煽るなんて動きは、この曲くらいしかないかな、と」外川の意見。

「曲がパーンって来た冒頭に出てくるのがいいかな、って思ったんですけど」

「それはありますね。そこでラインナップで出て、あとはエンディングでもフリーで出られるんだったらぜひ、ということで」

ふたりの意見が一致した。

メンバーに指示を与えた香田が客席に顔を戻した。

「じゃあちょっと、イントロから演ってみますね」

再び演奏。ギターのリフが引っ張るイントロ。ドラムスとベースが厚みを増す。ギタリストふたりとベーシストが揃って前に出てきた。

しかしその動きは、見ている外川の頰に思わず力が入ってしまうほどぎこちなかった。香田とのマイクを通じたやり取りが、彼らの身体をさらに硬くしてしまったのかもしれない。観客を煽るどころか、強ばった表情と動作からは各人の緊張が伝わってくる。これでは熱く盛り上がろうとしている観客のこころに油を注ぐべき男たちが、逆に水を浴びせてしまう。

デラノの場合、メンバーは演奏しながらいかにも楽しげに自由に動いていた。ベーシストもギタリストも、舞台上で身体を回転させ、演奏の合間に拳を突き上げる。ドラマーは自分にスポットが当たった絶妙のタイミングでスティックを高速で回し、Tシャツを脱いで上半身裸になったりする。そのたびに客席は大いに盛り上がる。そんなデラノならではのステージを長年にわたって創りあげてきた香田だからこそ、今回もできればメンバーの力を借りて会場を沸かせたいという思いがあるはずだ。

だが今回のツアーに選ばれた若い男たちに、その動きを期待するのは酷なようだ。何年も一緒にツアーを回っている経験豊かな気心の知れたミュージシャンならまだしも、このツアーのためだけに招集されたメンバーは、明らかに香田に遠慮していた。恰好良く目立ちつつ、かといって出過ぎずに、観客を煽る。それは経験の浅いミュージシャンにとってはむずかしい課題なのだ。

難題の解決は公演が進む中で徐々に修練させて行くしかないと香田は割り切っていたのかもしれない。しかしそれでは遅過ぎると外川は指摘したのだ。数ある不安要素を、ここに来てまたひとつ増やしたくないという思いからだった。

8

試しの演奏が終わると、即座に外川のアナウンスが会場に響いた。立ち上がったままだ。

「ちょっと位置を決めて、バミッてやったらどうだろう。ずーっとそこに居っ放しで、おかしいでしょう。できればカミ手側とシモ手側で入れ替わるとかして」

胸の苛立ちがそのままストレートに言葉になってしまった。

せっかく前に出るようにと振り付けしても、その単純な動きでさえ取ってつけたような硬さがある。タイミングが早過ぎてはいけない。横のふたりより早く出てもいけない。前に出過ぎてもまたいけない。そういった躊躇が全部、ブレーキとなり互いの牽制《けんせい》となっていた。出たら出たで、そこでポーズを決めるでもなし、視線を指先に落としたまま、ただ演奏に集中しているだけ。外川は「居っ放し」という言葉でその動きを表現した。

「それがワイヤードなもんで、行けないんですよ」

「大澤さんさぁ」

「あぁそうか。その問題ですね」

大澤の説明に外川は苦笑交じりに納得する。ワイヤード。ギターもベースも、楽器からアンプへの接続がワイヤレスではなくコード接続なので、左右が入れ替わるというような大きな動きはできないのだ。

ステージでミュージシャンがどう動こうとしているのか、その絵が演出のポイントであり制限になる。各楽器の置き方から配線、照明の当て方は、その絵をベースに練られる。つまり絵そのものに何か変更が生じれば、様々な要素に大小の変更を余儀なくされる。

香田はメンバーに具体的な指示を出していた。頭ごなしではなく、笑いが起こるような和やかな口調だ。外川にはその姿が痛々しかった。きつくいえばますますメンバーが萎縮してしまうと気遣っているのだ。ギタリストやベーシストには決めのポーズまで、こんな感じはどうだろうと身振り手振りで提案している。あの香田起伸が、である。

自分を良く見せる方法なんて、ミュージシャンだったらそんなことまで俺に提案させるなよ。それが香田の本音だろう。

「えーと、できれば明日の本番前リハーサルで確認させてください」

舞台袖で様子を見ていた大澤が、これはすぐに結論は出ないと判断したようだ。

「了解」外川は短く答えた。仕方がないだろうなと内心納得する。

「場所だけ決めて、わりかしウロウロするような感じで」

香田が自分の考えをもう一度外川に語った。香田自身も深刻な問題と受けとめているることが外川にもひしひしと伝わってくる。外川は手を大きく上げて了解と答えた。

「他に何かございますか？　なければスタッフのほうはこのあと駄目出しということで、よろしくお願いします」大澤が締めた。

呼び戻された香田とメンバーは、楽屋に戻る様子もなくステージで打ち合わせを始めた。

それがひと区切りするのを見計らって大澤がまたマイクから声を出した。

「それでは以上でゲネプロのほう、終わります。明日が初日です。よろしくお願いします」

メンバーと話していた香田がセンターにあるスタンドマイクを取った。

「よろしくお願いします」

香田が深々と腰を折るのに合わせキーボード奏者がお辞儀の定番和音を三つ鳴らしたので、会場に柔らかな笑いが起こった。

しかし外川は笑えなかった。高い危険を冒してまで香田が実現しようとしている初めてのソロツアーの初日。そこにまたあらたな不安要因が浮き彫りになっていた。

以前、香田がこんなことをいっていた。

『外川さん、ステージってやっぱり、孤独に包まれてゆく世界ですよね』

今回ステージに一緒に立つのは、孤独な世界を脇から支えてくれるどころか、香田自身が終始気遣わなければならない男たちなのだ。

9

各チームのチーフを中心にスタッフが十数人、すぐさま会場中央に集まり外川を囲んだ。大澤もステージから戻ってきた。駄目出しの読み上げが始まった。ゲネプロの間、外川が手もとのノートに何度となく書き込んだメモだ。

「明日はそうは行かないぞって思ったのは、オーラスの香田さんのハケですね」

外川からのいくつかの指摘のあと、話題はエンディングのシーンに移る。

「明日の本番ではあんなにすいすいとは絶対ハケないから。それじゃやって感じでハケちゃったら絶対おかしいので、明日の本番前のリハーサルでもう一度段取りを確認しましょう。お客さんにとって、特に重要な部分ですからね」

ゲネプロで香田が見せたエンディングのシーンに、外川はまったく納得していなかった。小直しリハーサル終了時点で取りあえず了解したのは、これは香田自身もまた明日までに必ず再考し、別の提案が出てくるだろうという読みがあったからだ。外川の中には予感めいたものがあった。観客によって埋め尽くされた客席を前にすれば、香田はもしかしたらその場のアドリブでゲネプロでは見せなかった動きや台詞を試みるのではないか。いや、もしかしたら、既にこころに決めている台詞や試みを、ゲネプロでは敢えて披露しなかったのではないか。

隠し球――。

ふと、そんな言葉が頭に浮かんだ。

なぜ隠すのか。危険を冒してまで本番で試みようとしていることをゲネプロで明かせば、周囲からは、危険は回避するようにと香田を迷わす声が聞こえてくるからだ。ここまで来て迷いは不要だ。賭けは自身の判断で踏み切りたい。香田が胸に秘めたゆるぎないものが、外川には見えるような気がした。

「他に何かありますか？」

外川がチーフひとりひとりに眼をやる。

「それじゃ、よろしくお願いします」外川の力のこもった声。

スタッフからも、よろしくお願いします、という掛け声が上がった。

駄目出しは十五分ほどで終了した。修正すべきポイントは照明を中心に十六項目に及んだ。外川は席に座り直すと、隠されたかもしれない香田の本音を見つけ出そうと、あらためてノートに視線を落とした。

10

スタッフルームには珍しく大勢が集まっていた。外川とのミーティングを終えた大澤宏一郎は部屋の隅に座りながら、各スタッフの様子を眺めている。

千葉和哉や木村強の顔もある。リギングと大道具、舞台監督チームのスタッフが図面を囲んで打ち合わせしているのは、香田とバンドのメンバーが上り下りする階段についてだ。ゲネプロを見た限り、その階段がステージ中央にある必要はないとわかってきた。香田とメンバーの動きに、ステージへの登場シーンを観客に意図的に見せるという考えがないことが明白になったからだ。段はステージの中央にある必要はない。ステージを有効に使うためにも、また不慮の事故を防ぐためにも、穴はふさいで、階段はステージの後方端に付け直せばよいのではないかと千葉が提案した。二本目の公演会場となる横浜からという、ツアーの先行きを読んだ提案だ。先読みは評価しつつ、けれども大澤の頭には、別のことが引っかかっていた。

エンディングの演出で、香田の背景に太陽を思わせる照明が昇って来るのに合わせ、左右の袖からドライアイスでスモークが焚かれた。白い煙はステージの足もとを満遍なく覆う予定だった。だがそうはならなかった。昨日のテクニカルリハーサルでは、煙は足もとに浅く漂っただけだった。あれでは少な過ぎるという指摘が外川からあり、煙の量を増やしてみたら、今度はところどころ途切れてしまい、ステージ中央では煙があまりにも高く舞い上がったために香田の姿が見えなくなってしまった。

これもまた明日までに改善しないと、外川のいう、おかしなエンディングになってしまう。主役が曲終わりで煙の中に消えてしまったら、それこそ終演と伝わらないだろう。気になりながらも解決策の見えない課題がまたひとつ増えてしまった。

いつもはいくつかのセクションが交互に会場で作業するため、スタッフルームにこれほどの人数が集まることはなかった。煙草の煙が部屋一面をどんよりと曇らせる。その中で、打ち合わせに熱をこめる者、十時間ほど遅れて昼飯をかき込む者、テーブルに顔を伏せ、徹夜明けのわずかな睡眠をむさぼる者。

どの顔にも、ゲネプロという高いハードルを大きなトラブルなくやり終えたという安堵感があった。部屋の一角から聞こえる男たちの声にも、どことなく浮ついた感じがある。

「曲の途中でLEDが揺れてただろ？　気がついた？」

「気がついたよ。あ、揺れてるって気づいたけど、また何であんなに揺れてたの？」

「あれはほら、香田さん本人が曲の途中で、片足立ちでポーズを決めてさわったから、手で」

「そうだったんだ、地震もないのに変だと思ったんだよな。でもヤバいんじゃないの、揺れると」

「ヤバいけど、しょうがないでしょ」

「書いといたら、でっかく、さわらないでください、って」

「そんなことしたら、お客さんにも見えちゃうだろ」

「やっぱ確実なのは事前に本人に伝えとくことだよな。大澤さん、お願いしますよ」

不意に声をかけられた。

「俺が？　いえる訳ないだろ、そんなこと」

大澤は軽く受け流しながら頭の中では、終えたばかりのゲネプロ全体の流れをもう一度思い起こしていた。

あまりにスムーズに終わり過ぎた。それが舞台監督としての感想だった。

こんなに巧くいったゲネプロは滅多にない。いや……。デラノのライブツアーの記憶をたどっても、初めてかもしれない。デラノの初日前のゲネプロでは、全体の流れを止めざるを得ないほどの大きなトラブルが発生することのほうがむしろ多かった。それだけ毎年、初めて試みる演出が多い、ハードルの高いライブであるからだ。

では、香田の初ソロライブはどうか。例年のデラノとは異質の、格段に高いハードルとリスクを秘めたツアーだ。にもかかわらず、流れを止めるどころか、あまりにもすんなり最後まで行き着いてしまったことが、大澤をいいようのない不安な気持ちにさせていた。

異例なほどスムーズな進行。そのことが、本番で予測がつかない大きな問題が発覚するかもしれないという危惧感につながっていた。スクリーンの揺らし方といった既に見えている課題とはまったく異質の、致命的なトラブルが……。

現時点で予想できる大きなトラブルのひとつは、エンディングのシーンが大コケするという事態だ。観客が誰ひとり、これがエンディングとわからずに帰ろうとしないまま棒立ちとなってしまう。そんなシーンが大澤の眼に何度となく浮かんだ。

ゲネプロの時点で他にもたくさんの膿《うみ》を出しておけば、調整して、もう少し安心して本番を迎えられただろう。いっそのことゲネプロでは、現場の全員が青ざめるような大きなトラブルが起きてくれたほうがよかったのだ。大問題が発覚していたら、スタッフはこんなに安心して飯をかき込んだりしていられなかったはずだ。

ゲネプロ終了後のスタッフルームには、開始前とは見違えるような緩く、ぬるい空気が漂っていた。ショーの主役が初めてすべての曲を通して歌うリハーサルであり、次にすべての曲を歌うのは明日の本番という、たった一度の重要な山を思いのほか坦々と越えられてしまったことで、誰もが肩の荷が下りたという顔をしていた。

大澤は初日の先へと頭を巡らせる。たとえ初日に予期せぬトラブルが起きたとしても、二本目の会場となる横浜に向けて、楽曲を大幅に変更することは不可能だ。新規に入れ替えた一曲一曲について、演出のアイディア出しに始まり、ネタに合わせた特殊効果、照明のシーンづくりといった、今日までに時間をかけて積みあげ磨きあげてきた作業をまた一からやり直すことになる。その時間は今後どの会場にも用意されていなかった。できるとすれば、いくつかの曲順の変更と、既に名前の挙がっている候補曲との入れ替えくらいだ。

大澤はふと思い当たることがあり、机の上にあるCDプレイヤーを手もとに引き寄せた。

二十二曲目にセットする。

未発表曲であり、このライブで披露する可能性のあった有力な候補曲でありながら、初日のセットリストには最後の最後に採用が見送られた曲。

大澤はイヤホンを耳に挿し込み、再生ボタンを押した。

……荒い息遣いとともにイントロ。

ベースのリフ。ドラムが追いかける。

リフにギターが加わった。

音が厚みを増した。

香田の鋭い声とともに、サウンドはさらにズンッと重くなる。初っぱなからエンジン全開。ゲネプロで披露されたどの曲よりもハードなノリ。デラノの楽曲とはまた異なる潔さ。

振り絞るような歌声。ギターも唸る。聴く者の血が熱くなる。

フルスロットルのまま曲はさらにヒートアップ。

イントロと同じリフ。

やがて、曲が終わった。

大澤は胸に膨張した熱をゆっくりと排気するように吐息をつく。

おそらく誰もが、デラノっぽいと感じる曲だ。そして、そのために……。

今回は選曲も演出のネタ決めも判断基準のひとつが、デラノと異なるかどうか、だった。

それをやったらデラノっぽくなりますよね――。

その台詞が香田の口からも外川の口からも何度となくこぼれ出た。ミュージシャンとステージプランナーとの間では、それはいつしか合言葉のようになっていた。そしてこの曲もまた、最後の最後まで候補として残りながら、デラノっぽいという理由で初日のセットリストからは外されたのだ。

アンコールで歌えば盛り上がることが確実な曲だった。たとえアンコール前に外川や大澤自身が予期していなかったトラブルが起きたとしても、アンコールのこの一曲で会場の空気を一変できる。天井を震わせるほどの歓声を会場に蘇らせることができる。ショー全体の印象を立て直すことができる。それほどの起爆力を秘めた曲だ。

だが、最後にこの曲で会場を最高潮に盛り上げた直後に大歓声のままショーが終演を迎えたのでは、それこそデラノっぽいエンディングになってしまう。

ならばエンディング曲ではなく終盤の一曲としてはどうだろう。

いや、全体の中ほどに置くとしたら……。

大澤は想像せずにはいられなかった。この曲が始まった途端に興奮に包まれる会場の雰囲気を。

この曲の終了後に胸に残る、何かに到達できたというような達成感を――。

腕時計を見た。

二十二時半。

本番開始まで、二十時間を切ろうとしていた。

chapter VII

客席の温度が急速に下がって行く

このあと、
何が起きるか
わかりませんから。

1

二〇〇四年七月十六日、金曜日。香田起伸、初のソロライブツアー、初日。

もしかしたら今日は……。千葉和哉は関係者用のトイレで、鏡に映った自分の顔に語りかける。香田さんにとって、デラノにとって、そして日本のロック音楽史上において、長く語り継がれる日になるかもしれない。

朝の八時前。めずらしく大道具の土屋から和哉の携帯に電話が入った。指定された階段の脇に足を向ける。

「大澤から、聞いてるよな」

はい、と答えながら、土屋の雰囲気がこれまでに見たこともないほど硬く感じる。

明け方、大澤宏一郎からメールが入った。用件は三つ。いつものように素っ気ないほど簡潔な文面だ。

《今日の本番は表のPA席から見ろ。

らしい恰好で。

ミニマグライトも持って来い》

ミニマグライトというのは、スタッフが持ち歩く万年筆ほどの携帯用懐中電灯のことだ。

「意味、わかってるか？」

「一応」

「いってみろ」

「お客さんの眼で観て、勉強しろってことかと」

「二十点」

「え？　駄目ですか？」

「なんでおまえの勉強のために、俺がその分まで忙しくしねぇといけねぇんだよ」

「すみません」

土屋が黙ったまま眼を向ける。あやまっていないで考えろ。そういっているのだ。

「えっと、ですから……」

「次に活かすためだろ」土屋が我慢しきれなくなって吐き出した。

「あ、そうです。貴重な経験、二本目、三本目に必ず活かさせていただきます」

「それは俺じゃなくて、大澤と外川さんにいう台詞だな」

「ですね」首の後ろに手をやる。

「頼むぜ隊長」

和哉は現場の大先輩に向かって腰を折る。たしかにリガー隊を束ねるチーフだが、和哉のことを隊長と呼ぶのは土屋だけだ。

「外川流の美学をしっかり盗めよ」

「美学……ですか？」

いきなり飛び出た聞きなれない単語。

「似合わねぇことというなよオッサン、ってツラだな」

「あ、いえ、そんなことは」

頭に一瞬閃いた台詞を聞かれたのかと思った。

「でもその、美学って……、デザインを美しくってことですよね」

「やっぱ建築出身はかてぇなぁ」

どこかで聞いたことのあるような台詞だなと思いつつ、カチンとくる。

「お、なんか隊長、プライドに傷つけられたって顔だな」

口の両端に力を込める。

「そんなこともわかってねぇで、この現場、仕切ってたのか？」

口もとに更に力が入るが、言葉が出てこない。

「ハケだよ、ハケの美学」

　ハケ？　道具の撤去……。

「……あ」美の中身がするっと頭に落ちてきた。

「見えましたって顔だな」

「まぁ、はい」

「簡単だから、むずかしいんだよ」

「ですね」今なら素直に相づちを打てる。「ただ、ちょっと気になってまして……」

「檜山のことだろ？」

　どうやら土屋はすべてお見通しだ。たしかに表に出てしまうと、部下の仕事ぶりが心配だった。

「あいつなら大丈夫だ。隊長を飛び越えて俺が指示出していいんなら、だけどな」

　土屋のにやけた顔に、つい眉を持ち上げてしまう。

　現場入りの月曜日、自分を飛び越えて檜山に指示を出そうとするサブ監とやり合ったことを思い出す。土屋にはしっかり見られていたようだ。

「よろしくお願いします」

　もう一度深々と腰を折った。

2

十時五十分。スタッフルーム。

チームごとにまとめて人数分のTシャツが配られた。このツアーを通じて着用するユニフォームTシャツだ。黒の半袖。左胸にツアー名のロゴがプリントされている。手渡されたスタッフは一瞬、お、来たな、という表情を見せるが、すぐにまた普段の顔に戻る。その場で着替える者はいない。早めの昼食をとる者。打ち合わせをする者。煙草をくゆらす者。制服は取りあえず自分の荷物とひとまとめにして、着替えはあと回しだ。

十一時。

会場では十二時まで、ミュージシャン用のマイクや楽器の音の出具合を確認するモニターチェックが続く。昨日丁寧に調整していても、その日の温度や湿度によって音は微妙に変化する。そのため調整は本番直前まで繰り返される。

十二時。

舞台の主導権はモニターチームから舞台監督チームに移った。十三時までの予定で、バンド抜きで最後のテクニカルチェックが始まる。

「えー、お待たせいたしました。それではよろしくお願いします」

進行役、サブ監の木村のアナウンスが流れ、最終確認が始まった。正味一時間弱ということで、項目はふたつに絞られた。

二面スクリーンと、エンディング曲のドライアイス。

大澤宏一郎は舞台監督席とステージを行き来しつつ細かに風の創り方、当て方について指示した。だがついに最後まで、これでいいだろうという声を出せなかった。とりわけカミ手のスクリーンの揺れが不自然だった。アンプや楽器の置き方が左右対称ではないので、シモ手と同じ要領で風を当ててもスクリーンの舞い方は左右対称にはならない。送風機の位置や角度を変えてみたが、マイアミのサウスビーチで見たような自然な舞いを得られないまま次の項目へと移行した。

ドライアイスは昨日のゲネプロに比較して格段の進歩が見られた。ステージは高さ五十センチほどまで一様に雲海に覆われ、ミュージシャンが雲の上に浮かび立つような絵柄が実現された。ステージ側から、木村が満足の笑みを向けていた。大澤は右手を軽く挙げて、ＯＫ、と伝えた。

十三時五分。

テクニカルチェックは終了。大澤はスタッフルームに引き上げた。

大道具の土屋が、椅子をきしませて大澤の横に腰を下ろした。

「どうよ、調子は」

「まぁ、危ない橋は相変わらずって感じですね」

「ひとつひとつ解決していくしかねぇよな。焦ったら事故のもとだし」

「そうなんですけどねぇ。正直、ここまで未知の部分が多いまま本番っていうのは、初めての体験なんで」

「それでも、昨日より確実によくなってるだろう」

「そうですね。いくつかの点は、確実に」

「ここんとこヤッコさん、俺は日陰モンだぁ、みたいな愚痴、もらしてたからな」

土屋が声のトーンを落として耳もとでぼそりという。

「木村、ですか？」

「お、一応わかってんじゃねぇか」

「まぁ、ここでは上司なんで」

「下から抜かれるんじゃねぇかっていうプレッシャーと戦いながらな、あいつはあいつなりに頑張ってんだよ」

「まぁ、そうですね」曖昧に応える。そんなことを気にしているようでは、そこまでの男だという思いがある。

「さっきのドライアイス、木村のアイディアだかんな」

眼で意外を伝える。

「やっぱ、それはダイ先生も気づいてなかったか」

特殊効果チームに具体的な指示を出し、問題を解決したのは木村だという。

糸口はドライアイスの量ではなく、出し方にあった。煙は籠に入れたドライアイスを湯に浸け、出すことで発生させる。その間隔が短か過ぎると、量は多くなっても薄い煙しか出てこない。煙の比重は空気より重たいので床の上を這うことは這うのだが、薄い煙はステージの中央付近で立ち上り、消えてしまう。そこで木村は、ドライアイスを浸けて上げる間隔を長めに取るよう指示することで、厚い煙を適量出すことを成功させたのだ。

「地味っちゃあ地味な功績だけどな、香田さんの大事なエンディングには大きな貢献だろ」

「そうですね」

やはり土屋も気にしているのだ。エンディングのシーンがどうなってしまうのか。

ソロなりのフィナーレを香田は見つけることができるのか。

スタッフルームに部下の姿が見えた。大澤は右手を挙げる。

「さっきのドライアイス、本番もあの調子でな」

「了解です！」

張りのある木村の声が部屋に響いた。

数分後。メンバーが楽屋入りしたとの連絡がスタッフルームに入った。香田の入りは十四時を予定していた。

十四時二十分。

メンバーはステージに立ち、コーラスの練習を始めた。

十四時三十六分。

予定の六分遅れで香田がステージに姿を現した。

「えーお待たせしました、それではリハーサルのほう始めさせていただきたいと思います」

本番直前、最後のバンドリハーサル。ステージ袖に立つ大澤が進行係だ。

BGMが会場に響き渡る。オープニングのシーンから確認が始まった。

確認項目は九つ。香田がメンバーとともに調整したいポイントが中心だ。なのでっい先ほどのテクニカルチェックにあった二面スクリーンは、リハーサル項目に入っていない。

曲の合間も、外川から特に声が上がることはなかった。香田がメンバーに気になる点を指摘するだけで、そのたびにステージの上に軽い笑いが起きた。香田はやはりここでも本番を間近にした若いメンバーの緊張をほぐそうとしていた。

軽快なテンポでリハーサルは進み、最後の項目、エンディングのシーンになった。

「バンドのみなさん、ハケなんですけど」大澤がマイクで割って入る。

「昨日はご本人先行でハケましたが、えー、曲が終わりましたらご本人はみなさんを見送りますので、先にハケてください。そのあとに最後のMCが入ります」

今朝方、外川から大澤に指示が出ていた。香田からそのように変更したいと連絡が入ったというのだ。やはり香田は昨日のゲネプロのエンディングシーンにまったく納得していなかった。ひと晩考えた結果を外川に知らせたのだ。

たしかに香田が先にステージから消えるのと、メンバーが先に消え香田がひとりステージに残るのとでは、エンディングの印象はまったく異なってくる。伝えられた大澤自身もまた、後者のほうがよいだろうという考えだった。だがここに来て付け足された、最後のMCというのがどういうものなのか、そこで香田が何を話そうとしているのかについては、外川も聞いていないということだ。

香田起伸はショーの最後に何を語るつもりなのか……。大澤はステージ袖で息を殺した。

イントロのピアノ。その、最後の曲が始まった。

エンディングに差しかかる。

十九曲の演奏が終了した時点でいったん締め、ステージ裏に姿を消した香田とメンバーが観客からのアンコールの歓声に応えて再び登場し、アンコールの二曲を歌い終えてすべて終了というのがこのショーの構成だ。エンディングのシーンがアンコール前の中締めのシーンに似てしまえば、観客はそれがエンディングと思わずに、もしかしたら二度目のアンコールがあるのではと誤解し期待してしまうかもしれない。エンディングと伝わらないエンディングであれば、それはすなわちライブの結末として、大きな失敗を意味する。

曲が終了した。香田はステージを去るメンバーの背に声をかけ、中央のマイクスタンドに戻ってきた。メンバーも去るフリをしただけで、すぐにまたステージの定位置についた。

「こんな感じで」

香田が客席に向けて説明した。ハケるタイミングを確認しただけで、最後のＭＣは香田の口から聞こえてこなかった。

「えーと、大丈夫でしょうか？」

香田がマイクを握ったまま、すっと背筋を伸ばす。

「それでは、今日からツアーが始まるということで、今までみなさん各方面で準備を一生懸命やってくださって、やっと初日を迎えることができました。えー、ここからまだ先はすごく長いので、どうか怪我のないように、お互い声を出し合って、注意深く、そして楽しく、最終日を迎えたいと思っています。今日からよろしくお願いします！」

「はい！」スタッフから元気の良い声が上がった。

朝礼で先生の挨拶に応える男子校の生徒たちのようだ。

拍手も起こる。ギタリストが、ジャーンッとかき鳴らした。

袖で様子を見守っていた大澤はステージ中央に歩み出た。

「えー、以上でリハーサル終了です。本日は十七時半開場、十八時半開演です。よろしくお願いします」

十五時四十九分。

予定より四十分も早く最後のリハーサルは終了した。

本番まで、あと二時間半。

3

グッズ売場には長い列ができていた。

今にも降り出しそうだ。さっきまでの力強い陽射しは何処かへと消えてしまった。

雲行きが怪しくなっていた。

会場の外。


スタッフルーム。

ぴりぴりとした空気が漂い始める。

珍しく外川の姿があった。映像チームのチーフに身振り手振りを交えながら指示を出す。本番に向けてまだ注意を促す課題があった。

会場のエントランス。

内側に下がったカーテンは閉まったままだ。

雨は降り始めただろうか。それとも、開場の時刻まで持ちこたえるだろうか。


客席。

静けさに包まれていた。月曜からの五日間、ここには常に音楽とひとの声が飛び交っていた。この静寂もまた、開場前に用意されたひとつの演出なのだ。

十七時二十六分。天井に水銀灯が灯った。少しずつ、白い明るさに包まれてゆく。

スーツ姿の警備スタッフが、会場通路の交差部分に散らばった。定位置につき、ステージに背を向け、両足を肩幅に広げて立つ。

ステージにも照明が当てられた。


会場のエントランス。

アップテンポな曲が流れ始めた。

スタッフがドアの前まで走る。

カーテンが開いた。傘を差す姿。降り始めたのだ。

入り口には二十人ほどのスタッフ。拡声器による声が響き渡る。

扉が開いた。十七時三十三分。三分押しの開場。

最初に飛び込んできたのは若い女性。走り出す。続いて高校生と小学校高学年に見える男の子ふたり組。その後ろにまたどっと女性が続く。

男性も多い。半数近いかもしれない。会場に流れる軽快な音楽が客を小気味よく指定の席へと誘導する。走るひと、歩くひと。階段に足音が響く。二階席にも客が駆け上がってきた。

スタッフルーム。

二十人ほどが集まり、ミーティングを始めた。本番前に円陣を組んでの作戦会議だ。ひとりを除き、全員スタッフTシャツに着替えていた。輪の中心にいる大澤だけがまだ普段着の白Tシャツ。

「よろしくお願いします！」

大澤の掛け声とともに男たちの声が部屋に響いた。

十七時四十八分。ミーティング終了。

スタッフが散る。急いで食事をかき込む者。早めの夕食ではない。食べそびれていた昼飯だ。

部屋の片隅で大澤がゆっくりとスタッフTシャツに袖を通した。着ているシャツの上に重ね着。

本番まで、あと四十分。

客席。

すでに六割方埋まっていた。入場するひとがさらに続く。

パンフレットを一心に見入るひと。隣の友だちと楽しそうに話すひと。上気した顔で会場を見回すひと。ステージをただじっと見つめるひと。どの眼にも期待が満ち溢れていた。

スタッフルーム。

十八時。充満する煙草の煙が一層濃くなった。部屋全体が薄紫に霞んで見える。

「五分押しです」

部屋の入り口から硬い声が霞を貫いた。

制作本部からの連絡。観客の入り具合を見ての判断だ。

三階。

十八時二十分。廊下に数人が集まる。マネージャー、スタイリスト、ビデオカメラを担いだ撮影スタッフ、白井、大澤、そして、千葉和哉。普段着のニッカボッカではなく、スリムな黒のジーンズに穿き替えていた。

場違いな男がそこに加われば、すぐさま白井からは何かひと言あると和哉は思っていた。だが大澤と一緒に三階に駆けのぼり、周囲のスタッフに、よろしくお願いします、と短く挨拶をした際に、白井は和哉に対して刺すような一瞥《いちべつ》をくれただけで何もいわなかった。

メンバーもサポートバンド用の楽屋から出てきて待機の輪に加わった。あとは主役の登場を待つのみ……。

香田は自分の楽屋・貴賓室でひとり、喉を調律するように時にメロディーを口ずさみ、時にシャウトする。その声だけが廊下に響いていた。

月曜の朝、この会場に初めて足を踏み入れる直前。そして水曜の昼過ぎに香田起伸と五年ぶりに再会した瞬間。全身が小さく震えるほど気持ちが舞い上がるのを感じた。だが、今はその比ではない。壁一枚向こうで、香田が初めてのショーに向けて、ソロツアーの初日に向けて、ウォーミングアップをしているのだ。その現場に自分はこうして立っている。

そう考えると、指先が自然と冷たくなってくる。

十八時二十四分。

「じゃ、行きましょ！」

周囲に向けて大澤の気合いの入った声が飛んだ。

空のエレベーターが三階に着いた。ドアが開く。

「止めとけよ」大澤が和哉に声をかける。

「失礼します」大きく声に出して貴賓室の中へ。

大澤の誘導で香田が部屋から姿を現した。

「よろしくお願いします」

香田は周りに挨拶し、大澤、白井、マネージャーふたり、撮影スタッフとともにドアを押さえる和哉の横を通り抜け、エレベーターの中へ。

和哉はエレベーターの前で九十度、腰を折った。その姿勢のまま上目遣いでドアの動きを確認する。隙間が細くなり、やがて閉じるのを待って階段をダッシュで駆け下りる。

ステージ裏の控えコーナーへと急いだ。

4

客席には女性係員によるアナウンス、影アナが流れている。

「会場内では係員の指示をよくお守りください。お守りいただけない場合、コンサートを一時中断することもございますので、あらかじめご了承ください」

ステージ裏の控えコーナー。

バンドのメンバーは折畳み椅子に座り、香田だけが立っていた。白井がペンライトを頭上に掲げ、ピンスポットのように香田の足もとに当てる。和哉もポケットから取り出したマグライトでその動きに倣いながら、つい香田の身体に眼がいってしまう。

こんなに間近に立たせてもらうのは、あのファンミの記念写真以来だ。

長袖Tシャツにジーンズ。表からもれてくる光で、胸の筋肉の盛り上がりがTシャツに柔らかなラインを描く。

磨き上げ、創りあげてきたものが、いよいよ披露される。観客の反応を初めて眼にする瞬間が刻一刻と近づいていた。香田は喉をほぐすように時おり声を上げる。

和哉の身体はまるで自分がこれからステージに立つかのように硬くなっていた。観客のひとりとして、デラノのライブには何度も足を運び、そのたびに開演前は足がふわふわするような高揚感を覚えた。だが今、自分の胸は、その数倍の舞い上がりようだ。冷たくなったままの指先はマグライトを持ちながらプルプルと小刻みに震えそうになる。

香田は、右へ左へと軽くステップを踏む。その動きを追うように白井が足もとを照らす。和哉のライトも追いかける。香田の姿は、まるで競技開始直前の短距離走者のようだ。しゃがみ込んでスニーカーの紐を結び直す。まず左足。そして、右足。

「それでは大変お待たせいたしました」

再び影アナの女性の声が会場に響き渡った。

「間もなく開演いたします」

拍手がステージ裏にもさざ波のように伝わってきた。

香田がメンバーに向けて微笑んだ。自然な、自信に満ちた笑顔。

オープニング前の前奏曲が流れる。優しく会場を包み込むようなピアノの旋律。

「東京に帰ろうか」

香田の笑いを交えた軽口に、メンバーも笑った。だが和哉は笑えなかった。自分の中に人生最大に膨らんだ緊張が、香田には丸見えなのではないかという気がした。

前奏曲の渋い歌声。

メンバーも立ち上がった。

黒い幕のすき間からもれる光に向かって、男たちがゆっくりと歩き始めた。

その姿が幕の向こうに、消えた。

直後、和哉は再び走った。表へ。表の一階客席中央後方、PA席へ。そこからすべてを観て、感じ取ること。感じ取ったことを二本目以降の改良に活かすこと。それが自分に課せられた仕事なのだ。黒い幕で隠された裏通路。駆け抜けながら、関節が自分の身体ではないようなぎこちなさを覚えた。

「よろしくお願いします！」

和哉はそこで腕組みをするふたりの男に頭を下げた。外川由介と、香田を控えコーナーへと案内したあと、先に席へと戻った大澤宏一郎。照明チームも音響も特殊映像も、全員座りながら自分の仕事に集中する中、ふたりだけが立ったままステージを見つめていた。

外川が頷くのを待って、ふたりの横に遠慮がちに並んだ。

「お客さんになるなよ」大澤が声を投げてきた。「お客さんのこころを読めよ」

「了解です！」

勢いで返したものの、内心考える。お客さんのこころを読めといいつつ、お客さんにはなるな、とは一体……。

ほとんどの観客が座っていた。会場はまだ明るい。

前奏曲の歌声がまだ続いていた。

少しずつ暗くなる。

全員が一斉に立ち上がった。

女性の切り裂くような悲鳴。腹から搾り出すように香田起伸の名を叫ぶ男の声。

音楽が終わった。

一瞬の静寂。

キーボードとドラムスによる静かなイントロ。

ベースが加わる。

スクリーンに、香田の顔が大きく映し出された。ショー全体のイメージを象徴するかのような静かな寝顔。その喉もと。スクリーンの向こう。背を伸ばした本人の立ち姿が、光を浴びて浮かび上がった。スタンドマイク。右手はマイクを、左手はスタンドをしっかりと握る姿は、何かに祈りを捧げているかのようだ。

歓声のボリュームは最大に膨らんだ。

十八時三十五分。

ショーがスタートした。

5

お客さんになるなよ——。

その言葉の意味をショーが始まって間もなく、和哉は理解した。

長年のファンの眼はどうしても、香田だけを追ってしまいそうになる。だがそれでは駄目だと気づいて、ステージ全体を観るようにする。

すると、今の今までまったく気づかなかったことが、ふわりと音もなく浮き上がるようにして見えてきた。

例えば、そう、オープニング曲でステージ中央、香田の真後ろで叩くドラマーの役割もそのひとつだ。

大澤の指示で、ドラムスの位置決めを図面上に点線で落としたのは和哉自身だ。だが、その位置の意味することを、今になって教えられた。〝真後ろ〟にこそ、意味があったのだ。

スポットは香田にだけ落ちている。バンドのメンバーには、ドラマーも含め青白い、薄暗い明かりしか当てていない。

だがその青い背景に、香田が真っすぐに佇んだまま、静かに歌いつづけるからこそ、真後ろのドラマーの激しい動きが視覚的に効いていた。スティックのきらめきが、シンバルの輝きが、香田の背の左右にちらちらと映り込む。それはまるで、これから勢いよく燃え上がろうとするショーの種火のように観えた。

二曲目に移った。その瞬間、オープニングで香田の顔を大きく映し出していた薄い布は床に落とされる。

まずはここだ——。

土屋の言葉。外川流のハケの美学。役目を終えた道具は、素早く美しく撤去する。見せたくない道具の片づけを、いかに観客には気づかせずにスムーズに終えるか。

外川流のハケの手法は、マジシャンのテクニックを思わせた。ひとの眼を別のものにそらすことで、ハケをいつの間にか終わらせてしまうのだ。布の落下と同時に香田の様々な表情を映し出す二枚の巨大ＬＥＤ画面を床から天井へ移動させる。観客の眼をステージ上部へと引きつける合間に、床に落ちた落下物は瞬く間にステージ上から消えていた。

まさにハケの美学だ。だがおそらく、外川由介ならではのその手腕に気づいた観客はひとりもいないだろう。

6

香田はハンドマイクを手にステージ上をゆっくりと左に右に歩く。動きながら、時おりリズムに合わせて軽いステップを踏む。左足を鋭くキックするように持ち上げたりする。

右手はハンドマイクをぎゅっと握り、左手は自由に動く。なんと柔らかい動きだろう。手のひらを観客に向ける。自分に向けて指先を軽く振る。腰の辺りにだらんと下げたかと思うと、すっと伸びた人さし指を顔の横に持ち上げる。どの指の先からも、有り余るエネルギーが溢れ出ているようだ。手のひらで腹から胸を撫で上げる仕草には、男の眼から観てもぞくりとするような色気がある。

和哉は香田の動きを追うだけでなく、観客の反応にも眼を配る。

これまでの反応は、思い描いていた通りのものだ。全員が立ったまま音楽に合わせ上半身を左右に揺らす。絶え間なく右手を振り上げるひと。手を叩きながらリズムをとるひと。一緒に歌うひとも多い。ＣＤを聴きながら今日まで何度も歌いこんできたのだろう。

和哉の膝もつい香田の歌に合わせてリズムを刻んでしまう。そのたびに大澤の言葉が耳に蘇り、観客と同化してしまいそうになる気持ちを抑えつづけた。

客席に、和哉が思わず眼を凝らしてしまうような変化が現れたのは、三曲目の途中からだ。

時おり映像に抜かれる香田の顔は汗でびっしょりだ。そんな香田の熱唱にもかかわらず、二階席に、手拍子をやめてしまうひとがちらほら出てきたのだ。身体は揺らしつつ手は止まってしまい、じっとステージを見つめている。

意外だとは思いつつ、胸には次に控えた演出への期待と不安が渦巻いていた。

二面スクリーンが振り落とされ、舞い、そしてあの映像が映し出される。その瞬間が近づいている。とっておきのサプライズプレゼントの中身を知る者のひとりとして、観客の反応をつい想像してしまう。

驚き。感激。悲鳴。もしかしたら叫びながら泣き出すひともいるかもしれない。和哉は自分の想像に内心、ほくそ笑みつつ、ステージ裏の部下に向かって念を送る。頼むぞ檜山――。

いよいよだ。まずはスクリーンがまともにタイミングよく落ちるように。

和哉がループに注ぐ視線に力を込めた瞬間、スクリーンが落ちてきた。舞っている。

和哉が、土屋が、大澤が、ここ数日、もっとも力を注いだ大道具は、本番になってどうにか様になった。最後の最後まで調整がつづいたカミ手のスクリーンも、シモ手に似たかたちで舞う。

思わず拳を強く握りしめた。

さらにそのスクリーンに……、香田の鍛えられた肉体が、黒い下着姿の外国人女性とともにふわりと浮かび上がった。

右のスクリーン。香田は右手で女性の腰を抱き寄せ、視線を観客に注ぐ。

左のスクリーン。香田は左手で女性の肩を抱き、その女性の眼を見つめている。

ここで歓声のボリュームが最高潮に高まる――はずだった。ところが観客の声はむしろ弱まり、手を止めるひとがさらに増えてしまった。

『もしかしたら拍手が来ないということもあり得ますから』

外川から聞いた言葉が現実感を伴い蘇った。

これがその、前触れなのか……。

和哉は大澤の横顔に眼をやった。ステージを真っすぐ見つめている。

外川は？　同じだ。

ふたりの顔に動揺は見られない。まるで予期していたかのような落ち着いた表情に、和哉は自身で答えを見つけようと会場に眼を戻す。

観客の背中に、横顔に、そして見上げて二階席のひとたちへと眼を走らせた。

風に舞う香田の映像に、胸の前に両手を合わせ拝むようにする女性が何人もいる。

もしや……、いや、きっとそうだ。音楽にノレなくて手を叩くのをやめてしまったのではない。手を叩くのを忘れてしまうほど、香田の魅惑的な映像に見入ってしまったのだ。

これのことか……。こういう状況になるというのが、長野ならではの反応なのかもしれない。外川が制作本部で解説してくれたのは、感激が行動となって爆発するのではなく、羞恥や照れが行動そのものを縛りつけてしまうような長野特有の土地柄のことだった。

曲が終わった。

大歓声。

「香田さーん！」

「香田さーん！」

主役の名を呼ぶ声が途切れなく降り注ぐ。

三曲終わってのインターバル。最初のＭＣが予定されていた。

照明の落ちたステージセンターにマイクスタンドが置かれた。

香田さんは、何を話すのだろう……？　デラノとは違うものを創り出すのが、香田ソロライブの目的であると、大澤は語っていた。であれば、ＭＣもデラノとは違ったものが用意されているのだろうか……。

香田がステージの前に歩み出た。歓声と拍手がさらに大きくなった。

「ようこそ」

歓声と拍手。

「始まってしまいました」

笑いを交えた歓声。拍手が増す。

「えー」

静寂。

「まぁ、なにしろ初めてなもので」

「おめでとう！」

「おめでとう！」客席から声が次々と飛ぶ。

その言葉はまた、和哉のこころの声を代弁していた。おめでとうございます、香田さん。本当に本当に、おめでとうございます。

「うん、めでたいことだ！」

歓声と拍手。

「えー」

静寂。和哉は香田の言葉に神経を集中させる。観客も同じ気持ちだ。

「今日はこの、久々の長野の会場に、本当にこれだけ集まってくれて、感謝しています。みんな、胸の内に、いろんな思いを抱いて、ここに来ていると思いますけれども、今日はどうかこのあと、頭の中も、こう、ぐにゃぐにゃに柔らかくして、関節辺りもこう、柔らかくして――」

語りながら香田の揺れる海藻を思わせる動きに、笑いが起きた。和哉もつい笑ってしまう。香田起伸ならではの滑らかな動作。

「自由な気持ちで、ゆっくりと楽しんでってください」

歓声。すかさずドラムスのイントロ。

四曲目が始まった。香田はマイクスタンドを握ったまま歌い始める。とはいえ、オープニングとは明らかに違う。右手はハンドマイクに添えているという感じだ、左手は自由に動く。胸の前で自分の心臓を下から柔らかく包むような仕草をしたり、スタンドを上下に撫でたりする。

視界の隅でひと影が動いた。外川が開演して初めて椅子に腰を下ろしたのだ。ステージをじっと見つめつつ、時おりテーブルの上に広げたノートに書き込んでいる。

大澤は立ったままだ。もちろん和哉も。

香田のMCについこころを奪われ、胸の中は急速に熱くなり、お祝いの声をあげ、その言葉に笑ってしまった。しかし胸の熱を冷ましながら考えてみれば、香田のMCの印象は、和哉の知るデラノのライブと同じものだった。初めて、というコメントがあり、観客から、おめでとう、という声が返るのはとても新鮮なやり取りだったが、ファンの意表を衝くようなソロならではの言葉や話のネタは用意されていなかった。話し方もまた、デラノのライブに似た印象だった。

MCについては、デラノとは違うものをという意識はないのだろうか……。

曲に合わせる手拍子は更にまばらになった。

冒頭三曲の勢いを、香田自身が意図的に抑えようとしているかのようだ。冷たい水をいきなりかけるようなやり方ではなく、肩を柔らかく撫でるような方法で。

五曲目。

ピアノのスローでメロディアスなイントロには、手拍子は必要なかった。多くの観客が左右にゆっくりと身体を揺らしている。しかし二階席には既に何人か座る姿が見え始めていた。

お客さんが座って聴くかもしれない。この光景が、香田さんの求めたデラノとは異なるショーなのだろうか……。

六曲目。

映像に香田の顔がアップになるたびに香田の顔と首回りは、シャワーを浴びたばかりに見えてしまうほどぐっしょりと濡れている。ベースとドラムスのスローなテンポに合わせて、香田は軽く身体をくねらせながら、手拍子を求めるように自ら手を叩き始めた。

その動作に応えるように再び観客も手を叩き出す。だがそれも長続きはしない。休まず手を叩くのはアリーナ席のステージに近い観客に限られていた。わかるような気がする。デラノのノリに慣れたファンにとって、そのリズムはあまりにスロー過ぎた。二階席では三割ほどの観客が座っている。

香田さんは今、この空気、この光景をどう読んでいるだろう……。

曲が終わった。香田がステージ中央でポーズを取る。

拍手と歓声。

曲の合間の盛り上がりと拍手には、まったく衰えが見られない。しかしこの拍手と歓声が和哉には、演奏の終わった曲への賛辞というよりも、次の曲への期待感、もっとあからさまにいってしまえば、デラノと同様のハードなノリのある曲を早く聴きたいという切望の表れに思えた。それはまた、和哉の中にもあるものだった。

ステージ中央にまたスタンドマイクが用意された。ステージに香田の姿はない。

ボサノバ調のギターのイントロ。

主役の姿が見えないまま七曲目が始まった。

戻ってきた。半袖のTシャツに着替えている。さっきまで額から首にかけてキラキラと光っていた汗は拭きとられていた。

ミディアムテンポの曲が続く。大きく盛り上がることもなく、平坦な、身体の揺らしようのないリズム。

脳にふと嫌な予感が飛来した。棒立ち——。外川の予感が的中してしまうのか。

客席は静かだった。聴き入っているのか。それとも……、まさに拍手が来なくなる前兆なのか。

曲が終わった。

拍手と歓声。曲間の空気は熱いままだ。持ちこたえている。

「香田さーん！」

「香田さーん！」

ここで二度目のＭＣが予定されていた。香田が客席に向き直った。

「どうもありがとう」

拍手と歓声。

次第に静寂。

「柔らかくなって来ましたか？」

会場に笑い。そして拍手。

熱気が温かな空気へと和らいだ。嫌な予感で冷たくなっていた和哉の胸に、温かなものがどっと流れ込む。

「このあと、何が起きるかわかりませんから――」

再び笑い。

「柔軟な姿勢で対応してってください」

笑いと歓声、そして拍手。

「それでは、雨にちなんだ曲を聴いてください」

歓声。しかしすぐに静寂。

キーボードのイントロ。

八曲目。

まだ何割かの観客は手拍子を打っている。前の曲よりも手を叩くひとの数は増えていた。ゆったりと子どもを寝かしつけるようなスローバラードなのに、手を叩くことで曲の世界へと入り込もうとしていた。

二度目のMCにも、大きな変化は見られなかった。何が起きるかわからない。そんな言葉が挟まれてはいたが、それ以外には思いがけないメッセージは何も聞こえてこなかった。

彼女たちも彼らも、もう気づいているのかもしれない。これはいつものデラノのライブとは明らかに違うということに。

MCに入ると、会場はデラノのライブと同様の熱気に包まれる。けれどもあとに続く曲はその熱をさらにフルスロットルで沸点へと導こうとするハードでノリのいい曲ではない。MCで燃え上がった炎を、優しくゆっくり、とろ火へと火力を絞るような曲なのだ。

しかしこのような流れでラストの二十一曲目まで観客を飽きさせず、こころを引き寄せ続けることができるだろうか。

キーボードがイントロと同じフレーズを奏で、曲の終了と同時に会場は暗転した。

手拍子がそのまま拍手になった。歓声が起きる。

「香田さーん！」

「香田さーん！」

香田の名を叫ぶ声が飛び交う。暗がりの中、何かが準備されていることはわかるが、客席からは何が起きるのかはもちろん何が並べられているのかもわからない。和哉は手もとの時計で時間を計る。

二十秒経過。まだ準備はできない。だが叫ぶ声が収まる気配はない。

三十秒経過。

まだだ。
三十三、三十四……。曲が始まった。背景となるロウソク照明の準備に三十六秒。
これはまだかなり縮められる。

手拍子は……、起きない。またもやスローバラードの曲に、半数の観客は戸惑い、半数の観客は納得し始めているように見えた。

曲が終盤に差しかかった。香田を囲んでいたロウソク照明が一灯、また一灯消えて行く。

やがて最後のロウソクが消え、主役に当てられたスポットも消灯。曲が静かに終わった。

暗いステージに向かって、歓声と拍手がわき起こる。男の高い裏声も響く。主役の名を呼ぶ女性の声が右からも左からも。

時計を見る。三十秒が経過していた。ロウソク照明を撤去するのに要した時間だった。このハケについては、かなり改善の余地がある。

ステージ中央に再びスポットが当たった。ハイスツールがふたつ用意されている。今までの流れとは違う、何かが起こりそうな予感に会場がざわめく。拍手が増した。

十曲目。

ロサンゼルスへと向かう機内で大澤から聞いた話。アルバカーキで香田から直接聞いたというエピソードが、まるで自分がその場に居たかのように和哉のこころには鮮明に焼き付いていた。

ショーにとって、起承転結がいかに大事か。さしずめこの十曲目が、ソロライブにおける起承転結の〝転〟にあたる曲なのだろう。

アコースティックギターを持つ香田が光の中に現れた。もうひとり、ギタリストも。他のメンバーはステージ後方に座りふたりを見ていた。

香田は椅子の前にあるスタンドマイクの位置を自分で調整し、椅子に何度か座り直した。

前の曲が終了して既に一分が経過している。しかしこの〝間〟を、和哉は長いとは感じなかった。

不思議なものだ。ステージの裏に居ると、すべての作業を、一秒でも速くという気持ちに追われてしまう。どの曲の合間も可能な限り短く切り詰めることが自分の仕事であると。

だがこうして表からお客さんの視点で観ていると、そうとは限らないことがわかってくる。香田さんがそこにいれば、香田さんの一挙手一投足が、ごく自然な仕草までもが、ファンの眼にはすべてが演出として映るのだ。この間合いこそが長年のデラノのライブを通じて創りあげた、香田起伸ならではの〝間〟に思えた。

歓声はやまない。

香田が椅子に座り、ギターを持ち直すと、ステージに押し寄せる歓声と拍手の波が更に高くなった。

ふたりがギターをかき鳴らし始めた。ノリのいいフレーズに自然と手拍子が起きた。香田の笑顔がLEDパネルに大写しになった。いかにも楽しげな空気が伝わってくる。

歌わないまま、ギターだけの演奏が終わった。ちょっと小手調べに弾いてみたという雰囲気に、会場からは拍手が起こった。

いいなぁ、この感じ。

和哉はつい手を振り上げたくなってしまう。ついさっきまでの嫌な空気が、自分のこころの中で一掃されていた。できたらこの雰囲気のまま、最後まで突っ走ってほしい。そんなことも考えてしまう。

「疲れてませんか？　大丈夫ですか？」

「大丈夫！」

「えー」

静寂。

「トイレに行きたいひと、いませんか？」

香田の問いかけに、ショーが始まって一番の笑いが会場に起きた。

和哉も声を出して笑いそうになり、つい横を見てしまう。

大澤も、そして外川も、にこりともしていない。

こころを引き締めた。と、そのときだ。

「そうだ、ぼくも座ってるから、みんなも座って聴いてもらっても大丈夫ですよ」

え――。香田の不意打ちのようなコメントに虚を突かれた。

「無理だ」

声の主に眼をやる。外川の口からこぼれ出た言葉。

隣の大澤の顔にも険しさが増す。

事態の深刻さが伝わった瞬間、和哉の背中に冷たい手のひらを当てられたような感覚が走った。

ステージプランナーも舞台監督も、スタッフの誰もが予想すらしていなかった事態が眼の前のステージに起きていた。

数秒先の映像が頭に浮かんだ。

棒立ちの観客とまばらに座る観客で会場は無様な凸凹を描き、客席の温度が急速に下がって行く――。

いたたまれない情景が、これ以上はないほど現実感を伴い浮かび上がった。

7

香田の不意のコメントに、会場は静寂に包まれた。

だがそれは、ほんの数秒のことだ。

次の瞬間。

「ヤダーッ!」

え――。和哉は声の方角、アリーナ前方に眼を凝らした。

「ヤダーッ!」

振り向く。今度は二階席。

「ヤダーッ!」

「ヤダーッ!」

「ヤダーッ!」

前方からも後方からも、左右からも、その声は矢継ぎ早に飛んできた。

大澤と顔を合わせる。眼差しに力がこもる。観客のこの反応は舞台監督にも予想外だったようだ。香田起伸の誘いは、はっきりと拒絶された。そう、声をあげた彼女たちは明らかに拒否したのだ。まるで座ってしまったら、香田起伸との絆が切れてしまうかのように。

「じゃあ、立っててください」

香田の突然の返しに、背筋が伸びる。

会場に笑いが起きた。

「立ってろ！」

先生が生徒を叱りつけるようないい方に、さらに笑いが大きくなった。和哉もつい笑ってしまった。

笑いがそのまま歓声に変わった。みんな手を叩いて喜んでいる。

「反射神経で乗り切りましたね」外川の言葉。

やはり一歩踏み外せば会場全体が、いたたまれない空気に包まれたかもしれない場面だった。取り返しのつかないほど会場が冷え切ってしまう危険性をはらんだ数秒間だった。それを乗り越えられたのは、香田の咄嗟の機転であり、長年のライブ経験で培われた鋭利な反射神経によるものだった。

立ってろ。その台詞で締められた主役と自分たちとのやり取りを、観客はまるで、あらかじめ台本として用意された香田との寸劇に参加できたかのように喜んでいた。

しかし、そうではない。香田のソロならではのライブスタイルにかける熱い提案は、観客には受け入れられなかったのだ。

香田がギターをかき鳴らした。その音にまた会場は静かになる。

「えー、ちょっとこの辺りで、みなさんの歌声も聴きたいんで」

観客は静かに聞き入っている。

香田さんは今、何を思っているのだろう……。和哉はその心中を慮った。

「えー、まぁでも、この会場のみんなが知っているような曲もないんで」

どっと笑いが起こった。

自然な話し運びには、意図した通り観客を誘導できなかった動揺は感じられない。

「あんまり巧く歌えないかなっと」

香田も笑っている。

「そんなことなーい」大合唱。

観客はみんな歌いたいのだ。どんな形であれ、ショーに参加したいのだ。どんな方法であれ、香田さんとの一体感を持ちたいのだ。その気持ちは和哉にも痛いほど伝わってくる。

「えー、その辺は、みなさんの記憶力と、ぼくのリードによるんですけど」

歓声と拍手。いったい何を一緒に歌うのだろうという期待が会場に広がった。

「ちょっと一回、デカい声を聞かせてもらっていいですか？」

「イエーッ！」

大合唱が湧き起こる。大きな拍手も追いかける。

「素晴らしい！」

ギターをちょっと鳴らす。

「じゃあ、やりましょうか」

香田が隣に座るギタリストに眼を向ける。ギタリストが頷いた。

歓声と拍手。

ワン、ツー、の掛け声で歌が始まった。

折り返し地点の十曲目。会場のほぼ全員から手拍子が起こった。ＬＥＤに歌詞が掲示される。しかし香田の声に合わせ歌っている観客は四割ほど。そのひとたちも口をもごもごさせるだけで歌っているとはいえない。周囲への照れがあるのだ。

二番に入って香田がリードし始めた。自分が歌わずに早口でその先の歌詞を声に出して伝えている。歌ってほしい。その思いが伝わったのか、会場の歌声が少しずつ大きくなる。

途中から香田は早口で伝えるのと自分もそのフレーズを歌うのと、その両方を始めた。なので香田の口ぶりが急に忙しくなった。早口がさらに早口になり、そのちょっとコミカルな様子に観客の顔に笑みがこぼれる。

曲が終わった。

拍手と歓声。その声に聞き入る優しい表情の香田が一瞬、画面にアップで映し出された。

つい、ほれぼれしてしまう。憧れのひとの区切りとなるライブに参加できたことを、この会場に居られることを、和哉はこころから誇りに思う。

香田がギターの持つ位置を変えた。

勢いよくかき鳴らす。予定外のアドリブ。拍手が手拍子になった。

香田の声。それを追いかけるように大合唱が続く。

香田の声と大合唱が絡み合う。

「イエーッ」

大合唱が大歓声に。

ギターをキレよくかき鳴らす。

「サンキュ！」

拍手と大歓声。

「香田さーん！」

「香田さーん！」

名を叫ぶ声、声、声。

香田は片手を上げて歓声に応えると、すぐに次の曲の準備にかかった。いったんステージ後方に下がり、ギターを持ったまま首にブルースハープをセットした。その間にハイスツールは片づけられた。

香田が前に出る。ギターをラフにかき鳴らすと、香田の名を呼ぶ声は少し減るが、静まる気配はない。

ブルースハープを吹く、そしてギター。拍手が起こった。

シンバルの合図でドラムス、ベース、キーボードが一度に走り出した。

拍手が手拍子に変わる。

後半戦が始まった。

十一曲目。〝転〟から〝結〟へ。このライブで初めて披露した新曲。軽快なテンポは手拍子を合わせやすい。しかし、手拍子はやがて少なくなる。観客の多くが口を動かしている。手拍子よりも、初めて耳にする曲の歌詞を覚えようとしているのだ。

曲が終わった。

デラノのライブなら、ここで一気にさらにアップテンポな曲、ハードなノリのいい曲が続き、会場はヒートアップ。アンコール前のインターバルまで突っ走るところだ。それこそが〝転〟から〝結〟への流れになる。だが聴こえてきたのは、柔らかく、腹の奥を震わせるような、そして手拍子などまったく拒否するかのような、キーボードのフレーズだ。

十二曲目。会場は静寂に包まれた。

歌の部分が終わり、演奏だけが続く。大きな歓声と拍手が起きた。

そして演奏が終了。歓声はまだある。拍手も。

すぐにキーボードの音。

静寂。

間を置かずに次の曲のイントロが始まった。十三曲目。やはりゆったりとした、手拍子を拒否するようなリズム。一万人が動くことなくじっと見守っている。

曲の終盤にかかって、曲調はゆったりしたままだが、香田がシャウトした。力がこもる。

終了した。

拍手と歓声はまったく衰えていない。

「香田さーん！」

「香田さーん！」

「えー」

香田の声に、すぐに静寂が舞い降りる。主役の言葉はひと言も聞き逃すまいと観客は真剣だ。

「ヒットソングがないといいましたけど、最近シングルを出しまして――」

香田の軽い咳払いに応えるように拍手と歓声。

「えーほんと、つい最近ですけども――」

珍しく、こころの緊張を感じさせるような口ぶりだ。いや、こんな香田起伸は見たことがないような気がした。

「ツアーに間に合って良かったな、と――」

会場から笑い。拍手。

「思いますけども」

香田がまた軽い咳払い。拍手。

え、まさか――。

和哉の中で突然予感がした。

香田起伸らしくない硬いMC。もしかしたらここでもう一度、観客を誘おうとしているのではないか。座りませんか、と。座って聴きませんか、と。

「じゃあその新しい歌、聴いてください」

大きな拍手と歓声。

シンセサイザーの音。シンバル。高音のコーラスで曲が始まった。

十四曲目。LEDに、テレビの歌番組でも披露されたことのあるプロモーションビデオの映像が映し出された。外国の迷路のような建築に香田起伸が迷い込み、歩き続ける。

思い過ごしだったのだろうか——。

あらためて思う。さっきのMCに漂っていた、らしくない硬さ。もしかしたらあのとき、その胸には再び点滅していたのではないだろうか。もう一度ここで観客に、座って聴いたらと誘いかけようかという思いが。

たしかにこの曲は、映像と合わせながら座ってじっくり聴きたい気がしてくる。ステージの主役もあの数秒間、同じことを考え、迷っていたのではないだろうか……。

だがその言葉が、香田起伸の口からこぼれ出ることはなかった。

8

ステージ裏。

既にそこにはスタイリストとお揃いの白いユニフォーム姿の女性スタッフが二名、そして白井とマネージャーが待機する。和哉もまた大澤の指示で駆けつけていた。開演中の階段の使い勝手、ステージ裏のスタッフの動きもよく見ておけといわれたのだ。この曲の終了後、香田はメンバー紹介をしたあと裏に戻って二度目のコスチューム替えを予定していた。

曲が終わった。

大きな歓声と拍手が裏にも伝わってくる。

まだ帰ってこない。

「どうもありがとう！」

ステージから力のこもった声が聞こえた。

歓声と拍手。

「後ろのほう、聞こえてますか？」

大きな歓声。

「イエーッ！」香田のシャウト。

「イエーッ！」観客が応える。

コール＆レスポンスによる一体感。裏にいても十分伝わってくる。

「おーい！」

「おーい！」

大きな拍手。

そして香田がまた何かしゃべる。しかし裏に控えるスタッフには、その声は反響して何を話しているのか聞き取れない。香田の声に応えて、拍手、歓声、笑い声が聞こえる。

「ギター」香田の声。

メンバー紹介が始まった。

続いてベース。

キーボード。

ドラムス。

ドラムスの力強い音。ギターが泣き叫ぶようなフレーズを弾く。

香田が風を纏《まと》うような勢いで裏に戻ってきた。

表の歓声と拍手は鳴り止まない。主役がステージから姿を消したことに、観客の多くは気づいていないのかもしれない。

香田がぐっしょりと濡れたTシャツを脱いだ。汗にきらきらと光る肉体があらわになった。ユニフォーム姿の女性スタッフがそれぞれの仕事にかかる。ひとりは首筋を揉み、ひとりは身体の汗を拭き、ひとりは髪の毛を直す。白井とマネージャーは片手を高く上げ、彼女たちが働きやすいようにペンライトの明かりを当てる。和哉も照明に加わる。

ステージでは演奏が続いている。各自がアドリブで、しかし次の曲へとつながるようなフレーズを弾く。

準備完了。

香田はステージの階段へ。駆けのぼる。

表舞台へ。

歓声が一段と大きくなった。

ピットインしたレーシングカーを手早く調整して送り出したような達成感がスタッフからは感じられた。各々の顔に安堵が広がる。

和哉は階段をじっと見つめる。手摺りが低過ぎると大澤に怒鳴られたことを思い出していた。

このスピードを支えるのに、二本目以降あの階段のつくりで、何か自分が手を加えられることはないだろうか——。

考えながら、表のPA席へと走った。

9

ステージに姿を現した香田がブルースハープを吹き鳴らす。

聴き入るように会場の音量も少し小さくなる。

LEDに映像が映し出された。メンバーの顔が次々と。

シンバルの金属音。バスドラムが腹に響く。

香田がシャウトした。

歓声のボリュームが上がった。観客が手拍子しながら縦揺れに踊り始めた。このライブで初めての反応。歓声も止まらない。和哉は周囲に眼を走らせた。どの顔もこのノリを待ち望んでいたかのように活き活きしている。

ブルースハープからのひと際高い音。絞り出されて、曲が終わった。

キーボードが地の底からわき起こるように静かに鳴り出す。

香田が高音のファルセットから、メロディーラインをなぞる。

追うように会場も合唱。

香田によるメロディーライン。

会場にはメロディーラインの大合唱。今夜最高の歌声によるコール＆レスポンスが続く。

そして最後は一緒に――。

香田がシャウトした。

ドラムス。テンポが速まった。

次の曲へ。

ノリの良い曲が初めて二曲続いた。

縦揺れ。会場はさらに盛り上がる。画面一杯に香田の笑顔。香田の動きも激しい。右に左に駆け巡る。動作とＬＥＤの映像がリンクする。歓声のボリュームは上がったままだ。

香田がまた絶叫した。

拍手。歓声。

ギターのリフ。

「イエーイッ！」観客を煽るように叫んだ。

「イエーッ！」観客からの叫び声。

さらなる絶叫を求めるように腕を伸ばし、手のひらを上に向ける。

『頭のイントロで、ちょっと煽ろうかなって思ってるんですけど――』

ゲネプロで、香田の言葉を和哉も聞いていた。あれはこのタイミングのことだ。

ノリの良い曲が三曲並んだ。

ノリの良さではデラノのヒット曲に軍配が上がる。けれどもオープニングから気怠い雰囲気が続き、観客はじっと我慢させられて来たために、その間にたまりにたまったエネルギーが瞬発力をともなって一気に爆発した。観客の熱い気持ちが和哉には自分のことのように伝わる。

会場は最高潮に盛り上がる。その盛り上がりを維持したまま次の曲へ。

「ヘイヘイヘイヘイ！」

曲の途中でも煽る。会場は熱気に包まれた。

「熱くなってますか？」

「イエーッ！」香田に応える会場からの叫び声。

汗びっしょりの香田の顔が映し出された。盛り上げるべきところで思い通りに観客をエスコートできたという満足感がはち切れていた。

「オーイエーッ！」

「イエーッ！」会場からも絶叫。

「うーん長野のみなさん、最高です、どうもありがとう！」

香田が一段と力強く叫んだ。

会場も再び絶叫。

次の曲が始まった。アンコール前の最後の曲。

画面には、今夜一番といえるような香田の爽やかな笑顔が映っていた。

それは初日という高いハードルを、無事に乗り越えられたという表情だった。

10

アンコール前のインターバルが迫っていた。

ステージ裏。

和哉だけでなく大澤も駆けつけ待機する。香田とメンバーの戻りを待つ。白井、マネージャー、スタイリスト、白いユニフォームの女性スタッフがふたり。皆、緊張の面持ちだ。

曲が終わった。しかし拍手と歓声は止まない。

まだ戻ってこない……。

まだだ……。

まだ……。

階段を駆け降りる姿が見えた。

香田は椅子に座ってシャツを脱いだ。

女性スタッフが背中を拭く。スタイリストが額の汗を拭く。

もうひとりのスタッフが肩を揉み始めた。

両肩を持ち上げ、下ろす。また両肩を持ち上げ、下ろす。

首の回りを揉んで、そして肩へと手のひらを移す。指先に向けた彼女の眼差しには、無事の終演を願う祈りが込められているかのようだ。肩と背の筋肉のコンディションは、ステージアクションだけでなく、もしかしたら歌声にも大きく影響するのかもしれない。和哉はふとそんなことを思ってしまう。

身体を拭き終わったところで、シャツを女性三人が手を添えて頭から着せる。

袖に手を通す。長袖。腕よりも長めの袖なのですぐに手が出てこない。

ようやく出た。その手で香田は白いタオルを掴み、顔を拭く。

スタイリストがドライヤーで髪の毛を直し始めた。

もう一度顔を拭く。拭いても拭いても汗が吹き出てくる。

マネージャーが水のボトルを手渡した。香田は片手にタオルを持ったまま、ひと口飲んだ。喉の突起が上下に動く。

女性スタッフが首を揉む。

「よろしくお願いします！」

大澤が鏡の香田に向かって声をかけた。そろそろアンコール曲だ。

香田が立ち上がった。ステージの階段へ歩き出す。メンバーが追う。

表のステージへ。

歓声が絶叫に変わった。

ドラムスのイントロ。

拍手が手拍子に変わった。

11

アンコールの一曲目。

音に厚みはあるが、ミディアムテンポだ。決してノリの良い曲ではない。にもかかわらずサビの部分で観客が両手を一斉に振り上げた。

サビが終わると手拍子をしながら身体をキレよく上下させる。

これはまさしくデラノのライブで見慣れた光景だ。

曲の終了とともに歓声。

「香田さーん！」

「香田さーん！」

残りはあと一曲。

香田がスタンドマイクに両手を添えながら顔を正面に向ける。だがその眼は会場の全員に向けられているように感じられる。

「どうもありがとう」

歓声。

「大丈夫ですか？」

歓声。

「えー」

会場が速やかに静かになる。

「初めてのソロツアーを、この長野で初日を迎えるというのも、えー、これも何かの縁だと——」

歓声。拍手。

背中を見ていてもわかる。観客が一斉に笑顔になったように感じた。香田も笑っている。

「えー、今日はほんとに——」

香田の声が少しかすれている。持てる力をすべて出し切る寸前なのかもしれない。

「来てくれたみんなとの間に生まれたこの縁を、このあともずっと大切にして、今日から始まるツアーですけれども、このあとずっとやっていきたいと思ってます」

「頑張ってー！」

声援。歓声。

「ほんとに今日は、どうもありがとう！」

拍手。歓声。

和哉も叫びたかった。ありがとうございます、と。大きく声に出したかった。

ピアノのイントロ。香田にスポットが落ちる。

エンディング。オーラスの曲が始まった。

全員が静かに聴き入っている。その瞬間が近いことを感じ取っているのだ。これが最後の曲であることを。この曲が終われば香田起伸との別れが訪れてしまうことを。

香田から一瞬たりとも視線を外さずに、誰もが小さく頷いていた。

香田の歌に、歌詞のひと言ひと言に、頷いていた。

12

最終曲のエンディングに差しかかった。

太陽の照明がゆっくりと昇り始めた。ドライアイスがステージの床を覆って行く。

香田の背後に昇る照明のあまりのまぶしさに、観客は眼を細めながら、それでもステージから眼を離さない。あの強い陽射しに、ファンはいったい何を見ているのだろう。

会場全体がさらに明るくなった。

香田が光に包まれる。

陽は昇り切った。

ドラムロール。

「どうもありがとう！」

大きな歓声。拍手。

「どうもありがとう！　イエーッ！」

さらに大きな歓声。拍手。

ギタリスト。そしてベーシスト。バンドのメンバーがひとりひとり、香田と握手を交わしてからステージを去って行く。ドラマー。そして最後にキーボード。

香田がステージの前に出てきた。マイクを握った。最後のＭＣ。

香田さんはここで何を話すのだろう――。

「本当にどうもありがとうございました」

香田が正面に向かって深々と頭を下げた。

まだ、下げたままだ。

まだ、下げたままだ。

まだ……、ようやく頭を上げた。今度はカミ手の客席に向かって頭を下げる。

まだ、下げたままだ。

ようやく。そしてシモ手に向かって、下げる。

歓声と拍手が渦になって反響する。

頭を上げた香田がシャウトした。

観客も応える。

香田さんもできればここから立ち去りたくないのだろう。忘れ得ぬひとときを一緒に過ごした人々と、少しでも長くこの場に居たいのだ。

「最高だぜ、長野」

観客が全員、両手を振り上げた。大歓声になった。ステージの主役の気持ちは十分に伝わっていた。

香田の笑顔が画面に大写しになった瞬間、不意に胸が熱くなった。

香田さんとの別れ。一万人のファンの気持ちが、和哉の中にも沁み入る。

別れ。それだけではない。この半年間。そしてこの五日間。寝る時間を削りに削って創りあげてきたものが今、香田起伸の笑顔とともに、終演を迎えようとしている。

自分はこの瞬間、ここに立つために、五年前に内定辞退という決断をくだし、日々怒鳴られ殴られの修業の道を歩んできたような気がした。この瞬間を迎えるために、この瞬間を香田さんと一緒に迎えるために、自分は、自分たちは、力を尽くしてきたのだ。

これこそが香田さんなりの、そしてとても香田さんらしい、ソロならではの最後のMC。そしてこれこそが、ソロならではのエンディング。

そう思った途端、じわりと涙が溢れ出そうになる。

新しさは、話し方でも、話の内容でもなかった。それは長い、長い、いつもの数倍長いお辞儀という方法でかたちになった。いかにも香田起伸らしいスタイルで。

気持ちが済むまでその場でじっと、ただただ頭を下げていられる。それもまたデラノではできない、ソロだからこそできることなのだ。

「お疲れさまでした」隣に立つ大澤からの声。

「お疲れ」外川が短く返す。

「お疲れさまでした」和哉は慌てて目もとをひと撫でする。

「なに、泣いてんだよ」

「泣いてませんよ、会場が暑くて」

大澤は鼻で笑っただけで、それ以上は触れなかった。

「エンディング、どうにか、でしたね」大澤が外川に顔を戻す。

「香田さんらしいエンディングでしたね」外川が応える。

やはり、そうなのだ。香田さんは、香田さんのソロならではのエンディングを見つけたのだ。

香田はまだステージにいた。

カミ手に向かって走り出した。大きく手を振って頭を下げる。

今度はシモ手に走って行く。そこでも深々と挨拶。

センターに戻ってきた。

「一杯エネルギーもらいました、どうもありがとう!」

歓声が今夜最大のボリュームになった。

終わってほしくない、このまま時間が止まってほしい——。会場の全員がそう願っている。

香田起伸は両手を振りながらもうひと言を残し、ステージを後にした。

香田の最後のメッセージは大きな歓声の中に呑み込まれた。だが、PA席の和哉の耳にはしっかりと聞こえていた。その言葉が頭の中で何度も何度も反響している。

歓声に泣き声が混ざった。会場がナイター球場のように明るくなった。

「以上をもちまして本日の公演はすべて終了いたしました。お帰りの際はお忘れ物のございませんよう、お気をつけてお帰りください。本日のご来場、誠にありがとうございました」

二十時三十三分。終演。

ＢＧＭはまだ流れていた。

ステージに香田の姿はない。もう、あのステージに戻ってくることもない。けれどもまだ数千人ものファンが、じっとその場を見つめていた。

ふと思い立つ。和哉は携帯のメールをチェックした。件名だけをざっと読み流すうちに、その一行が眼に留まった。

《無事に》

もしや——。開く。

《お父さんの手術は無事に成功しました。和哉は安心して仕事に励んで下さい。母》

今日——。そうだった。父親の心臓カテーテル治療の手術。

日曜、月曜と母親から連絡をもらいながら、こちらからもまた連絡すると返しながら、あれから結局一度も連絡していなかった。眼の前の仕事に追われに追われ、すっかり忘れていたのだ。だがそれは言い訳にもならない。手術の前には一度くらい母親にメールか電話をすべきだった。自責の念が胸に膨らむ。

ふと気がつく。次の件名。

《追伸》

もう一通——。開く。

《今夜はきっと和哉も大成功だったでしょうと、お父さんと話しています。母》

思いがけない言葉に、画面が一気に滲んだ。ライブの感動で涙の栓がゆるくなっていた。

知っていたんだ。今夜のことを。気にしてくれていたんだ。俺の仕事を。手術という大変なときに……。

両手で顔を覆う。ゆっくりと拭き取った。

「自分は、裏に戻ります」声を絞り出す。

外川と大澤に向かって一礼した。

黒い道を走った。

表から裏へ。

自分本来の仕事場へ。

13

二十一時五分。

終演してまだ三十分ほどしか経っていない。だが会場ではもう、七千席という折畳み椅子がすべて畳んだ状態で床に伏せられていた。

それを端から積み上げ、椅子のピラミッドができていく。ここに並べられ、組み立てられたものはすべて、今日たった一日だけの、このたった二時間のショーのためだけに用意されたものだ。

ステージの前にスロープが取り付けられた。スロープを伝ってステージ上の機材が次から次へと下ろされ、空いたスペースに並べられる。

会場の表と裏を区切っていた黒い幕も外され、ステージのルーフを持ち上げていた三台のクレーン車が丸見えになった。ステージの土台部分を丸く覆っていた深紅のプリーツスカートも外され、アルミパイプの骨組みもむき出しになった。

フォークリフトも登場した。一台、二台、三台。バックする警告音が鳴る。誘導する和哉はいつも通りのニッカボッカに穿き替えている。

トラスとアルミがぶつかる音。ハンマーで叩く音。アルミパイプが床に転がる音。耳をつんざく高らかな音色がどれも、聞き覚えのあるものより華やかなのは、作業に没頭するスタッフの胸に大きな達成感が宿っているからだろう。

ふと、足もとの数字が和哉の眼に入った。

《15140》

ステージの前っ面のセンター。黒マジックで走り書きされた淡い緑のガムテープが、しっかりと床に貼り付いていた。

月曜日の朝、墨出し作業で最初に決めたポイント。それはいうなれば、このツアーで男たちが歩み出した、旅のスターティングポイントだ。ショーの始まりを示す儀式が、このポイントの墨出しだった。

初日に向けた物語は、この一行から始まったのだ。

「失礼します」

元気のよい声とともに白ヘルメットのアルバイトが和哉の前を横切る。近くでゴミを拾っていたバイトは、儀式の印を迷うことなくベリッとはぎ取り、丸めてゴミ袋に捨てた。

14

深夜一時。

四日前に、朝から約十七時間かけて組み上げられたステージは、たった四時間余りで跡形もなく撤去された。会場にはまだ、横腹にロゴが描かれたトラック、看板車が四台と、クレーン車が一台残り、床にはバラされた資材がいくつか置かれたままだが、解体の作業は一段落した。劇場を思わせた会場は、この数日間身にまとっていた妖艶さや熱気といった殻をすべて脱ぎ落とし、再びがらんとした競技場へと姿を戻していた。

「お疲れ」

ヘルメットからスニーカーまで全身紫色。土屋が団子っ鼻を親指と人差し指で揉みながら歩み寄る。

「お疲れさまです」

「どうよ？」

「え？」

「感想訊いておきたくてな」

「感想、ですか」

「隊長がなんかさっきから、ステージプランナーみてぇな顔してっから」

「やめてくださいよ」

「まぁ、でも、ようやくスタートを切ったって感じだな」

感想をと問いかけつつ、その質問を土屋は自分で引き取った。

「そうですね。精度を高めたいところはまだまだたくさんありますけど」

「それはまぁ、どのツアーも一緒だからな」

ふと和哉は訊いてみようと思った。

「あの瞬間、どう思われました？」

「あの瞬間？　どの瞬間だよ」

眼は笑っている。わかっていて訊いているのだ。

「香田さんのＭＣのことだろ？　座ったらっていう」

やはりすぐに伝わるのだ。関係者にとって、それほど衝撃的なひと言だった。

「仕切り直しだな、って思ったよ」

「仕切り直し？」予期していた以上に重たい返しにドキリとする。

「そりゃそうだろ。劇場みてぇにして座って聴いてもらうんなら、まずはアリーナの椅子をもうちっと座り心地のいいもんにしねぇとな」

土屋が会場内にまだ数席残る折畳み椅子に視線を投げた。

「そっちですか？」

わざと的を外した返しに、つい小さく笑ってしまう。土屋もにやにやしながらつづけた。

「ま、俺は道具が専門だからな、偉そうなことはいえねぇけど、香田さんは諦めてねぇっていうか、今日のやり取りで逆に自信が持てたんじゃねぇか」

「自信、ですか」

「ライブなんて何が起こるかわからねぇわけだから、意図した通りにお客さんを動かすってことも、できそうで実はなかなかできないわけだろ？　でもどんな状況に追い込まれたとしても切り抜けられるっていう、そんな自信だな」

「そうですねぇ、あの、座れ、嫌だ、だったら立ってろのやり取りは、無茶苦茶スリリングでヒヤヒヤでしたけど、香田さんは冷静でしたよね」

話しながら和哉は、自分の立つ床が極限まで薄くなったような感覚が足もとに蘇るのを感じる。

「俺も同じこと思ったよ。あれで香田さんは、なんか二本目に向けての感触みてぇなものを掴んだって感じがしたけどな」

再び部下の指示に戻る紫色の背中を見つめながら、和哉は今夜の主役の心情を思いやる。

自分が作詞作曲した曲だけで構成した初めてのライブ。コンセプト、演出のイメージ、曲の並べ方からバンドメンバーの動きまで、一身に背負ったショーの初日を、あの大歓声とともに演り終えたのだ。最後に見せた笑顔には、高い高い最初の山を越え、ソロでしか成しえないショーがかたちになり始めたという充実感が表れていたように思えた。

15

一時五十分。

「照明、あらかた終了したよ」

すぐ横に照明チーフの佐竹が立っていた。馬面の首に山吹色のタオル、つい読んでしまう言葉のプリントTシャツが目印だ。黒地に金文字。

《精いっぱい生きてます》

　今夜は胸に、そう書かれている。

　声に張りはあるが、その眼には細い血管が浮き出ている。さすがに三日徹夜続きの疲れは隠せなかった。もともと痩せた男だが、連日の過労で肉がさらに削げ落ち、頬骨が浮き出ている。すべての照明器具を撤去し、トラックへの収納を終えたという報告だった。

「それじゃ、呑みに行きましょうか」

　和哉は笑いを交えて誘った。佐竹が自分と同様に一分でも早く寝たいのはわかっている。

「いいねぇ」佐竹も笑っている。

「一週間で、どれくらい寝られました？」

「さあなぁ……、五時間くらい？」

「たった？」和哉はつい声をあげる。

　月曜の夜から、夜は四回迎えたことになる。その間の睡眠時間が五時間。平均ではない。合計だ。迎えた五回目の夜となる今夜も、既に深夜の二時近くまで働き詰めだった。

「そんなもんだよな」佐竹が軽くいった。

「でも今回はまだマシだよ。今までで一番ひどかったのはデラノの一九九九年のツアーだね。あのときは初日の本番終わるまでの一週間で、寝たのはたった四時間だったからな」

「四時間！」和哉は溜息交じりにいった。「人間じゃないですね」

「馬か？」

「え？　いえ」思わず口もとをひと撫でする。

「人間だよ」佐竹はいいながら、顔はしっかり優しい馬面になる。

「でもあのときが、寝ないで本番の最高記録だったな」

「一曲打ち込むのに今回、結局どれくらいかかりました？」

「曲にもよるけどな……、やっぱり三時間くらいかな。トータルで六十時間ちょっとだな」

佐竹自身が、あらためてその重みを嚙みしめるようにいった。

外川由介のセンスと照明スタッフのセンスが折り重なり、いくつもの情景が創り出される。そのすべてに、最終的にイエス・ノーの判断をくだすのが香田起伸だ。三人が互いの力量を認め合っているからこそ、ぶつかりもするし、そこから新たな発見もまた生まれる。

照明だけではない。ステージの主人公であり、すべてのスタッフにとってクライアントでもある香田の思いの深さなくしては、そしてスタッフ自身にその深い思いを実現しようという強い意志なくしては、どの作業も到達点へとはたどり着けない現場なのだ。

「まぁでも、最初にこれだけ頑張っとけば、二本目、三本目って、どんどん良くなるだろ」

佐竹がショーの進化を信じているように和哉に語りかけた。進化させられるツアーに参加しているという充実感。回を追うごとに進化を実感できる達成感。

一万人規模の会場で、全国で二十回ものショーを実現できるミュージシャンが、日本にどれだけいるだろう。それだけの莫大な予算を組めるツアーが、どれだけあるだろう。その規模と回数があるからこそ、ミュージシャン本人はもちろん、参加した各分野の一流の職人たちもまた、満足の行くまで自らの仕事の精度を突き詰めることができる。

支払われる対価と必要とされる労力のバランスでは測ることのできないものが、ここにはある。

16

二時五十八分。

クレーン車はすべて会場をあとにした。吊り天ができないという、この会場ならではの設営の象徴でもあったその姿は、もうここにはない。

和哉は最後に残った四台のトラックのうちの一台が、会場から出ていくところを見送った。中には運転手がひとり。助手はいない。すぐにまた次のトラックが出ていく。脇腹のロゴが壁の向こうに消えた。

三台目のトラックにも運転手が乗り込んだ。

ミュージシャンの強く明快な意志に共感した男たちは、金曜日に向けて、たゆまず前へと走りつづけた。しかし金曜日に披露されたのは、香田起伸が出した答えではなかった。これだという答えを見つけるために、今後も修正を重ね精度を高めていくツアーの、その大もととなるステージだった。月曜日からの五日間は、旅立つための助走期間であり旅立ちの舞台だったのだ。それは香田起伸がデラノという殻を脱ぎ捨て、ひとりのミュージシャンとしての自分を見つめ直す旅でもある。

競技場の中央には、なぜか折畳み椅子が一脚だけ、ぽつんと取り残されていた。
最後のトラックが、太く熱いエンジン音を響かせた。
車体の側面に描かれたツアーロゴの文字が、ゆっくりと遠ざかっていく。

あの日から、
十三年が経過したことになる。

epilogue　おかえりなさい

1

ご無沙汰しています――。
実家の和室の入り口で、香田起伸の父親に向けて深々と頭を垂れながら、千葉和哉は年月の重みをしみじみ感じていた。

香田起伸、初のソロツアー実現が二〇〇四年。そのときに香田の父親と交わした約束を胸に、こうして故郷の街を再訪できたのが二〇一七年。再訪がもう二年、いや、せめて一年半でも早ければ……。ついそんなことを考えてしまう。

部屋の中に歩を進め、膝を合わせて座った。

「今日はわざわざ、ありがとうございます」

案内してくれた女性も和哉に向けて膝をつき、丁寧に腰を折った。

「いえ、こちらこそ。香田さんにはいつも大変お世話になっています」

「いえ、こちらこそ」

女性も同じ言葉を返す。道を空けるように両膝を斜めに向けた。

和哉はゆるりと立ち上がる。父親の前に歩み寄る。

太い眉と優しい眼差しを目の当たりにした途端、和哉は自分の父のことを思い浮かべてしまった。胸の奥が締めつけられそうになる。

父は十年前の早朝、驚くほど突然にこの世を去った。その前日まで母と一緒に買い物に出かけ、夕食も普段通りにとり、風呂にも入って就寝。ところが明け方の四時過ぎに急に胸が苦しくなり、母が背中をさすっても容体はよくならなかった。救急車を呼んだところ、搬送の車中で意識不明になり、そのまま眼が覚めることはなかった。

心筋梗塞だった。

和哉が駆けつけたときは、その日の昼前になっていた。前日も徹夜で解体作業に追われ、明け方に母から、お父さんの体調が悪いのでこれから病院に行きます、という留守電メッセージをもらったものの身動きが取れなかった。母のためにも落ち着いたら一度くらいは見舞いに行くべきだろうか。現場を仕切りながら何度か自問をしていたところに、母からその日二本目の電話連絡が入ったが、それにも気づかず作業に没頭していたのだ。

病院に駆けつけたときには専門医の検視も終わり、いったん父の身体が最寄りの警察へと運ばれる直前のことだ。

父とは結局、就職のことで口をきかなくなったままだった。母が何度かふたりの仲を取り持とうとしたことはあったが、和哉自身は顔を合わせればまた口論になるのが嫌で、現場が忙しいのを理由に実家に顔を出すことはなかった。父親に誇れるような、父親が認めるような仕事をしてから、そういう男になってから、堂々と家に帰ろう。そう思ううちに、年月だけが過ぎてしまったのだ。

今こうして、香田起伸の父親に会いに来て、あらためて思う。

せめて一度くらい、父親の前に顔を出せば良かった。それこそ酒でも飲みながら本音を語り合えば良かった……。

開いた両扉の奥を正視する。

故郷でのライブ開催を長年、そしてもっとも待ち望んでいたひとが、そこにいた。

案内してくれた女性が脇の棚の上に置かれたものを手に取り、和哉に両手で差し出した。

「こちら、千葉和哉さんへということで預かっています」

「え――、僕に？」

両手で受け取りながら思わず眼が広がってしまう。

ふっくらと膨らんだ封筒だ。

《千葉和哉様》表書き。裏を返す。《香田一弘《かずひろ》》香田起伸の父親の名前。

眼を前に向ける。女性が静かに頷いた。

今、この場で読むべきなのだろう。そう判断した。

封はされていなかった。中には便箋が数枚入っていた。

前略　いつも息子が大変お世話になっています。いつぞやはわざわざ津山まで足を運んで下さり誠にありがとうございました。あの日以来、千葉さんとはお会いする機会をつくれていませんが、千葉さんはきっと日々お忙しく、元気にお仕事をされているかと思います。

筆を執りましたのは、一度ぜひお話ししたいことがあり、その機会をと思いつつ、ついお伝えしそびれていたことがあったからです。不躾なお手紙を、どうかお許しください。

実は大澤さんから以前に何度かお手紙で、千葉さんとお父さまのことを相談されたことがありました。千葉さんが起伸と同じ大学の建築学科を出ながら、起伸のために、ステージをデザインするという仕事に就きたいがために、大きな建設会社の内定を蹴ってまで、今の会社に飛びこまれたこと。そしてそのことがきっかけで、お父さまとの仲がぎくしゃくしてしまい、お母さまがふたりの間に挟まれ苦労されたこと。そしてそのわだかまりが解けないまま、お父さまが他界されてしまったこと。

大澤さんはまるで自分のことのように、こころを痛めていました。けれども、自分は父親を知らないために何も助言をしてやれない。そんなことを手紙に書かれていました。

千葉さんが身に沁みて感じられていたように、父親というのは、居たら居たで厄介な存在です。自分の経験でしか子どもの将来を見ることができず、それが時として、子どもの夢を打ち砕くような言動や行動に走ってしまう。

もちろんそれは、子を思えばこそのことなのですが、子どもからすれば、うるさいだけの存在になりがちです。子どもが困ったときだけ助言すればよいものを、頼まれもしないのに、相談などされてもいないのに、ついつい口出ししてしまう。それがまた、かちんと子どものプライドを傷つけるようなことになり、無用ないさかいが起きたりする。

私自身もこうして書きながら、口どころか手が出てしまった昔のことを思い出したりしています。当時中学生だった起伸の兄の健治《けんじ》を、昔取った杵柄から、得意の払い腰でつい投げ飛ばしたことがあるのです。今から思えば、健治にはもっと自由にさせてあげてもよかったのかもしれないと思います。私自身も、ついひとり目の子どもに対しては、ふたり目の子ども以上に厳しく、父親が願うような、そんな道を歩んで欲しいという思いが強すぎたのかもしれないと反省しています。

起伸のステージを観れば、千葉さんがいかに素晴らしい仕事をしていらっしゃるか、その実績を積み上げていらっしゃるか、私にはわかります。そしてその評判と評価は、必ずやお父さまの耳にも届いていたはずです。

けれどもそこで、「よくやった」のひと言がなかなか出てこないのが父親なのです。こうして手紙を書きながら、私自身のことをつい考えてしまいます。次男の起伸とはまた別の世界で頑張っている長男の健治に対して、「よくやった」のひと言を私自身もかけてやった覚えがないのです。

男は黙って見守るもの。褒め言葉など必要ない。

古いと思われるかもしれませんが、男親とはそういうものなのです。

きっと千葉さんのお父さまも、同じ気持ちだったと思います。

千葉さんと直接会話をする機会はなくても、ずっと千葉さんの仕事ぶりを遠目に見守っていたと思います。

千葉さんのことをずっと応援していたと思います。

そしてその熱い思いは、きっと亡くなられたあとも、尚一層強くなっているかと思います。

千葉さん御自身が、そう感じたことはないですか？
誰かに優しく見守られている、自分は守られている、と。見えない誰かに助けても
らっている、と。
千葉さんはこれまでに、たくさんの素晴らしい方々と出会えた人生を歩まれてきた
のではないでしょうか。きっと今、一緒にお仕事をされている方たちの中にも、千葉
さん自身がそれこそ、日々御恩を感じつつ、慕われている方もいらっしゃるのではな
いでしょうか。立派なお仕事ぶりを拝見するたびに、私はいつもそんなことを思って
いました。

その方々との縁結びをしてくれたのもまた、千葉さんの亡くなられたお父さまだっ
たのではと私は思うのです。息子には少しでも素晴らしい人生を歩んでもらいたい。
そのためにこれまでずっとお父さまは、千葉さんの人生に寄り添いながら、素晴らし
い方々との出会いを応援し、縁結びをしてくれたのだと思います。

千葉さんの仕事に向ける意志と情熱は、大丈夫、必ずやお父さまに届いていたはず
です。

そしてお父さまはきっと今も、子の成長を願い、子の初志の貫徹を願いつつ、千葉
さんのお仕事ぶりを見守っていると思います。

津山での凱旋公演。実現しましたら、楽しみに拝見します。

千葉さんの素晴らしい働きぶりを、会場の一番高いところから、お父さまと一緒にゆっくりと拝見します。

その日会場にいるひとたちが、皆さんが、見事な星となって輝けますように。

日々お忙しいとは思いますが、まずは健康が第一です。身体の声に自分自身が深く耳を傾けて下さい。

そしてどうか、起伸のことを、よろしくお願いします。

ぜひ今度、こちらにもまた遊びに来て下さい。

その時はどうか、家内を励ましてやって下さい。

千葉さんご自身のお母さまのことも、どうか大事に大事にしてあげて下さい。

母親もまた父親と同じように、いえ、父親以上に、息子の健康を、成功を、強く強く願っていますから。

草々

3

途中から何度も眼の周りを手のひらで覆ってしまった。堰《せき》を切ったように涙が止まらなかった。拭いても拭いても、止めどもなく出てきてしまう。

和哉は香田起伸の父親に向き直った。

頂いた手紙を両手で顔の前に持ち上げる。

ありがとうございます――。

胸の中で厚く礼をいってから、扉の奥に向かって手を合わせた。

線香に火を灯し、香炉に立ててから、その横に置かれた写真の笑顔に再び手を合わせる。

励ましのお言葉を、本当にありがとうございます。胸の重しが、少し軽くなったような気がしました。父のこと、どうかよろしくお願いいたします。ありがとうございました。

和哉はこころの中で何度も感謝の意を述べながら、合わせた手のひらに力を込めた。

つい先ほど店先で挨拶を交わした母親が、息子がこの四月に帰ってきたときといったのは、闘病の末に亡くなった父親の一周忌のことを指していた。

そして明日はファンにとっての、香田起伸にとっての、そして何よりも両親にとっての悲願であった故郷でのライブ開催だった。香田起伸と共に長年仕事をしてきた者のひとりとして、本番の前にぜひとも父親と母親には御礼を、そしてなにより、ライブの無事終了を祈願したい気持ちで一杯だった。

こちらでの凱旋公演が決まりましたら、そのときには必ず私から、一日も早くお父さんにお知らせするようにします――。そう約束していたのだ。

今にして思う。香田起伸を飛び越えて自分が香田の父親に連絡をするなど、無謀な約束をよくぞしたものだ。けれどもあのときは、父親の熱い願いがこころに痛いほど沁みて、ごく自然にそう言葉にせずにはいられなくなっていた。

電話でも、もちろんメールでもなく、できればまたこの街を訪れお伝えしたい。

そんな思いを胸に、あのときはこの部屋を出たのだ。

申し訳ございません。ご報告が前日になってしまいました。

和哉は胸の内でもう一度深々と頭を下げた。

案内の女性に礼をいい、お茶でもどうぞ、という気遣いをやんわりと断り、もう一度、店内へと戻った。つい数分前よりも、さらにお客さんが増えたようだ。

どうにか母親のもとへ近づき、ファンとの会話の隙間を待って礼をいう。

「わざわざ遠くまで、ありがとうな。なんもお構いもせんで」

「いえ、とんでもないです」

「そうそう、思い出したわ。前に来てくれたんは、起伸が大変やった年の……」

「はい、そうです」

「起伸のこと、よろしくお願いします」

母親が和哉の手をぎゅっと握りしめた。その温もりに触れた途端、胸にまた熱い高まりが膨らむ。

「こちらこそ、よろしくお願いします」

「本当に、どうかよろしくお願いします」

母親が更に強く手を握りしめた。

「お母さんのこと、大事にしてあげんちゃいよ」

もう駄目だった。

「ありがとうございます」

一度止めた涙がどうにも止まらなくなった。

「ありがとうございます」

母親の手を握りしめたまま、和哉は頭を下げた。
「明日、無事に間に合いますように。会場でお待ちしています」
顔を上げ、ようやくそれだけ言い残した。
店の入り口でもう一度振り返り、奥で両手を振る母親に手を上げてから店を出た。
駅へと歩きながら、和哉は香田の言葉を思い出していた。
あの日、香田起伸が長野のステージで最後に残した言葉。
それはこれまでに何度も、折りに触れて和哉の耳に蘇っていた。

4

翌日。市の最高気温は三十二・八度と報道された。会場となる津山文化センターへと通じる道沿いには、グッズ売り場の開店四時間前にして既に長い列ができていた。
会場の収容人数は千人。だが会場に押し寄せたファンは、軽くその五倍にまで膨らんでいるという話が聞こえてきた。優に五千人超え。ツアーグッズの購入とライブ会場からもれる歌声、いわゆる音洩れを期待してというより、ファンのこころは、この歴史的な日に、香田の故郷に、香田とともに訪れたいという気持ちに駆り立てられたのだろう。その心情は、和哉には痛いほどわかる。

十七時十五分、開場。笑顔がぞくぞくと客席へと流れ込んでくる。

十七時半過ぎ。一階席奥のPAブースでスタンバイする和哉たちスタッフが、思わず眼を見合わせてしまうほどの歓声があがった。まだ開演時間ではない。一階席の観客のほとんどが振り向き、見上げていた。

間に合ったんだ——。

三階の客席最前列に座る母親がファンに向けて手を振っていた。まるでデラノのメンバーを迎えたかのような歓迎の拍手がわきおこる。

ファンに引き止められてしまうと閉店時間前に店から出られなくなるかもしれない。和哉も心配していただけに胸を撫で下ろす。一階からは確認できなくても、母親の胸にしっかりと抱かれた父親の優しい笑顔が、和哉には見えるような気がした。

不意に、その父親の言葉が蘇った。

《千葉さんの素晴らしい働きぶりを、会場の一番高いところから、お父さまと一緒にゆっくりと拝見します》

視線がつい吹抜けの天井へと泳いでしまう。星を思わせるほどの無数のライト。観客の盛り上がり様を、スタッフの仕事ぶりを、そしてもちろん主役の登場を待ちわびるようにして光っていた。眼を細めながら、ひとつひとつ丁寧になぞるうちに、光が滲んでいく。

ふと、思う。今年四十歳になる。十三年前のソロツアーのときの、香田起伸、大澤宏一郎と同じ年齢になっていた。四十を目前にして、ふたりはどのような志を胸にあのツアーに向き合ったのだろう。

「気合い入れてくぞ」

和哉は様々な思いを振り切るように、スタッフに声をかけた。

「おう！」周囲が答える。

「ステージプランナーとしてのデビュー戦、カズも気合い入れてけよ！」

その声の主と眼を合わせた。大澤宏一郎。

「あの――、ありがとうございました」

不意に湧き上がった気持ちを声に絞り出しながら、和哉は深く頭を下げた。

「なんだ、あらたまって」

手紙をと口に出そうになって呑み込んだ。そのことだけではない感謝の気持ちが胸に広がる。

「津山を……、津山を任せてもらえて」

大澤が珍しく笑みで応えた。

十八時。会場の客電が落とされ、暗くなると同時に全員が立ち上がった。

スポットライトを浴びたステージにバンドのメンバーがシモ手から歩いて姿を見せる。ベース、ドラムス、ギター。それぞれ自分の楽器とともにスタンバイ、板付きを終えたところで、歓声がさらに音量を増した。そして……。

最高潮に膨らんだ全員の期待が、一度に爆発した。

香田起伸の登場。細身の光沢のある黒いパンツに薄いブルーのダンガリーシャツ。すらりとした姿は十三年前と、いや、デビュー以来まったく変わらないのではないか。

大歓声の中、ドラムロールにつづいて大音量のギター。最新ヒット曲のリフが流れ始めると観衆は全員で手拍子。つづけざまにヒット曲を二曲。さらに三曲。

そして迎えた、最初のＭＣ。香田起伸の名を呼ぶ声は止まらない。

香田がステージ正面にあるマイクスタンドの後ろに立った。噴き出る汗で胸元と肩の布地は色濃く染まっている。右手はマイクに、左手はスタンドに。その腕に、その指先に、いつにも増して力が込められているように見える。

「こんばんは——」

会場全体が一瞬、静止画になった。

「故郷に、戻って参りました」

その瞬間、天井が震えるほどの歓声に包まれた。

「おかえりなさい」大合唱。

和哉の脳裏にはふたつの映像が交互に去来する。感激に震える背が並ぶ目の前の光景と、十三年前の日々。

あの日のことが、そこにいたる五日間の出来事とともに鮮明に蘇る。

再び浮かんだ香田起伸の言葉に、眼の奥が熱くなった。

ステージを去る間際、たしかにこう言い残したのだ。

『この旅に終わりはないから――』

もしかしたらあの五日間は、故郷への凱旋ライブへとつながる、長い長い旅の始まりだったのかもしれない。

参考文献　『TRUCKING STARFISH』監修：市川訓由、一九九二年、八曜社

装丁　緒方修一

津山弁監修　稲葉伸次　井上隆士

この作品は、二〇一九年四月に小社より刊行され、文庫化にあたり、一部加筆・修正しました。

この作品はフィクションです。実在するいかなる個人、団体、場所等とは一切関係ありません。

|著者| 稲葉なおと　東京工業大学建築学科卒業。一級建築士。建築家を経て1998年、旅行記『まだ見ぬホテルへ』で作家・写真家としてデビュー。長編旅行記『遠い宮殿』でJTB紀行文学大賞奨励賞受賞。500軒以上の名建築といわれる宿に宿泊取材し、写真集、小説、児童小説を刊行するなど活動領域を広げ、日本建築学会文化賞受賞。取材開始から15年を経て刊行された本書『ホシノカケラ』は、児童小説『サクラの川とミライの道』、写真集『津山　美しい建築の街』と共に、著者ゆかりの街・岡山県津山市を題材にしている。他にノンフィクション『夢のホテルのつくりかた』など著書多数。

ホシノカケラ

稲葉《いなば》なおと

講談社文庫
定価はカバーに
表示してあります

2023年２月15日第１刷発行

発行者――鈴木章一
発行所――株式会社　講談社
東京都文京区音羽2-12-21　〒112-8001
電話　出版（03）5395-3510
　　　販売（03）5395-5817
　　　業務（03）5395-3615

Printed in Japan

KODANSHA

デザイン―菊地信義
本文データ制作―講談社デジタル製作
印刷―――株式会社KPSプロダクツ
製本―――株式会社国宝社

ISBN978-4-06-530857-8

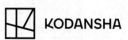

講談社文庫刊行の辞

二十一世紀の到来を目睫に望みながら、われわれはいま、人類史上かつて例を見ない巨大な転換期をむかえようとしている。

世界も、日本も、激動の予兆に対する期待とおののきを内に蔵して、未知の時代に歩み入ろうとしている。このときにあたり、創業の人野間清治の「ナショナル・エデュケイター」への志を現代に甦らせようと意図して、われわれはここに古今の文芸作品はいうまでもなく、ひろく人文・社会・自然の諸科学から東西の名著を網羅する、新しい綜合文庫の発刊を決意した。

激動の転換期はまた断絶の時代である。われわれは戦後二十五年間の出版文化のありかたへの深い反省をこめて、この断絶の時代にあえて人間的な持続を求めようとする。いたずらに浮薄な商業主義のあだ花を追い求めることなく、長期にわたって良書に生命をあたえようとつとめるところにしか、今後の出版文化の真の繁栄はあり得ないと信じるからである。

同時にわれわれはこの綜合文庫の刊行を通じて、人文・社会・自然の諸科学が、結局人間の学にほかならないことを立証しようと願っている。かつて知識とは、「汝自身を知る」ことにつきていた。現代社会の瑣末な情報の氾濫のなかから、力強い知識の源泉を掘り起し、技術文明のただなかに、生きた人間の姿を復活させること。それこそわれわれの切なる希求である。

われわれは権威に盲従せず、俗流に媚びることなく、渾然一体となって日本の「草の根」をかたちづくる若く新しい世代の人々に、心をこめてこの新しい綜合文庫をおくり届けたい。それは知識の泉であるとともに感受性のふるさとであり、もっとも有機的に組織され、社会に開かれた万人のための大学をめざしている。大方の支援と協力を衷心より切望してやまない。

一九七一年七月

野間省一

講談社文芸文庫

フローベール　蓮實重彦 訳
三つの物語／十一月
解説＝蓮實重彦
FD1
978-4-06-529421-5

生前発表した最後の作品集「三つの物語」と、若き日の恋愛を描き『感情教育』の母胎となった「十一月」。『ボヴァリー夫人』と並び称される名作を第一人者の訳で。

小島信夫
各務原・名古屋・国立
解説＝高橋源一郎　年譜＝柿谷浩一
こA11
978-4-06-530041-1

妻が患う認知症が老作家にもたらす困惑と生活の困難。生涯追い求めた文学表現探求の試みに妻との混乱した対話が重ね合わされ、より複雑な様相を呈する——。

講談社文庫 目録

芥川龍之介 藪の中
有吉佐和子 新装版 和宮様御留
阿刀田 高 ナポレオン狂
阿刀田 高 新装版 ブラック・ジョーク大全
安房直子 春の窓〈安房直子ファンタジー〉
相沢忠洋 「岩宿」の発見〈幻の旧石器を求めて〉
赤川次郎 偶像崇拝殺人事件
赤川次郎 人間消失殺人事件
赤川次郎 三姉妹探偵団
赤川次郎 三姉妹探偵団2〈キャンパス篇〉
赤川次郎 三姉妹探偵団3〈珠美・初恋篇〉
赤川次郎 三姉妹探偵団4〈怪奇篇〉
赤川次郎 三姉妹探偵団5〈復讐篇〉
赤川次郎 三姉妹探偵団6〈危機一髪篇〉
赤川次郎 三姉妹探偵団7〈駈け落ち篇〉
赤川次郎 三姉妹探偵団8〈人質篇〉
赤川次郎 三姉妹探偵団9〈青ひげ篇〉
赤川次郎 三姉妹探偵団10〈父恋し篇〉
赤川次郎 死が小径をやってくる〈三姉妹探偵団11〉

赤川次郎 死神のお気に入り〈三姉妹探偵団12〉
赤川次郎 次女と野獣〈三姉妹探偵団13〉
赤川次郎 心地よい悪夢〈三姉妹探偵団14〉
赤川次郎 ふるえて眠れ、三姉妹〈三姉妹探偵団15〉
赤川次郎 三姉妹、呪いの道行〈三姉妹探偵団16〉
赤川次郎 三姉妹、初めてのおつかい〈三姉妹探偵団17〉
赤川次郎 恋の花咲く三姉妹〈三姉妹探偵団18〉
赤川次郎 月もおぼろに三姉妹〈三姉妹探偵団19〉
赤川次郎 三姉妹、ふしぎな旅日記〈三姉妹探偵団20〉
赤川次郎 三姉妹、清く貧しく美しく〈三姉妹探偵団21〉
赤川次郎 三姉妹と忘れじの面影〈三姉妹探偵団22〉
赤川次郎 三姉妹、舞踏会への招待〈三姉妹探偵団23〉
赤川次郎 三人姉妹殺人事件〈三姉妹探偵団24〉
赤川次郎 三姉妹、さびしい入江の歌〈三姉妹探偵団25〉
赤川次郎 三姉妹、恋と罪の峡谷〈三姉妹探偵団26〉
赤川次郎 静かな町の夕暮に
赤川次郎 キネマの天使〈レンズの奥の殺人者〉
新井素子 グリーン・レクイエム〈新装版〉
安能 務 訳 封神演義 全三冊

安西水丸 東京美女散歩
綾辻行人 殺人方程式〈切断された死体の問題〉
綾辻行人 鳴風荘事件 殺人方程式II
綾辻行人 十角館の殺人〈新装改訂版〉
綾辻行人 水車館の殺人〈新装改訂版〉
綾辻行人 迷路館の殺人〈新装改訂版〉
綾辻行人 人形館の殺人〈新装改訂版〉
綾辻行人 時計館の殺人〈新装改訂版〉
綾辻行人 黒猫館の殺人〈新装改訂版〉
綾辻行人 暗黒館の殺人 全四冊
綾辻行人 びっくり館の殺人
綾辻行人 奇面館の殺人(上)(下)
綾辻行人 どんどん橋、落ちた〈新装改訂版〉
綾辻行人 緋色の囁き〈新装改訂版〉
綾辻行人 暗闇の囁き〈新装改訂版〉
綾辻行人 黄昏の囁き〈新装改訂版〉
綾辻行人 人間じゃない〈完全版〉
綾辻行人ほか 7人の名探偵
我孫子武丸 探偵映画

あさのあつこ　NO.6〔ナンバーシックス〕#9
あさのあつこ　NO.6beyond〔ナンバーシックス・ビヨンド〕
あさのあつこ　待　っ　て　る〈橘屋草子〉
あさのあつこ　さいとう市立さいとう高校野球部(上)(下)
あさのあつこ　〈さいとう市立さいとう高校野球部〉甲子園でエースしちゃいました
あさのあつこ　お　れ　が　先　輩　?〈さいとう市立さいとう高校野球部〉
阿部夏丸　泣けない魚たち
朝倉かすみ　肝、焼　け　る
朝倉かすみ　好かれようとしない
朝倉かすみ　ともしびマーケット
朝倉かすみ　感　応　連　鎖
朝倉かすみ　たそがれどきに見つけたもの
朝比奈あすか　憂鬱なハスビーン
朝比奈あすか　あの子が欲しい
天野作市　気　高　き　昼　寝
天野作市　みんなの旅行
青柳碧人　浜村渚の計算ノート
青柳碧人　浜村渚の計算ノート　2さつめ〈ふしぎの国の期末テスト〉
青柳碧人　浜村渚の計算ノート　3さつめ〈水色コンパスと恋する幾何学〉
青柳碧人　浜村渚の計算ノート　3と$\frac{1}{2}$さつめ〈ふえるま島の最終定理〉
青柳碧人　浜村渚の計算ノート　4さつめ〈方程式は歌声に乗って〉
青柳碧人　浜村渚の計算ノート　5さつめ〈鳴くよウグイス、平面上〉
青柳碧人　浜村渚の計算ノート　6さつめ〈パピルスよ、永遠に〉
青柳碧人　浜村渚の計算ノート　7さつめ〈悪魔とポタージュスープ〉
青柳碧人　浜村渚の計算ノート　8さつめ〈虚数じかけの夏みかん〉
青柳碧人　浜村渚の計算ノート　8と2分の1さつめ〈つるかめ家の一族〉
青柳碧人　浜村渚の計算ノート　9さつめ〈恋人たちの必勝法〉
青柳碧人　霊視刑事夕雨子《ゆうこ》1〈誰かがそこにいる〉
青柳碧人　霊視刑事夕雨子2〈雨空の鎮魂歌《レクイエム》〉
朝井まかて　花《はな》競《くら》べ〈向嶋なずな屋繁盛記〉
朝井まかて　ちゃんちゃら
朝井まかて　す　か　た　ん
朝井まかて　ぬ　け　ま　い　る
朝井まかて　恋　歌
朝井まかて　阿《お》蘭《らん》陀《だ》西《さい》鶴《かく》
朝井まかて　藪医《やぶい》ふらここ堂
朝井まかて　福　袋
朝井まかて　草　々　不　一
歩《あゆみ》りえこ　ブラを捨て旅に出よう〈貧乏乙女の"世界一周"旅行記〉
安藤祐介　営業零《ぜろ》課《か》接待班
安藤祐介　被取締役《とりしまられやく》新入社員
安藤祐介　お　い　!　山　田〈大翔製菓広報宣伝部〉
安藤祐介　宝くじが当たったら
安藤祐介　一〇〇〇ヘクトパスカル
安藤祐介　テノヒラ幕府株式会社
安藤祐介　本のエンドロール
青木　理　絞　首　刑
麻見和史　石　の　繭〈警視庁殺人分析班〉
麻見和史　蟻《あり》の階段〈警視庁殺人分析班〉
麻見和史　水晶の鼓動〈警視庁殺人分析班〉
麻見和史　虚空の糸〈警視庁殺人分析班〉
麻見和史　聖者の凶数〈警視庁殺人分析班〉
麻見和史　女神の骨格〈警視庁殺人分析班〉
麻見和史　蝶の力学〈警視庁殺人分析班〉
麻見和史　雨色の仔羊〈警視庁殺人分析班〉
麻見和史　奈落の偶像〈警視庁殺人分析班〉
麻見和史　鷹《たか》の砦《とりで》〈警視庁殺人分析班〉

いわさきちひろ 絵本美術館編 ちひろ・子どもの情景〈文庫ギャラリー〉
いわさきちひろ 絵本美術館編 ちひろ・紫のメッセージ〈文庫ギャラリー〉
いわさきちひろ 絵本美術館編 ちひろの花ことば〈文庫ギャラリー〉
いわさきちひろ 絵本美術館編 ちひろのアンデルセン〈文庫ギャラリー〉
いわさきちひろ 絵本美術館編 ちひろ・平和への願い〈文庫ギャラリー〉
石野径一郎 新装版 ひめゆりの塔
今西錦司 生物の世界
井沢元彦 義経幻殺録
井沢元彦 光と影の武蔵〈切支丹秘録〉
井沢元彦 新装版 猿丸幻視行
伊集院 静 乳房
伊集院 静 遠い昨日
伊集院 静 夢は枯野を〈競輪躁鬱旅行〉
伊集院 静 野球で学んだこと ヒデキ君に教わったこと
伊集院 静 峠の声
伊集院 静 白秋
伊集院 静 潮流
伊集院 静 冬の蜻蛉《とんぼ》
伊集院 静 オルゴール
伊集院 静 昨日スケッチ
伊集院 静 あづま橋
伊集院 静 ぼくのボールが君に届けば
伊集院 静 駅までの道をおしえて
伊集院 静 受け月
伊集院 静 坂の上の〈野球小説アンソロジー〉μ
伊集院 静 ねむりねこ
伊集院 静 新装版 三年坂
伊集院 静 お父やんとオジさん(上)(下)
伊集院 静 ノボさん〈小説 正岡子規と夏目漱石〉(上)(下)
伊集院 静 機関車先生〈新装版〉
いとうせいこう 我々の恋愛
いとうせいこう 「国境なき医師団」を見に行く
井上夢人 ダレカガナカニイル…
井上夢人 プラスティック
井上夢人 オルファクトグラム(上)(下)
井上夢人 もつれっぱなし
井上夢人 あわせ鏡に飛び込んで
井上夢人 魔法使いの弟子たち(上)(下)
井上夢人 ラバー・ソウル
池井戸 潤 果つる底なき
池井戸 潤 架空通貨
池井戸 潤 銀行狐
池井戸 潤 仇敵
池井戸 潤 BT'63(上)(下)
池井戸 潤 空飛ぶタイヤ(上)(下)
池井戸 潤 鉄の骨
池井戸 潤 新装版 銀行総務特命
池井戸 潤 新装版 不祥事
池井戸 潤 ルーズヴェルト・ゲーム
池井戸 潤 半沢直樹1〈オレたちバブル入行組〉
池井戸 潤 半沢直樹2〈オレたち花のバブル組〉
池井戸 潤 半沢直樹3〈ロスジェネの逆襲〉
池井戸 潤 半沢直樹4〈銀翼のイカロス〉
池井戸 潤 花咲舞が黙ってない〈新装増補版〉
池井戸 潤 ノーサイド・ゲーム
石田衣良 LAST[ラスト]
石田衣良 東京DOLL

講談社文庫 目録

石田衣良 てのひらの迷路
石田衣良 40《フォーティ》 翼ふたたび
石田衣良 sex
石田衣良 逆《さか》島《しま》断《たつ》雄《お》〈進駐官養成高校の決闘編1〉
石田衣良 逆島断雄〈進駐官養成高校の決闘編2〉
石田衣良 逆島断雄〈本土最終防衛決戦編1〉
石田衣良 逆島断雄〈本土最終防衛決戦編2〉
石田衣良 初めて彼を買った日
井上荒野 ひどい感じ―父・井上光晴
稲葉稔 椋鳥の影〈八丁堀手控え帖〉
伊坂幸太郎 チルドレン
伊坂幸太郎 魔王
伊坂幸太郎 モダンタイムス(上)(下)
伊坂幸太郎 PK
伊坂幸太郎 サブマリン
絲山秋子 袋小路の男
石黒耀 死都日本
石黒耀 忠臣蔵異聞〈家老 大野九郎兵衛の長い仇討ち〉
犬飼六岐 筋違い半介

犬飼六岐 吉岡清三郎貸腕帳
石川大我 ボクの彼氏はどこにいる?
石松宏章 マジでガチなボランティア
伊東潤 国を蹴った男
伊東潤 峠越え
伊東潤 黎明に起《た》つ
伊東潤 池田屋乱刃
石飛幸三 「平穏死」のすすめ〈口から食べられなくなったらどうしますか〉
伊藤理佐 女のはしょり道
伊藤理佐 また! 女のはしょり道
伊藤理佐 みたび! 女のはしょり道
石黒正数 外《げ》天《てん》楼《ろう》
伊与原新 ルカの方《はこ》舟《ぶね》
伊与原新 コンタミ 科学汚染
稲葉圭《よし》昭《あき》 恥さらし〈北海道警 悪徳刑事の告白〉
稲葉博《ひろ》一《いち》 忍者烈伝
稲葉博一 忍者烈伝ノ続
稲葉博一 忍者烈伝ノ乱〈天之巻〉〈地之巻〉
伊岡瞬 桜の花が散る前に

石川智健 エウレカの確率〈経済学捜査と殺人の効用〉
石川智健 60《ロクジュウ》〈誤判対策室〉
石川智健 20《ニジュウ》〈誤判対策室〉
石川智健 第三者隠蔽機関
石川智健 いたずらにモテる刑事の捜査報告書
井上真《ま》偽《ぎ》 その可能性はすでに考えた
井上真偽 聖女の毒杯〈その可能性はすでに考えた〉
井上真偽 恋と禁忌の述語論理《プレディケット》
泉ゆたか お師匠さま、整いました!
泉ゆたか お江戸けもの医 毛玉堂
泉ゆたか 玉《たま》の輿《こし》猫〈お江戸けもの医 毛玉堂〉
伊兼源太郎 地検のS
伊兼源太郎 Sが泣いた日〈地検のS〉
伊兼源太郎 Sの幕引き〈地検のS〉
伊兼源太郎 巨悪
伊兼源太郎 金庫番の娘
逸木裕 電気じかけのクジラは歌う
今村翔吾 イクサガミ 天
入月英一 信長と征《ゆ》く 1・2〈転生商人の天下取り〉

2022年12月15日現在